Tom Coração Leal

E A Terra das Histórias Sombrias

Série Tom Coração Leal:

*A história secreta de Tom Coração Leal,
o menino aventureiro*
Tom Coração Leal e a terra das histórias sombrias

IAN BECK

Tom Coração Leal

E A Terra das Histórias Sombrias

Tradução de
RAQUEL ZAMPIL

Rio de Janeiro | 2012

CIP-BRASIL. CATALOGAÇÃO-NA-FONTE
SINDICATO NACIONAL DOS EDITORES DE LIVROS, RJ

B355t   Beck, Ian
      Tom Coração Leal e a terra das histórias sombrias/ Ian Beck; tradução de Raquel Zampil. – Rio de Janeiro: Galera Record, 2012.

      Tradução de: Tom Trueheart and the land of dark stories
      Sequência de: A história secreta de Tom Coração Leal

      ISBN 978-85-01-08366-1

      1. Literatura infantojuvenil inglesa. I. Zampil, Raquel. II. Título.

                                  CDD: 028.5
11-6550   CDU: 087.5

Título original em inglês:
Tom Trueheart and the Land of Dark Stories

Copyright © Ian Beck 2007

Tom Trueheart and the Land of Dark Stories foi publicado primeiramente em inglês em 2007. Esta tradução foi publicada mediante acordo com Oxford University Press.
Todos os direitos reservados. Proibida a reprodução, no todo ou em parte, através de quaisquer meios. Os direitos morais do autor foram assegurados.

Texto revisado segundo o novo Acordo Ortográfico da Língua Portuguesa.

Direitos exclusivos de publicação em língua portuguesa somente para o Brasil adquiridos pela
EDITORA RECORD LTDA.
Rua Argentina, 171 – Rio de Janeiro, RJ – 20921-380 – Tel.: 2585-2000, que se reserva a propriedade literária desta tradução.

Impresso no Brasil

ISBN 978-85-01-08366-1

Seja um leitor preferencial Record.
Cadastre-se e receba informações sobre nossos
lançamentos e nossas promoções.

EDITORA AFILIADA

Atendimento e venda direta ao leitor:
mdireto@record.com.br ou (21) 2585-2002.

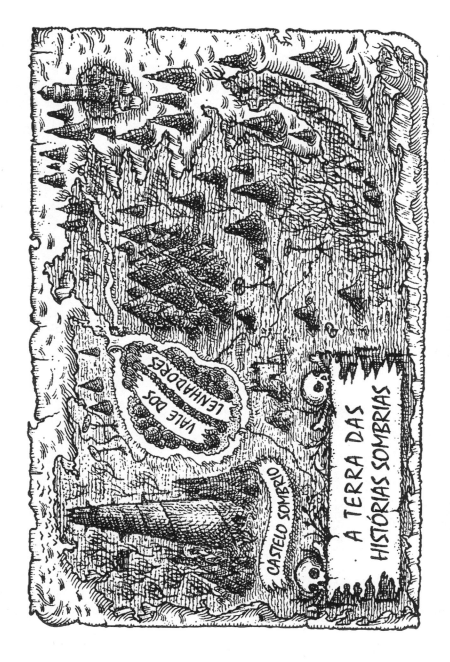

Parte Um
Um Final Infeliz

Capítulo 1

CASA DOS CORAÇÃO LEAL
7 HORAS
MANHÃ DO CASAMENTO

Era uma vez uma família de aventureiros chamados Coração Leal, cuja linda casinha de madeira ficava perto de uma encruzilhada, não muito longe da Terra das Histórias. A casa era pintada com cores brilhantes que contrastavam: vermelho e verde. As paredes de madeira eram pintadas de vermelho, e as portas e janelas, com seus recortes em formato de coração, eram pintadas de verde. No telhado, via-se a torre de uma chaminé e um tubo de ferro encimado por um dispositivo de ventilação e um cata-vento. O cata-vento era feito de ferro, forjado no formato de uma bruxa montada na vassoura com seu gato mágico, presente recente do Mestre da Agência de Histórias em pessoa. Bem cedo, numa manhã de verão perfeita, um grande corvo negro pousou no alto do cata-vento. A ave se acomodou, afofou as penas e pôs-se a esperar...

Dentro da casinha confortável, o caçula da família, Tom Coração Leal, vivia uma manhã horrível. Algo pavoroso estava prestes a lhe acontecer, e Tom não conseguia ver nenhuma forma de escapar. Quem sabe não devesse se manter na cama um pouco mais e tentar escapulir ficando muito quieto e se escondendo, ou abrir a janela do quarto, deslizar pelo telhado, saltar no jardim, pular a cerca e partir em uma aventura, quem sabe com seu velho amigo Joliz, o corvo, antes que alguém percebesse que ele havia desaparecido?

Ele teria gostado de pôr em prática esse devaneio, mas havia tanto barulho fora de seu quartinho no sótão, tantos estalos nos degraus, tamanho estardalhaço de madeira batendo em madeira, que era difícil para ele sequer pensar direito, quanto mais arquitetar e realizar uma tentativa de fuga. Naturalmente, o barulho vinha de dois de seus irmãos mais velhos lutando com seus bastões na escada.

O barulho diante da porta ficava pior e o momento da decisão se aproximava. Ele sabia que devia se levantar, preparar-se e ajudar a mãe com o café da manhã. Sabia que logo teria de se aprontar, exatamente como todos os seus robustos irmãos, para o
EVENTO.

Ouviu-se um súbito estrondo, seguido por mais estalidos de madeira contra madeira, depois por passos pesados de pés grandes em botas grandes, e então por explosões de riso rouco. Tom concluiu, relutante e soturnamente, que talvez fosse hora de se levantar e enfrentar... AQUILO.

AQUILO era o terror das trevas...
AQUILO era o horror que vinha de além da floresta...
AQUILO era a coisa no cabide lá embaixo...
AQUILO era... um terninho de pajem de veludo e seda brancos, com gola de renda, laço de fita, calções de cetim amarrados na altura dos joelhos e botinhas infantis de cano alto de amarrar! Pois aquele era o grande dia. Para a maioria dos irmãos grandes, corajosos, bravos e robustos de Tom, aquele era o dia do casamento!

Para Tom, era um dia reservado à sua máxima humilhação, pois ele seria o pajem, exatamente como a mãe havia ameaçado tantos meses atrás, no inverno anterior.

O casamento deveria ter acontecido na primavera, mas o Mestre sugerira esperar até as rosas do verão desabrocharem totalmente na Agência de Histórias. E assim era a manhã de um dia de verão, e tudo estava prestes a acontecer.

Houve mais uma série de baques em aumento progressivo vinda do outro lado da porta. Adiando as coisas apenas por mais um momento, Tom saltou da cama e foi olhar pelos buracos em formato de coração da portinha de madeira que cobria suas janelas.

— *Por favor*, permita que haja um furacão, ou um temporal. *Por favor*, permita que um duende travesso provoque uma súbita tempestade de neve e gelo — disse em voz alta para si mesmo.

Mas, não, quando ele olhou para fora pôde ver que aquela era uma manhã de verão tão perfeita quanto qualquer noiva princesa e seu audaz noivo aventureiro poderiam desejar. Nuvens brancas e macias deslizavam por um céu azul-celeste, enquanto em algum lugar ali perto um melro entoava sua canção suave e fluente.

— Ah, não — disse Tom —, o dia está lindo. — O tempo certamente não seria de nenhuma ajuda para ele. Não haveria escapatória.

Mais tarde, após um café da manhã tipicamente barulhento e caótico, Tom lavava as tigelas na pia. João estava sentado ao seu lado no banco junto à janela.

— Isso não é trabalho apropriado para um garoto, é? A senhora o está estragando, mãe. Ele precisa prosseguir com o treinamento duro, e rápido.

— Não se preocupe com nosso Tom — disse a mãe, abraçando o filho. — Vocês às vezes se esmeram em fazê-lo sentir-se pequeno; deixem-no em paz. Tom está se saindo muito bem, estará pronto logo, logo. Não se esqueça, o velho ermitão ensinou-lhe as letras e os números faz muitos verões agora, e ultimamente nosso Jean vem lhe ensinando seus truques na floresta, e ele dará continuidade ao treinamento de aventureiro com vocês pelo resto do verão, portanto não há nenhuma razão para atormentá-lo agora, há?

Depois de lavar a louça do café da manhã, Tom deixou a casa. Pegou um galho de bom tamanho, e o brandiu como se fosse sua espada. Então encontrou uma imensa teia de aranha reluzindo no sol do início da manhã, cutucou-a com o galho e ficou observando a aranha descer correndo o filamento, o corpo gorducho e pálido, de perninhas peludas. João sempre dizia que algumas aranhas tinham bolsas de veneno e que sua picada poderia ser grave se você não tomasse cuidado. Então ele golpeou uma maçã com o galho, chutou outra em seguida e a perseguiu, chutando-a, pelo gramado brilhante até a frente da casa; qualquer coisa que adiasse o temido momento e O TERNO.

Capítulo 2

Interior da Casa dos Coração Leal
10h33

Tom ficou parado algum tempo sob um sol agradável, sonhando com uma fuga. Por justiça, ele deveria ter partido em uma nova aventura com seu velho amigo Joliz, o corvo. Ah, como ele esperara que aquilo acontecesse, e o mais cedo possível. Joliz havia prometido tantos meses atrás que viria e o resgataria do papel de pajem, mas até agora não havia o menor sinal dele. Foi então que Tom ouviu o bem-vindo "crá, crá" de um corvo, ergueu os olhos para o cata-vento, e se animou, pois lá estava um grande corvo pousado silenciosamente, esperando e observando-o.

— Ah, então aí está você — disse Tom. — Graças a Deus, finalmente.

Naquele momento, a porta da frente se abriu de repente, e Jean saiu, pisando duro, em seu melhor par de botas de sete léguas.

O corvo assustado levantou voo e se foi.

— Espere — gritou Tom, mas a ave voou para mais longe, até o escuro dossel das árvores da floresta, e desapareceu. Tom suspirou.

— Venha, nosso Tom, mamãe diz que é para você entrar agora e ir se arrumar. Aliás, com quem você estava falando?

Tom olhou além das árvores, que se estendiam a distância, atrás da casinha.

— Com ninguém — disse ele, à meia voz.

Se aquela ave fosse mesmo seu velho amigo Joliz, o corvo, vindo resgatá-lo, era tarde demais. Ela havia partido sem nem ao menos responder, o que era estranho. Então Tom ouviu o fatal pocotó dos cavalos da carruagem do casamento aproximando-se. Tornou a suspirar e percorreu o caminho de volta para a casa desanimado, preparando-se para "se arrumar".

Capítulo 3

UMA JORNADA PARA A TERRA DAS HISTÓRIAS

— Pronto — disse a mãe de Tom —, agora vamos dar uma boa olhada em você. Ela deu um passo para trás depois de mais uma tentativa inútil de escovar seus cachos rebeldes, e olhou Tom de cima a baixo. — Puxa, que você está bonito hoje, jovem Tom, ninguém pode negar. Eu gostaria de ter um retrato seu com esta linda roupa.

Tom, no entanto, sentia-se muito desconfortável. Ele se remexia e se contorcia. A gola fazia seu pescoço coçar. Os calções de cetim branco na altura dos joelhos davam a sensação de algo viscoso em sua pele, e as botas brancas de cetim até o joelho faziam-no parecer, bem... ridículo. Sua mãe o proibira de tocar em qualquer um de seus apetrechos de aventura com medo de que ele sujasse o terno de veludo branco. Tom ficou tão imóvel quanto lhe era possível, com os braços parados artificialmente ao lado do corpo. Ele sabia muito bem o que iria acontecer quando saísse da casa e fosse para onde os irmãos estavam todos enfileirados, à espera. A mãe, de repente, pegou alguma coisa em uma gaveta na cômoda. Era uma moedinha de ouro presa com um alfinete. Ela o prendeu na lapela de seu casaco.

— Pronto — disse a mãe. — Seu pai encontrou essa moedinha uma vez em um lugar muito distante; é ouro de duende de verdade. Pensei que seria bom você usar hoje alguma coisa que um dia pertenceu ao seu pobre pai, Tom. — Ela fungou e reprimiu uma lágrima.

— Obrigado, mãe — disse ele —, mas posso ao menos levar minha espada, meu arco e flechas, e também meu kit de aventureiro?

— Ora, por que diabos você precisaria de todas essas coisas velhas e detonadas em um belo casamento, Tom Coração Leal? — A mãe balançava a cabeça.

— Por favor.

— Não existe mesmo necessidade de tudo isso, Tom.

— Eu poderia levar tudo comigo amarrado em meu cajado — disse ele. — Ninguém vai saber, não vai ficar no caminho, e eu posso querer brincar, ou praticar decentemente com o arco ou a espada, mais tarde. Afinal, longos discursos e festas de casamento não são lá muito divertidos para garotos de 12 anos, são? *Por favor.*

— Bem, suponho que isso seja verdade — disse ela. — Está certo, então, muito bem, se precisa. — E balançou a cabeça novamente. — Mas seja rápido, estão todos lá fora esperando, e, pelo amor de Deus, tente manter-se limpo. Ah, e lembre-me, aliás, Tom, quando tivermos um pouco mais de tempo, de lhe contar algo sobre sua espada de aniversário.

— É mesmo? — Tom interessou-se. — O que tem ela?

— Eu disse quando tivermos mais tempo, e isso não é agora.

— Ah, está bem, então — disse Tom, e lançou-se escada acima, subindo os degraus de dois em dois. Colocou a túnica de couro, o cinto e a bainha, suas botas de três léguas e meia, um arco curto e algumas flechas, um bom rolo de barbante forte (sempre útil), calções resistentes, o casaco, a garrafa d'água e sua maravilhosa, reluzente e afiada espada de aniversário, tudo em um pedaço do tecido dos Coração Leal. Perguntou-se por um momento o que sua mãe teria a lhe contar sobre a espada. Não fazia mal, haveria tempo suficiente para aquilo; ele logo saberia. Fez uma trouxa com tudo e a amarrou bem forte no alto de seu cajado. Olhou uma última vez para a floresta pela janela. Podia ver alguns pássaros girando no ar a distância, acima da linha das árvores, mas ainda não havia nenhum sinal de seu amigo, Joliz, o corvo. Ele suspirou e lançou-se escada abaixo novamente.

Já estava ruborizado, em um tom vermelho-vivo, quando a mãe abriu a porta da frente. Cinco de seus seis irmãos, Juca, Jean, Joãozinho, Juan e Joca, estavam enfileirados, vestidos em suas melhores túnicas verdes e camisas brancas novas. João usava sua tradicional jaqueta de arqueiro. O rosto de Joca, a princípio, simplesmente ficou vermelho, e então ele de repente explodiu em uma imensa gargalhada sufocada, o que deflagrou o mesmo em todos eles. Eles gargalharam e gargalharam, e parecia que nunca mais iriam parar. João chegou a se ajoelhar com a cabeça nas mãos.

Sua mãe, porém, logo pôs um ponto final naquilo. Ela chamou-lhes a atenção em sua voz mais severa:

— Vocês todos já esqueceram quem salvou cada um de vocês do fundo de uma masmorra em um castelo acima das nuvens? Esqueceram tão rápido quem manteve doces as suas queridas namoradas? Esqueceram quem possibilitou que vocês terminassem todas as suas histórias? Esqueceram o único de vocês que lutou sozinho com o terrível Ormestone naquela perigosa engenhoca voadora e venceu? Bem, caso vocês todos tenham esquecido, e tão rápido, foi esse belo rapaz aqui, seu irmão caçula, Tom, e um menino mais corajoso, inteligente e bravo nunca existiu, portanto eu lhes agradecerei se não rirem tão cruelmente dele só porque o fiz vestir-se com tanta elegância. Afinal, ele é o pajem do casamento de vocês.

— Desculpe, Tom. Desculpe, mãe — disse João. — É só que nós nunca o vimos tão limpo e arrumado antes. Foi só um choque, só isso. — E recomeçou a rir.

— Eu disse que já chega, João. Agora vamos entrar na carruagem ou chegaremos atrasados para o casamento.

Relutante, Tom subiu na carruagem. Ele olhou para o cata-vento e o telhado uma última vez, mas não havia o menor sinal de seu amigo Joliz, o corvo. Parecia que o resgate jamais aconteceria, que seu destino estava selado, que ele teria de aguentar até o fim do casamento, e ser um pajem, afinal.

A carruagem partiu, com todos muito animados, exceto, naturalmente, Tom, mas ele não podia deixar seu constrangimento e infelicidade transparecerem muito.

Esforçou-se muito para sorrir enquanto seguiam sob o dossel das árvores de verão. Depois de algum tempo chacoalhando na carruagem, ele arriscou olhar para o alto, e seu coração deu um salto ao ver um corvo seguindo, do ar, o veículo. Ficou observando a ave, que decididamente parecia acompanhá-los. Enquanto faziam as curvas entre as árvores, ao longo da estrada sinuosa, a ave permaneceu perfeitamente alinhada com a carruagem. As esperanças de Tom de ser resgatado ressurgiram. Por via das dúvidas, tinha o cajado pronto aos seus pés. Ele tornou a erguer os olhos para o corvo, mas agora viu que eram dois, e então a eles juntou-se um terceiro, todos seguindo a carruagem do casamento. Enquanto observava, um número maior das aves escuras apareceu, vindo do meio das árvores e logo elas eram tantas que Tom já não sabia dizer se Joliz estava ou não entre elas, tampouco podia sequer contá-las. Ele as apontou para João.

O irmão olhou para as aves.

— É só um monte de velhos corvos, Tom. Vivem nas árvores por toda parte aqui, o que você esperava?

— Mas eles estão nos seguindo — disse Tom.

— Você está imaginando coisas, Tom. São esses lindos calções que você está usando. Estão apertados demais, e acabaram deixando-o confuso.

Todos riram, e mesmo a mãe desarrumou com carinho seus cabelos rebeldes, mas logo se deu conta do que havia feito e esforçou-se para alisá-los novamente.

Mas Tom não se sentia nem um pouco confuso. Ele observou as aves crescerem em número, até que havia um escuro bando de corvos seguindo a carruagem. Buscando em sua memória, Tom recordou que seu velho professor eremita certa vez usara uma palavra para descrever um bando de indivíduos de má índole, e, enquanto observava, mais e mais corvos rodopiando em uníssono atrás da carruagem, esforçou-se para lembrar de mais detalhes. Ainda estava tentando recordar a palavra quando a carruagem e seus cavalos passaram, triunfantes, pela barreira erguida, entrando na tépida e ensolarada Terra das Histórias.

Capítulo 4

UMA CERIMÔNIA DE CASAMENTO
11H33
AGÊNCIA DE HISTÓRIAS

Os prédios da Agência de Histórias estavam todos cobertos com buquês de flores brancas. Guirlandas, coroas e buquês de rosas encontravam-se espalhados por toda parte, inclusive entre as árvores. Era um dia perfeito para um casamento tão importante. A mãe de Tom sorriu consigo mesma. Estava feliz que o Mestre a houvesse persuadido a esperar até o verão para os casamentos, tão lindas eram todas aquelas rosas. Os escribas e planejadores, os artistas e criadores de enigmas, os mágicos e feiticeiros, e toda a gente dos efeitos especiais enfileiravam-se no caminho até o Grande Salão cerimonial, onde o casamento se realizaria. Estavam todos em seus trajes formais mais elegantes. Era uma visão de cor e luz.

O Mestre em pessoa adiantou-se para cumprimentar os Coração Leal.

— Bem-vindos, todos vocês, neste dia feliz — disse enquanto desciam da carruagem.

Então, quase imediatamente, outra carruagem dourada, maior e mais bonita, usada pela última vez na história de Cinderela, chegou. Era puxada por seis belos cavalos brancos. Uma a uma, as noivas princesas desceram do veículo reluzente. Primeiro, Branca de Neve, depois Cinderela, então Rapunzel, seguida pela Princesa Zínia (da história do Príncipe Sapo), e finalmente a Bela Adormecida, que bocejou levemente ao saltar por último da carruagem. A multidão aplaudia à medida que cada garota, em um maravilhoso vestido branco de musselina salpicada com seda de duende, tomava o braço de seu bravo noivo Coração Leal.

Tom apoiou seu cajado na parede externa e seguiu, atrás do Mestre e de todos os outros que se dirigiam para o Grande Salão. Enquanto Tom caminhava, uma grande nuvem escura cobriu momentaneamente o sol. As árvores e as flores pareceram todas, por um instante, desbotar e escurecer. A cor e a luz abandonaram todas as coisas. Tom, que foi o último a passar pela porta do salão, ergueu os olhos e viu que a sombra se devia ao imenso bando de corvos que cruzava o céu. O bando agora estava ainda maior, de modo que parecia uma única nuvem negra, uma nuvem encobrindo o sol ao passar. Ele ainda não conseguia lembrar qual era a palavra que o professor usara para descrever um bando maligno. Mas, pensou Tom, agitado, que aquelas aves eram quase certamente algum tipo de presságio, e nada bom.

Depois que os Coração Leal e suas noivas entraram no Grande Salão para a cerimônia de casamento, o enorme bando de corvos acomodou-se em um único e grande movimento, e uma onda escura desabou sobre o telhado do salão. O telhado transformou-se imediatamente em um mar de reluzentes penas negras. As aves acomodaram-se e esperaram outra chegada, exatamente como haviam sido instruídas.

Dentro do Grande Salão de Histórias cada centímetro de espaço livre estava preenchido pelas lindas rosas do Mestre. Elas se espalhavam por toda parte: penduradas em guirlandas à frente da grande lareira e até mesmo jogadas aos montes sobre a grande cadeira do Contador de Histórias. Todos se acomodaram, felizes, em seus assentos. Os noivos Coração Leal haviam assumido seus lugares em uma fila orgulhosa, junto à mãe, diante da plataforma.

Tom ficou aguardando no fundo do salão com as noivas princesas. Uma de cada vez tinha dito o quanto ele estava encantador em suas roupas de pajem, e uma ou duas haviam até dado um beijo no rosto de Tom e o chamado de "futuro irmãozinho", o que o alegrou um pouco. Era sua tarefa agora acompanhar as garotas até a frente do salão para a cerimônia de fato. Cada uma das cinco noivas tinha uma cauda no vestido feita também de musselina com seda de duende, mais leve, porém, de modo que flutuassem como névoa. Todas eram unidas por um anel de rosas brancas frescas e Tom segurava as extremidades das caudas, como se segurasse uma nuvem. A orquestra da Agência de Histórias começou a tocar a marcha nupcial. O Mestre pôs-se de pé e ergueu os braços, e todos se levantaram enquanto Tom e as noivas princesas avançavam pelo corredor entre as fileiras de cadeiras. Tom corou, exibindo um tom vermelho-vivo, à medida que avançava atrás delas. Ele sentia que seu rosto devia estar tão vermelho quanto um lampião aceso, e que todos no salão estavam olhando diretamente para ele. Mas, é claro, não estavam. Todos olhavam para as lindas noivas em seus lindos vestidos. Tom podia ver João empertigado, um sorriso bobo no rosto e o braço em torno da mãe orgulhosa, enquanto ela se ocupava enxugando os olhos com um grande lenço dos Coração Leal. As noivas se enfileiraram ao lado de seus futuros maridos. O Mestre abriu o grande livro negro no atril. A mãe de Tom olhou para ele e lhe dirigiu um breve aceno.

— Bem-vindos, amigos e colegas, ao Grande Salão da Agência de Histórias nesta ocasião muito, muito feliz. Estamos aqui reunidos para testemunhar a união destas lindas e adoráveis jovens e destes bravos rapazes, em seu justo final feliz. — Ele fez uma pausa e sorriu, olhou as pessoas reunidas à sua volta e acrescentou: — Um casamento feliz.

Todos aplaudiram. Depois que o som dos aplausos abrandou, ouviu-se um som mais misterioso e perturbador vindo de fora: do alto do telhado do salão veio o grasnado de mil corvos. As pessoas viraram a cabeça, intrigadas, e olharam ao redor à medida que o grasnado gradualmente silenciava.

— Antes de começarmos a cerimônia — disse o Mestre —, devo, naturalmente, fazer uma pergunta muito séria, consagrada pelo tempo e pela tradição. Se alguém aqui, entre nós, conhece alguma razão por que eu *não* deva unir em casamento estas princesas e estes bravos e jovens aventureiros, então que fale agora, ou se cale para sempre.

Fez-se um momento de completo silêncio. Então o ruído dos corvos iniciou novamente. Ouviram-se gritos selvagens e zombeteiros de "crá, crá", como se as aves estivessem respondendo à famosa pergunta, e então a porta do salão abriu-se bruscamente com uma pancada estrondosa, e uma voz familiar e assustadora falou bem alto:

— *Eu* sei... *eu* sei de uma razão muito boa! — E de repente o Salão das Histórias pareceu frio como o gelo.

Tom percebeu com horror que os buquês de rosas, as guirlandas e os arranjos espalhados pelo Grande Salão perderam as pétalas no mesmo instante e despencaram no chão como uma grande quantidade de neve. Todos se voltaram para a porta aberta. Uma espiral escura de fumaça preta e oleosa entrou, rápida, e alguém gritou. Tom podia ver fileiras de olhos amarelos e brilhantes através da fumaça. Ele ouviu um rosnado baixo e viu que eram lobos, os olhos amarelos de lobos, de uma matilha inteira, pelo que parecia. E, de pé em meio aos lobos, havia uma figura alta, parecendo um espantalho com roupas pretas e longos cabelos brancos. Não era nenhum outro senão Ormestone, e, de pé ao lado dele, estava um duende vestido de preto, segurando uma varinha retorcida.

À medida que a névoa se espalhava pelo Grande Salão, o bando de lobos se separou, circundando a reunião do casamento, rosnando e mostrando os dentes.

Ormestone voltou a falar.

— Eu sei de uma razão de fato muito boa por que esses assim chamados casais não devam se unir. Este não é o fim que planejei para eles.

Agora estava tão escuro no salão, o ar tão espesso com a fumaça sufocante que as pessoas tossiam e caíam em pânico em meio a todos os rosnados e gritos.

O Mestre falou acima do medo e da confusão.

— O que isto significa, Ormestone? Você foi banido, e certamente não é bem-vindo aqui hoje, nem você nem nenhuma de suas criaturas. Peço que saia imediatamente e nunca mais volte, ou vai sofrer as consequências.

— Ora — replicou Ormestone —, o único que vai sofrer consequências aqui é você, Mestre, e sua ensolarada terrinha de assim chamados audazes aventureiros, seu mundinho seguro e confortável de ótimas resoluções e finais felizes. Para todos vocês aqui e seus preciosos jardins murados entulhados de adoráveis animaizinhos falantes, princesas perdidas de amor, rapazes apaixonados, seus casamentos floridos, sua Ilha do Felizes Para Sempre e seus assim chamados aventureiros de Coração Leal, trago notícias importantes. Todas essas coisas logo terão um fim. Em breve eu retornarei a este lugar com um imenso exército das trevas, uma força invasora de aterrorizante ferocidade. Instituirei uma era completamente nova, e todos vocês estão avisados. Será a era de — e aqui ele levantou a voz — escuridão, inverno, horror e finais muito, muito infelizes. Uma por uma, outras terras caíram sob nosso domínio; o pacífico e verde vale dos lenhadores, por exemplo, foi recentemente incorporado à nossa poderosa escuridão.

Ele avançou no interior do salão, a fumaça turbilhonando à sua volta, seus lobos lançando olhares irados e rosnando para a multidão.

— Por ora, este final infeliz vai funcionar como exemplo. Ele anuncia o começo de meus planos maiores; haverá muitos, muitos outros finais assim — continuou Ormestone. — Eles refletirão a verdadeira realidade da vida, como ela é. Vocês estão prestes a ver o primeiro desses finais em plena operação.

Os irmãos de Tom, desarmados, haviam formado uma esperançosa e protetora linha, tentando proteger as princesas e a Sra. Coração Leal. Tom subitamente pensou em sua espada, no arco com as flechas e em todas as coisas bem amarradas e escondidas no tecido dos Coração Leal preso em seu cajado. Tudo triste e sem utilidade lá fora, encostado na parede externa.

Tom começou a mover-se lentamente na direção da lateral do prédio sob a cobertura da fumaça sufocante. Havia ali uma porta lateral de pesado carvalho. Se conseguisse alcançar seus pertences, ele poderia ao menos passar sua espada para João ou um dos outros irmãos, que certamente saberia como usá-la da melhor forma. O salão podia estar cheio de fumaça, gritos, rosnados e confusão, mas infelizmente Tom se destacava em suas roupas brancas. Estava apenas a meio caminho da porta quando viu que um lobo o avistara e lhe barrava o caminho, os olhos brilhando, dourados, os dentes brilhando, brancos, a língua brilhando, vermelha, em meio à fumaça.

Ormestone e sua comitiva haviam alcançado o estrado elevado. Os lobos, muitos lobos, cercaram os irmãos e as princesas. Ormestone bateu as mãos e o lobo líder empurrou João à frente com o focinho, rosnando ao fazê-lo. Os outros lobos fizeram o mesmo com os irmãos e as noivas, de modo que logo se formou uma procissão de lobos, princesas e rapazes Coração Leal. Eles foram conduzidos além do atônito e aterrorizado grupo de pessoas, de volta à luz do sol. Outra fila de lobos, inclusive o que barrava a passagem de Tom, acuou todos os escribas e o restante da congregação, e o próprio Tom, forçando-os a sair, juntos, em uma grande e assustada aglomeração.

Um dirigível negro flutuava preso a uma corda diante dos prédios da Agência. Na lateral do longo zepelim, via-se uma imensa caveira sobre dois ossos cruzados pintada em branco brilhante. Uma gôndola negra estava presa por arames sob o dirigível. Ela descansava na grama, que de repente parecia queimada e sem cor. A grama seca estava coberta, como se por uma camada de neve, com todas as pétalas mortas e caídas das rosas brancas.

O grupo saiu tropeçando, Tom, o chefe dos duendes, o velho Sr. Cícero Brownfield e, por último, o Mestre. Eles observavam, impotentes, enquanto as noivas tropeçavam em suas caudas e vestidos embolados. Os irmãos praguejavam contra Ormestone em voz alta, mas nada podiam fazer, cientes dos lobos selvagens que os cercavam.

O Mestre sussurrou para Tom:

— Temi que alguma coisa desse tipo pudesse acontecer hoje, mas isto é muito pior do que imaginei — disse ele. — Cícero tentou preparar o jovem Joliz, por via das dúvidas; não tenho a menor ideia se conseguiu. — Ele rapidamente sacou do cinto a espada cerimonial da Agência de Histórias e a entregou a Tom. — Tente entregar esta espada a um de seus irmãos — disse ele. — Foi uma das três espadas especiais forjadas por seu pai, você sabe — acrescentou ele.

Tom agarrou a espada. Era leve e equilibrava-se perfeitamente em sua mão. Ele sentiu um pequeno tremor de energia percorrer seu braço enquanto a segurava. Uma espada forjada por seu pai, pensou ele. O que mais havia para descobrir sobre ele?

O Mestre o empurrou levemente à frente.

— Apresse-se, Tom, ande. Esta pode ser a nossa única chance.

Tom pegou a espada e abriu caminho cuidadosamente até a frente do grupo aterrorizado. Uma centelha pareceu voar de repente da ponta da espada, ou seria apenas o reflexo do sol na lâmina? Tom agora estava perto da aeronave, que forçava as amarras, como se mal pudesse esperar para subir levando as belas princesas e seus pobres irmãos aventureiros, ainda cercados por uma matilha de lobos rosnando. Sua melhor chance eram as princesas.

Foi Rapunzel quem viu Tom primeiro. Ele ergueu a espada alto no ar, ela gritou, chamando-o, levantou sua mão e ele atirou a espada para ela. A arma pareceu soltar centelhas de novo, e então voou direto pelo ar de verão, rodopiando, em um gracioso arco: Tom andara praticando lançamento. Rapunzel conseguiu pegá-la pelo punho. Então rasgou a cauda de seu próprio vestido e correu na direção do círculo de lobos que cercava a ela e às outras noivas. A luz do sol cintilou na lâmina quando Rapunzel ergueu a espada acima de sua cabeça e preparou um golpe preciso contra o lobo mais próximo. Ouviu-se um estranho som quando ela o atingiu, uma espécie de pequena explosão, e uma densa nuvem de centelhas escuras surgiu: onde antes estava o lobo agora havia um minúsculo duende, seu feitiço quebrado. Os outros lobos recuaram, a cabeça baixa, rosnando, com os dentes à mostra. Um lobo deu um uivo assustado: de repente, eram eles que sentiam medo.

Ormestone, o longo casaco ondulando à sua volta, voltou a cabeça para confrontar Rapunzel, que empunhava a espada. Ele rapidamente gritou alguma coisa para o duendezinho ao seu lado, que de imediato apontou sua varinha para ela. Antes que ela pudesse despachar outro dos lobos duendes, algemas de ferro surgiram do nada e prenderam com firmeza seus braços. Ela deixou cair a espada, em choque, e um lobo trêmulo, rosnando, pegou-a com a boca. O pequeno duende, com um sorriso, apontou a varinha para cada uma das princesas e então para os irmãos Coração Leal, um após o outro. Correntes de ferro e algemas surgiram em torno dos braços de todos, prendendo-os uns aos outros, mas mantendo-os bem afastados.

Tom aproveitou a oportunidade e correu, em meio à multidão, para onde deixara seu cajado. Arrancou o terno de veludo de pajem e vestiu suas rústicas e confortáveis roupas de aventureiro. Largou o odiado traje branco em uma pilha na grama. Olhou para ele e pensou: "já vai tarde", quando o sol bateu na pequena moeda de ouro de duende que seu pai encontrara. Ele curvou-se e pegou a moeda no casaco: queria alguma coisa de seu pai por perto, então enfiou a moeda na trouxa do cajado, prendeu no cinto a própria espada, pendurou a aljava e o arco no ombro e atravessou sorrateiramente a aglomeração de volta à frente da multidão. Escondeu-se atrás de uma fileira de escribas; até ali Ormestone não o notara.

— Bela tentativa, minha querida, minha amada — gritou Juca para Rapunzel. Ele ergueu os braços algemados e tentou jogar um beijo afetuoso para ela.

O lobo largou a espada cerimonial do Mestre na grama aos pés de Ormestone, que a pegou e a ergueu bem no alto. Ela já não brilhava nem faiscava.

— Bem, agora terei um magnífico suvenir deste evento tragicamente fracassado. Muito mais divertido do que

uma fatia do velho e insípido bolo de casamento. Esta é a espada cerimonial de prata do Mestre da Agência de Histórias, forjada, se me lembro bem, como outra mística e poderosa espada que eu também possuo, pelo grande João Coração Leal em pessoa. Estou certo de que vou encontrar muitos, muitos usos infelizes para esta espada. Como era mesmo aquela história? Certamente o senhor deve se lembrar, Mestre. Então veio um lenhador e cortou suas cabeças, hein? O que você acha? Uma a uma, rá-rá. Bem, vou reservar esse prazer para mais tarde.
   Ele apontou para a porta escura da cabine do zepelim. Os lobos rapidamente rebanharam os prisioneiros, fazendo-os subir para a escuridão. Ormestone olhou a multidão reunida à sua volta, um largo sorriso no rosto de caveira.
   — Uma nova era começou. Na verdade, começou faz algum tempo. Logo meu Exército das Trevas vai chegar para devastar este lugar ridículo e subjugar todos vocês. Temo que agora estes meus queridos bichinhos — e nesse momento todos os lobos uivaram em uníssono — e eu tenhamos de deixá-los. Esses jovens e encantadores apaixonados têm muito o que fazer para mim, e muito para aprender antes de seu muito, muito infeliz e definitivo final. Adeus para vocês todos. Venham.
   Os lobos da retaguarda formaram um círculo em torno dos degraus para a gôndola, enquanto os outros corriam à frente e, um a um, entravam às pressas na cabine. Ormestone tornou a erguer a espada. Ele parou, confiante, emoldurado no vão da porta da gôndola, e parecia prestes a soltar

a corda de ancoragem, quando Tom avançou correndo para o espaço aberto, alheio aos lobos rosnando. Percebera uma oportunidade. Uma flecha, se ele conseguisse dispará-la contra o dirigível, talvez pudesse esvaziar a coisa toda e lançá-lo ao chão. Era arriscado, mas valia a pena tentar. Se pudesse fazer com que todos permanecessem no solo, havia pelo menos a chance de uma tentativa de resgate. Ele tirou o arco do ombro, carregou uma flecha, ergueu os olhos para o enorme volume negro do zepelim e mirou. Ormestone o viu nesse instante.

— Ah, espere aí, se não é nosso velho amiguinho Tom Coração Leal! Como pude deixá-lo fora disso tudo? Antes de disparar essa flecha, meu garoto, pense por um instante. Você nunca teve uma história verdadeiramente sua, teve? O que é uma grande pena. Acho que já é hora de ter uma história sobre você, do início ao fim. Uma vez comecei uma aqui na Agência, até agora sem proveito, que vai lhe servir muito bem, acredito. Por que seus irmãos devem ficar com toda a diversão e aventura para eles?

Tom não deu atenção a Ormestone, simplesmente disparou sua flecha direto contra o dirigível que pairava no ar. Um dos corvos imediatamente pegou a flecha com o bico.

Ormestone riu.

— Errou — gritou ele. — Uma grande falta de educação de sua parte. Mas não importa. É hora, repito, de sua verdadeira história começar.

Tom ouviu aquela risada presunçosa, que mais parecia um cacarejo. Em seguida, Ormestone soltou a corda de ancoragem e o zepelim afastou-se do solo.

A cabeça do pequeno duende surgiu por trás do manto de Ormestone e ele apontou sua varinha para Tom. Antes que o menino pudesse pegar outra flecha da aljava, sentiu uma súbita onda de eletricidade percorrer todo o seu corpo. Naquele exato momento, antes de mergulhar na profunda escuridão da inconsciência, Tom lembrou-se de algo. Lembrou-se do nome com que o professor se referira a um bando de seres malignos: *corja*.

Do alto veio uma súbita e horrível algazarra. Os corvos crocitaram e gritaram uns com os outros, batendo as asas. Então todos levantaram voo, como se fossem uma única e imensa onda erguendo-se do telhado da Agência, mergulharam e cercaram a figura caída de Tom com uma palpitante nuvem de penas pretas. O contorno de Tom tornou-se impreciso e ele desapareceu. Os lobos que ficaram no chão rosnavam e tentavam atacar a multidão, e, enquanto a aeronave deslizava no céu, afastando-se, os lobos da retaguarda fugiram também, o mais rápido que podiam, na direção das distantes sombras da floresta. A corja subiu imediatamente em uma grande nuvem negra, as asas dos corvos mais uma vez escurecendo o claro céu de verão.

O Mestre correu para o local onde Tom estivera.

— Tom — chamou —, Tom, onde você está?

A mãe de Tom juntou-se ao Mestre.

— Tom — chamou ela —, meu filho, pode sair agora. Eles já foram embora.

Mas eles não viam sinal de Tom em nenhuma parte. Parecia que as aves o haviam levado, que de alguma forma o tinham carregado com elas.

A Sra. Coração Leal balançava a cabeça.

— Todos os meus meninos, e todas aquelas lindas, corajosas e adoráveis princesas também, e agora o meu pequeno Tom — disse ela.

O Mestre assentiu.

Um único corvo circulava acima deles, aparentemente desgarrado da massa de aves guardas de Ormestone... sua corja de corvos. A ave desceu e pousou na grama. A Sra. Coração Leal correu e a enxotou. O corvo permaneceu exatamente onde estava e inclinou a cabeça para um lado, encarando-a com seus olhos de conta.

— Cuidado onde a senhora pisa — disse-lhe a ave. — Pode machucar Tom.

Ela parou e olhou fixamente para a ave.

— Machucar Tom? — gritou ela, alarmada. — Ora, que diabos você está dizendo? Ele não está aqui, ele desapareceu, foi sequestrado por vocês, corvos medonhos.

O corvo avançou gingando pela grama, olhando à sua volta com muito cuidado.

— Eu não sou um deles, Sra. Coração Leal — disse ele. — Tom foi alvo de um feitiço — acrescentou o corvo.

— Deve estar em algum lugar por aqui, o pobrezinho.

— É você, Joliz? — perguntou o Mestre.

— Ninguém mais — disse o corvo. — Eu não podia me mostrar antes, eles teriam me reconhecido imediatamente, todos aqueles corvos sentinelas, verdadeiramente malignos. Eram os criados de Ormestone. Quase todos duendes criminosos e trapaceiros sob feitiço, eu diria. Venham, precisamos encontrar Tom. Tenho certeza de que ele ainda está aqui, mas procurem com muita atenção e cuidado com o lugar onde pisam.

Capítulo 5

Muito Pequeno Mais Tarde

Tom tinha a sensação de que fora atingido por um raio. Sentiu um formigamento em todo o corpo e então foi tomado por uma tontura. O céu e a nuvem de corvos negros pareciam girar e girar em torno dele até que ficou enjoado e desabou no chão, desmaiado. Quando finalmente voltou a si, estava em um lugar estranho. Alguma coisa estava errada. Tom se viu cercado por grandes montes de terra e imensas pedras de linhas irregulares. Havia troncos verdes de árvores muito, muito altas. Ele se levantou e gritou o mais alto que pôde. Correu pela floresta de troncos e caules de plantas gigantes que o cercava. Saltou sobre uma pedra branca enorme e lisa. Era como estar na floresta escura do leste, mas, de alguma forma, era muito, muito diferente. Os troncos acima oscilavam, farfalhavam, rugiam e se moviam juntos, em ondas, enquanto Tom corria.

"Então", pensou Tom, "esta é a Terra das Histórias

Sombrias". Ele estava certo de que os corvos o haviam erguido no ar e levado para aquele lugar lendário e aterrorizante, o lugar onde as histórias mais assustadoras aconteciam; o lugar onde meninos e meninas saem de casa para aprender sobre o medo. E ele estava assustado de verdade.

Tom corria entre os troncos o mais rápido possível, desviando dos imensos caules verdes. Precisava descobrir exatamente onde estava e o que estava acontecendo. Então subiu em um dos troncos para olhar à sua volta. Agarrou-se à ponta e ficou paralisado no alto da árvore, horrorizado. Aquela não era apenas a Terra das Histórias Sombrias; era também a Terra dos Gigantes. Parecia haver dezenas deles espalhados por ali, batendo os pés e gritando uns com os outros acima das árvores.

De repente, uma grande sombra passou acima dele. Tom ergueu os olhos e viu algo que o fez se abaixar muito rápido. Era um sapato branco gigante, que passou muito perto de sua cabeça, e não o esmagou por muito pouco. Ele desceu deslizando pelo tronco verde e liso e se abaixou, escondendo-se na base. Ficou olhando o sapato gigante pisar ruidosamente o solo à sua frente, e por pouco o calcanhar do sapato não o atingiu. Tom sentou-se, abalado; havia algo de muito familiar naquele sapato. Ele se pôs de pé e virou-se para correr para o mais longe possível do sapato gigante, apenas para se ver olhando direto nos olhos negros e brilhantes e no bico amarelo aberto de um grande corvo. Tom caiu para trás e cobriu o rosto com os braços.

— Eu o encontrei! Ele está aqui — gritou o corvo.

A mãe de Tom inclinou-se e olhou para o trecho de grama onde o corvo estava. Tom ergueu-se do chão, ainda em choque, e viu imediatamente que a razão de o sapato lhe parecer familiar era porque pertencia à sua mãe; era um dos sapatos que ela estava usando no casamento.

Ela inclinou-se ainda mais e, lá do alto, olhou para o filho. Com toda a certeza, estava olhando para Tom. Ele se encontrava entre os talos de grama e parecia ter o tamanho do polegar de um homem. Estava sob um feitiço — havia sido encolhido.

— Ah, puxa, Tom — disse ela. — É você mesmo?

— É ele, receio. Está sob um terrível feitiço — disse o Mestre, ao lado dela, olhando a minúscula figura de Tom na grama.

A mãe de Tom baixou a mão na direção do filho.

Tom, aturdido, subiu na mão dela e foi erguido até a altura do seu rosto.

— Ah, Tom — choramingou ela —, meu pobre Tom, olhe o que fizeram com você. — E deixou escapar um soluço.

O rosto do Mestre apareceu, tão imenso e pálido quanto uma lua, ao lado da mãe de Tom.

— Ah, Tom, aí está você — disse ele. — Uma tentativa ousada e válida, meu jovem e corajoso aventureiro.

— Sua voz era tão alta que Tom caiu para trás, na mão da mãe. — Você fez o melhor que pôde, mas receio que tenha sofrido um maligno feitiço de encolhimento. Duvido que possamos fazer alguma coisa por você aqui. Terá de perseguir aquele demônio e tentar reverter o feitiço de algum modo. Tom, você pode ser pequeno, mas aposto que ainda é bravo e que está disposto a ajudar, não é? Tom levantou-se e avançou pelos montes macios da palma da mão de sua mãe. Ele empertigou-se o máximo que pôde.

— É claro, Mestre — gritou. — Tentarei fazer qualquer coisa que seja necessário. Mas olhe para mim: estou tão pequeno. Como poderia sequer ir para a Terra das Histórias Sombrias? Quanto mais fazer alguma coisa útil!

— Não posso imaginar nada capaz de detê-lo, jovem Tom — soou a voz do velho Cícero Brownfield. E, de fato, o corvo que tanto havia assustado Tom era seu velho amigo Joliz.

— Joliz, aí está você finalmente — gritou Tom, aliviado por ver seu velho amigo e companheiro de viagem.

A ave voejou no ar, pousou no ombro de Cícero e disse:

— Lembra-se daquela manhã de neve no inverno passado, quando eu lhe disse que você precisaria de coragem, Tom? Bem, receio que aquelas palavras agora se apliquem em dobro.

— Vou encontrar o dobro de coragem — respondeu Tom, mas por dentro estava amedrontado e preocupado. Como conseguiria realizar alguma bravura tendo aquele tamanho?

— Lamento, Tom, mas devemos planejar sua jornada à Terra das Histórias Sombrias — disse o Mestre. — Ela terá dois objetivos: um, o de encontrar e resgatar seus irmãos e as noivas; e o outro, impedir a terrível invasão com que Ormestone nos ameaçou, embora como vá chegar lá e realizar isso eu de fato não saiba. Obviamente vai levar uma vida para você chegar a qualquer lugar caminhando, com esse tamanho, e ainda há o problema do mar. É uma longa viagem até aquela terra sinistra. Talvez devamos pôr você na bagagem ou no bolso de outro viajante e contrabandeá-lo, assim, além das águas.

— Não, não, Mestre — disse Cícero. — Tem uma solução mais simples para o problema da viagem de Tom, de sua jornada distante nessa aventura, e não envolve o bolso de nenhum outro viajante, ou nenhum tipo de contrabando.

— É mesmo? — replicou o Mestre. — Bem, eu não consigo vê-la.

— Eu também não, Mestre — disse a bondosa Sra. Coração Leal, balançando a cabeça e reprimindo uma lágrima.

— Mostre a eles, jovem Joliz — disse Cícero com uma piscadela amigável.

O corvo levantou voo do ombro de Cícero, fez uma pequena volta no ar e pousou suavemente no ombro da Sra. Coração Leal. A ave inclinou a cabeça na direção de Tom e disse:

— Venha, Tom, pule aqui.

Tom fitou Joliz, incrédulo. Aquela ave era certamente cheia de surpresas. O que poderia querer dizer com "pule aqui"?

— O que você quer dizer?

— Quero dizer suba nas minhas costas, Tom. Você vai caber perfeitamente aqui, na frente das minhas asas, e, juntos, podemos viajar tão rápido quanto o vento, tão rápido quanto o próprio ar.

— Ah, puxa — disse a mãe de Tom, e levantou a mão, de forma que Tom se viu muito perto de Joliz. Ele saltou bem alto e aterrissou nas costas do corvo. Escorregou um pouco nas penas negras e acetinadas, mas segurou-se com força e conseguiu montar no pescoço da ave, de modo que logo se viu confortavelmente sentado nas costas do amigo.

— Que tal, Tom? — perguntou-lhe Joliz. — Acomodado? Confortável?

— Sim — disse Tom, nervoso.

— Segure-se firme, então. Lá vamos nós em seu primeiro teste de voo.

O corvo decolou do ombro da Sra. Coração Leal e levantou Tom no ar de verão. O menino sentiu o deslocamento do vento provocado pelas asas quando subiam além da Agência de Histórias. Seu estômago se revirou e ele foi lançado para trás pela súbita velocidade ao ganharem altura.

— Segure firme, Tom — gritou o corvo para trás. — É melhor se acostumar a isso. — E então virou e desceu no céu com velocidade, apontando as asas para baixo e inclinando-se para um lado.

Tom agarrou-se com força às penas de Joliz e olhou para baixo, para o chão distante. Viu a mãe, o Mestre e Cícero, com os olhos voltados para eles, e agora foi a vez de eles parecerem pequenos. Tom sentiu que podia se acostumar com aquilo. O corvo subia e descia, dando voltas e mais voltas, e Tom segurava-se da melhor forma possível. Quanto mais rápido o corvo ia, mais o vento soprava os cabelos negros e rebeldes do aventureiro, mais os topos das árvores passavam velozmente por eles, e mais emocionante ficava o voo.

Tom podia ver a floresta a distância, com a estrada branca e poeirenta serpenteando entre as árvores. Mais além, via a margem da floresta e o litoral, e além deles, o mar e, naturalmente, além do mar, em um lugar muito distante, estava a Terra das Histórias Sombrias.

O corvo finalmente desceu numa espiral e então desacelerou, aterrissando muito suavemente no muro baixo que cercava o Grande Salão de Histórias. O Mestre, Cícero e a Sra. Coração Leal foram até eles. Tom continuava sentado nas costas do corvo, agora com um sorriso no rosto.

— Veja, Mestre — disse Joliz —, Tom e eu conseguimos viajar muito rápido. Nada irá nos deter. Podemos chegar à Terra das Histórias Sombrias assim que for preciso.

— Essa será uma missão muito perigosa, Tom — disse o Mestre. — Será a sua própria história, não uma que pertence a seus irmãos ou às princesas. Está claro que Ormestone recrutou alguns aliados perigosos; existem muitas forças ocultas naquele lugar sombrio. Ele pretende concretizar sua terrível vingança e destruir todos nós. Receio que deva ser impedido de qualquer maneira e o mais cedo possível.

Cícero assentiu, a cabeça de duende desgrenhada e coberta de folhas concordando, e a mãe de Tom enxugou os olhos com uma das pontas de seu lenço de tecido dos Coração Leal.

— Acreditamos em você, Tom, sabe disso — disse o Mestre. — Vejo que todas as suas armas, sua trouxa e seu cajado sobreviveram, intactos, e parecem ter encolhido com você.

— Sim, tenho tudo comigo: o arco, a espada, o cajado, estão todos aqui. Só que agora são minúsculos também — disse Tom, acrescentando: —, como eu.

— Anime-se, Tom. Você pode ser pequeno, mas tenho certeza de que sua coragem continua grande como sempre — disse o Mestre. — Vá com Joliz. Por pior que você se sinta, esta terra precisa de sua coragem, e você é o único aventureiro que nos resta. Então, vá, assim que puder. E quer saber de uma coisa? Seu tamanho no fim das contas pode vir a ser uma vantagem. Você pode entrar em lugares que antes seriam impossíveis. Acho que o feitiço de nosso amigo do mal, Ormestone, pode ter simplesmente saído pela culatra quando ele o lançou sobre você.

— Decerto que ainda não podem ir — disse a Sra. Coração Leal. — Tom precisa se preparar. Precisa descansar antes de uma jornada assim. Todos nós sofremos um terrível choque hoje.

— Pode ser — disse o Mestre. — Certamente vamos deixá-los comer alguma coisa. Sobrou mais do que o suficiente do café da manhã do casamento para todos nós, eu acho. Mas depois eles devem partir logo se quiserem ter alguma chance de descobrir para onde seus filhos e as noivas foram levados.

A Sra. Coração Leal assentiu, abatida, e preparou-se para a despedida.

Capítulo 6

UMA PERIGOSA AVENTURA COMEÇA

— Nossa aventura fica naquela direção, através da floresta, além das árvores, além da Terra das Histórias, além das colinas, muito distante além-mar — disse o corvo.

— Mas eu tenho medo — disse Tom —, medo de decepcionar a todos.

— Isso não vai acontecer, Tom, não se preocupe. Bem, está tudo aí com você?

— Sim, tudo pronto — disse Tom, conferindo a espada, o arco, a aljava de flechas, o escudo e, finalmente, o cajado com a trouxa.

— Então venha, Tom — chamou Joliz.

— Bem, Tom e Joliz — disse a Sra. Coração Leal —, parece que é hora de dizer adeus.

— É, já estou com todas as minhas coisas aqui, mãe. Olhe: espada, escudo, mapas, tudo. Estamos prontos — afirmou Tom.

— Bem, se você tem certeza — disse ela.

— Tenho — replicou Tom, pondo-se o mais ereto possível.

— Vão então, vocês dois.

— Até logo, mãe, até logo, Cícero, até logo, Mestre — despediu-se Tom.

— Até logo, Tom — responderam eles em coro.

— E boa sorte — acrescentou o Mestre.

— Vou cuidar de Tom, não tema, Sra. Coração Leal — disse Joliz, o corvo.

— Ah, mas temo, sim. Tenho seis filhos e cinco futuras noras perdidos em algum lugar na Terra das Histórias Sombrias, e logo meu sétimo filho, meu pequeno Tom, também estará lá. Não sinto nada além de medo, meu bom amigo de penas, nada além de medo. — A Sra. Coração Leal balançou a cabeça e choramingou.

O velho Cícero pôs uma mão consoladora em seu ombro.

— Nós vamos voltar, não se preocupe, e vamos trazê-los todos conosco também, eu prometo — disse Tom.

— Espero que sim, filho, espero realmente que sim.

Tom subiu nas costas de Joliz, afundou as botas nas penas negras e reluzentes do corvo e segurou-se com firmeza em seu pescoço.

— Pronto, Tom?

— Pronto — respondeu Tom. — Até logo para todos. Ah, e também tentarei achar meu pai — disse, virando-se para olhar a mãe, e acenou para ela quando o corvo levantou voo. Eles circularam o jardim da Agência com todas as tristes pétalas de rosas espalhadas, e, lá embaixo,

Tom via todos olhando para cima, observando-os. Acenou mais uma vez, e eles acenaram de volta, e então o corvo subiu ainda mais no céu azul, e Tom não pôde mais vê-los. Tom e o corvo logo sobrevoavam a floresta escura. Voavam alto, acima do escuro dossel das árvores. O corvo subiu ainda mais, de modo que o litoral além do muro que cercava a Terra das Histórias já era visível, e, além dele, o atordoante e luminoso mar azul. Tom podia sentir o vento correndo em seus cabelos, podia ver o solo passando rapidamente abaixo. Seguiram direto para a costa e o imenso mar aberto.

Tom observava a sombra de si mesmo cavalgando Joliz, à medida que flutuava e deslizava sobre as nuvens. Eles atravessaram uma das nuvens, e a luz estranha e suave lembrou-o daquela súbita sensação de quando o chão havia finalmente desaparecido abaixo dele, na escalada do pé de feijão. Então, exatamente como agora, tudo o que Tom conhecera antes havia desaparecido e ele entrara, pela primeira vez, em um mundo estranho e novo. Só que agora tinha o tamanho de um polegar.

Embora Tom estivesse tão pequeno, Joliz tinha razão. Ele ainda era um Coração Leal. Seu coração, dentro do corpo minúsculo, parecia grande como sempre. Tom sentia-se animado com o vento em seus cabelos, com a absoluta liberdade de voar tão rápido e com a perspectiva de uma nova história. Uma aventura totalmente nova para explorar. Embora, secretamente, Tom ainda experimentasse aquela sensação fria e insinuante de medo e pavor, um pavor de falhar com todo mundo. Afinal, como poderia um menino do tamanho de um polegar derrotar alguém ou alguma coisa maior do que ele? Tom teria de encontrar uma maneira, e qualquer que fosse, teria de ser do modo dos Coração Leal. Ele estava determinado a deter o terrível Exército das Trevas, a encontrar e resgatar todos e, naturalmente, a descobrir mais sobre o que acontecera com seu pai e, talvez, se tivesse sorte, até mesmo resgatá-lo também.

Capítulo 7

Acima do Mar
18h30

Enquanto cruzavam o céu da Terra das Histórias, Tom podia ver todos os marcos importantes abaixo deles. Quase no centro erguia-se a alta torre onde ele vira Rapunzel pela primeira vez, bem ao lado da velha fazenda caindo aos pedaços com a horta. O imenso pé de feijão, naturalmente, havia muito desaparecera, mas o enorme buraco feito quando o gigante feroz despencou na terra ainda era visível, como uma profunda cicatriz em forma de gigante no solo.

Eles sobrevoaram o Portão do Oeste e, além dele, Tom podia ver o mar. Naquela linda tarde, o mar estava tão claro e azul quanto cristal. A brisa suave fazia desenhos na espuma branca ao longo da crista das ondas e não demorou muito para que Tom e o corvo descobrissem que estavam sobrevoando a Ilha de Felizes Para Sempre. Era ali que seus irmãos e suas noivas princesas teriam passado a lua de mel. Era um lugar muito bonito e com muito verde, cercado por penhascos brancos escarpados, um lugar de eterno verão. Teria sido perfeito para os irmãos e as noivas.

Depois de circular a ilha, o corvo gritou para que Tom segurasse firme, pois ele iria voar muito alto.

— A Ilha das Histórias Sombrias fica mais longe do que parece no mapa — disse ele. — E receio que as condições piorem à medida que nos aproximarmos.

O corvo subiu quase verticalmente e Tom teve de se agarrar com força às suas penas. Viraram na direção sul e a distância Tom podia ver nuvens escuras no horizonte. As nuvens ficavam maiores à medida que chegavam mais perto. Após algum tempo, elas se avultaram em torno de Tom e Joliz, quase cobrindo o céu com suas formas cinza-escuras. Tom e o corvo foram açoitados por um súbito vento frio, e as nuvens pareceram enrolar-se e entrar em ebulição dentro de si mesmas, como espirais de fumaça escura expelidas por uma máquina infernal. Toda nuvem que atravessavam era úmida e fria. A bela manhã de verão se fora. Quanto mais voavam, mais frio, cinza e escuro ficava.

Tom estava tremendo e tinha de se enterrar nas penas do corvo para se manter aquecido. Haviam deixado o idílico do verão da Terra das Histórias muito para trás, e voavam de volta pelas estações ao que parecia um inverno rigoroso. O céu escurecera em torno deles até parecer noite. Tom escondeu-se entre as penas quentes e mergulhou no sono. Joliz voou por muito tempo na semiescuridão. Quando, mais tarde, Tom acordou em meio à total escuridão, percebeu que parte das nuvens circundantes estava tingida com lampejos intermitentes de vermelho nas extremidades, como se houvesse uma luz rubra muito forte cintilando em algum ponto distante à frente. Quanto mais voavam, mais forte a luz vermelha parecia ficar.

— Fique de olho lá embaixo, Tom, e logo você verá o Farol da Destruição e as primeiras pedras pontudas das Terras Sombrias — informou o corvo.

Foi então que um brilhante feixe de luz vermelha de repente varreu o céu à frente deles. Tom continuou olhando à frente em meio à escuridão e à névoa e, de fato, finalmente, abaixo deles viu as linhas de pedras de granito pontiagudas que pareciam ter sido afiadas por um gigante desajeitado com uma faca cega. As pedras margeavam e guarneciam a praia abaixo, como um conjunto de dentes vermelhos e escuros. Assomando sobre uma saliência rochosa pouco além da praia, entre os dentes dos rochedos, erguia-se um farol muito alto e escuro. A lanterna girava dentro da torre, e a luz que brilhava nela era vermelha. Um vermelho tão forte e tão intenso que o mar parecia quase preto ao quebrar nas rochas abaixo, e a espuma que salpicava a cada onda impiedosa parecia ser de um rosa-arroxeado escuro e doentio.

— Lá está, abaixo de nós, Tom — disse o corvo. — Bem-vindo à Terra das Histórias Sombrias. Segure-se bem firme, vamos entrar — acrescentou ele.

Então adernou com as asas bem abertas. Tom agarrou-se às penas à medida que desciam, avançando além das terríveis rochas afiadas na direção da praia.

Capítulo 8

UM DESTINO CRUEL

O dirigível escuro de Ormestone havia voado mais cedo na direção dos fachos vermelhos daquele mesmo farol. Luzes intermitentes brilhavam nas janelas da gôndola que pendia sob o comprido zepelim. Dentro da cabine, todos amontoados e acorrentados juntos, havia um estranho grupo. Lá estavam os bravos aventureiros, irmãos de Tom, cinco deles em suas roupas de casamento, e outro, João, em sua rústica túnica de arqueiro. Lá estava um amontoado de belas garotas, as futuras noivas princesas, todas vestidas com seus agora tristes vestidos de casamento. Estavam algemados juntos, mas em grupos separados. Os irmãos Coração Leal no chão, de um lado da cabine, e as garotas enfileiradas sentadas do outro lado.

O zumbido dos motores pusera um ou dois para dormir, mas a maioria estava desperta, fitando os duros olhos amarelo-dourados da matilha de lobos de guarda. Cada grupo se defrontava com seus próprios vigias, enfileirados de costas uns para os outros, no centro da cabine. Alguns dos lobos mantinham-se alerta, com a cauda eriçada, outros estavam abaixados com a cabeça apoiada nas patas. Fora um longo voo. Um grupo de lobos vigiava atentamente os irmãos cativos enquanto o outro vigiava as princesas algemadas. E cada grupo ocasionalmente rosnava para seus prisioneiros e agitava a cauda de ponta branca com impaciência. Os lobos tinham visto aquela que eles chamavam de Rapunzel usar a espada cerimonial tão decisiva e dramaticamente contra um dos seus, e não esqueceriam isso facilmente.

Os irmãos Coração Leal também viram aquele ataque valente. Juca, em particular, ficara mais do que impressionado com a maneira como sua futura esposa havia manejado a espada. Fora uma demonstração rápida e decisiva de habilidade como ele jamais vira. Juca nunca suspeitara que uma princesa ou donzela de história pudesse manejar uma arma ou mesmo comportar-se daquela forma.

Não havia nenhum sinal de Ormestone ou de seu companheiro, o pequeno duende vestido de preto cuja magia Ormestone parecia estar usando tão cruel e eficientemente. Eles estavam em algum lugar na parte dianteira da cabine, conduzindo a nave pelo caminho de volta ao centro sombrio das coisas. Ocasionalmente um dos prisioneiros tentava falar, apenas para ser ameaçado por um lobo. Após algum tempo os pobres prisioneiros caíram em um silêncio assustado.

João estava sentado quieto e pensativo, o que era pouco comum para ele. Não tinha nenhuma namorada com que se preocupar. Não tinha ninguém para zelar, a não ser ele mesmo, e não tinha ninguém em particular para cuidar. Não importava muito o que acontecesse com ele, afinal. Sentia-se descartável, então decidira fazer alguma coisa, assumir um risco que pudesse ajudar a libertar os outros. Com uma expressão ausente no rosto, estivera trabalhando muito lenta e silenciosamente com um pedacinho afiado de metal. Encontrara o fragmento no chão onde se sentara e vinha serrando cuidadosamente a algema que o ligava a Juca e a todos os outros. João era o último da fila de irmãos acorrentados. Se pudesse se soltar de Juca, então estaria de fato livre para tentar fazer alguma coisa quando surgisse a oportunidade. Exatamente onde ele estava sentado havia uma braçadeira estrutural curva no chão da gôndola, que escondia suas mãos dos olhos aguçados do lobo mais próximo dele. Durante todo o longo e lento voo, ele havia raspado para a frente e para trás o metal do elo da algema. Podia senti-lo enfraquecendo, podia sentir o metal aquecendo e amolecendo enquanto trabalhava.

 Um súbito lampejo de luz vermelha encheu a gôndola. Os lobos ficaram agitados. Os que estavam deitados se levantaram e se sacudiram, como se pressentissem as luzes de casa. Todos uivaram, com a cabeça jogada para trás e as mandíbulas abertas. A luz vermelha ia e vinha em vívidos lampejos à medida que a lâmpada do farol girava em algum ponto na escuridão à frente deles. Os irmãos e princesas que adormeceram tinham sido acordados com um susto pelos lobos uivando. De repente, estabeleceu-se uma grande confusão na gôndola, e João aproveitou, aplicando mais força em seu trabalho com a pequena arma dentada contra o metal da algema em seu pulso, mas então a porta se abriu na frente da gôndola e o duendezinho assistente entrou.

— Muito bem, minhas belezinhas — disse ele, em sua voz áspera. — Tranquilizem-se, estamos quase em casa.

— Então lambeu os lábios e riu. Era uma risada tão maligna quanto o cacarejo gélido e arrepiante de Ormestone.

Naquele exato momento, quando o próprio Ormestone surgia na cabine, João sentiu o ferro de duende de sua algema rachar e finalmente romper. As mãos de João estavam livres; ele não se encontrava mais preso aos cinco irmãos. João ocultou sua alegria franzindo a testa na direção de Ormestone e mantendo as mãos imóveis. Ele sussurrou para Juca pelo canto da boca.

— Estou livre de minha algema, mantenha o braço perto do meu quando e se tivermos de ficar em pé.

Ormestone virou a cabeça bruscamente na direção de João, estreitou os olhos e disse:

— Tem algo para partilhar conosco, Sr. Coração Leal?

— Não, nada — respondeu João, exibindo sua melhor expressão apática, no estilo "João bobão".

Ormestone abriu caminho em meio à fila de lobos embolados, dando tapinhas em suas cabeças cinzentas e estreitas ao passar. Aproximou-se e parou muito perto de João.

— Tem *certeza* de que não tem nada a partilhar, nada inteligente a dizer?

— Sim, tenho certeza — disse João.

— Certeza de quê? — perguntou Ormestone.

— Certeza absoluta, vossa mais ilustre, venerável, mágica e notável alteza — disse João, em tom de desafio.

As princesas deram risadinhas e Joãozinho gritou:

— Mostre a ele, João.

— Sou eu que faço piadas ou brincadeirinhas aqui, e minhas piadinhas e gracejos, minhas farpas afiadas e pilhérias, meus truques e feitiços, têm uma inclinação muito desagradável e muito horrível no momento para se realizarem, e você não quer estar na ponta oposta a um deles, eu lhe asseguro — disse Ormestone friamente.

A intensa luz vermelha cintilou pela gôndola naquele momento, e iluminou de súbito os olhos de Ormestone, fazendo-o parecer a pessoa mais asquerosa que João já vira. João sentiu um cutucão consolador de Juca, ao seu lado, que parecia dizer: entendi tudo. Ormestone voltou para a cabine, na frente, e João ficou à espera de sua oportunidade, que não demoraria muito a vir.

A aeronave de repente adernou acentuadamente e começou sua descida na direção da Terra das Histórias Sombrias. Se virasse a cabeça um pouco, João podia ver a paisagem pela janela ao lado de sua cabeça. O pequeno duende seguiu Ormestone até a frente da cabine e João finalmente pôde virar-se propriamente e olhar pela janela. Viu de relance, através das nuvens cinzentas, trechos da terra escura lá embaixo. A paisagem árida era iluminada por clarões intermitentes da luz vermelha.

A voz fria de Ormestone soou lá na frente:
— Portas da cabine no manual. Tripulação, prepare-se para pousar.

Os lobos uivaram em resposta, e João viu as rochas pontiagudas de granito vermelho sobressaindo-se em uma camada fina e cinza de vegetação. Ele viu florestas de árvores nuas, com seus galhos esqueléticos emaranhados uns nos outros, as ramificações dos galhos desenhadas em gelo branco. A paisagem parecia fazer brotar do solo por toda parte colinas e montanhas afiadas de granito cinzento. Havia florestas densas, rochedos foscos e amplas planícies. A monotonia das planícies só era quebrada por uma série de postes altos com espécies de grandes rodas, ao que pareceu a João, projetando-se no ar da extremidade. Parecia um lugar horrível e assustador.

Enquanto desciam à terra entre as silhuetas escuras, João pensou que logo descobririam exatamente que tipo de história, ou pior, que tipo de final, Ormestone havia planejado para todos.

Capítulo 9

A Terra das Histórias Sombrias

Tom e o corvo cruzaram o céu sobre os rochedos pontiagudos e o mar estrondoso e se viram sobrevoando uma praia branca como osso. Tom podia ver uma linha de árvores escuras e arbustos e moitas baixos e pontudos. As árvores não tinham folhas, e seus galhos nus e emaranhados se destacavam contra a luz vermelha, como fileiras e mais fileiras de garras congeladas, ou, pensou Tom, como dedos de esqueletos. Tom estremeceu quando o corvo desceu subitamente, com o propósito de voar sob o facho de luz vermelha do farol. De fato, o corvo agora voava tão baixo que estavam muito perto, precisando às vezes desviar, do emaranhado de arbustos espinhentos. Tom os sentia puxar e arranhar suas roupas. As pontas enormes e afiadas dos malignos espinhos pareciam ter vontade própria e estarem deliberadamente tentando atingir Tom, furando-lhe as roupas ou a pele. Ele tinha certeza de que estavam conspirando e atacando-o. Era como se estivessem se esforçando ao máximo para mantê-lo, assim como o corvo, completamente fora da Terra das Histórias Sombrias.

Houve um súbito "crá" vindo do corvo e Tom olhou para o alto. Em algum ponto acima deles, uma sombra escura esvoaçava para a frente e para trás em meio à névoa fria, iluminada pelo facho de luz vermelha. Tom viu que, o que quer que fosse, aquela coisa lançava uma sombra misteriosa e assustadoramente grande contra o facho de luz vermelha. Era a silhueta flutuante de um morcego, com as asas abertas. Alguma coisa preta caiu de suas garras na direção deles, na escuridão. Tom rapidamente ergueu o arco e disparou uma flecha contra o objeto que caía em sua direção. Ele viu a flecha atravessar o que quer que fosse e o objeto cair girando na praia abaixo deles. O corvo descreveu um círculo no ar e então desceu para a praia a fim de investigar. Eles pousaram perto de onde o misterioso objeto havia caído.

Tom saltou das costas do corvo. Saiu correndo na areia seca, que estava coberta por fragmentos pontiagudos de sílex e cascalho cortante, e que, para Tom, em seu novo estado encolhido, assemelhava-se perigosamente a grandes hastes de ferro e cacos afiados de vidro quebrado. Um vento frio açoitava a praia, soprando os agudos grãos de areia pelo ar. Tom teve de puxar o cachecol sobre o nariz e a boca como proteção. Seus minúsculos dedos finalmente encontraram a pena da flecha que havia perfurado o centro do objeto com sua pequenina haste. Era um pedaço de papel grosso. Ele chamou o corvo, que veio saltitando e pegou o papel no bico. Era um envelope, do mesmo tamanho de um dos envelopes de missões da Agência de Histórias. Para Tom, era do tamanho de um tapete grande. Aquele envelope, porém, era diferente, era feito de papel preto retinto, e as letras que se viam nele eram de uma tinta branco-esverdeada reluzente que parecia brilhar na escuridão.

"Aviso Claro"

eram palavras no alto do envelope com grandes letras maiúsculas e que quase pareciam tremer e se mover enquanto Tom as olhava. Abaixo delas havia outra linha de texto. Tom leu em voz alta, percorrendo a extensão do envelope: "A quem interessar possa." O corvo deixou cair o envelope de volta no chão e ficou ao lado de Tom.

— Aquele morcego deve tê-lo deixado cair e foi embora — disse o corvo.

Tom sacou sua espada de aniversário e a pouca luz que havia percorreu a lâmina, resultando em um lampejo avermelhado; Tom usou o gume afiado para abrir o envelope. Seu braço sentiu uma leve onda de força ao cortar o papel preto ao longo da borda com um longo golpe, andando e puxando a espada com força atrás dele. Tom podia ver uma folha de papel preto pesado, dobrada, espiando de dentro do envelope. O corvo ajudou-o a puxar a folha de papel do envelope, que foi lentamente desdobrada por ambos, o corvo segurando a borda do papel com a garra. A mesma escrita luminosa e trêmula brilhava na superfície da folha de papel de carta preto: "Aviso a invasores", Tom leu em voz alta devagar. "As sentinelas agora sabem que você está aqui. Aceite o aviso: parta enquanto ainda pode. Se ficar, deverá aceitar o terrível destino que muito certamente, e muito rapidamente, lhe sobrevirá. Assinado: Rei Ormestone, O Mestre, A Terra das Histórias Sombrias."

— *Rei* Ormestone — disse Tom, quase engasgando por trás de seu cachecol.

— Ah, minha nossa — disse o corvo. — Ele agora se autodenomina rei?

Tom baixou o cachecol, olhou para o papel preto aberto diante deles e deu a língua.

— É isso que eu penso de seu aviso — afirmou Tom.

— É isso mesmo — disse Joliz, o corvo, enquanto em algum lugar na névoa vermelha, muito acima deles, o grande morcego partia rápida e silenciosamente escuridão adentro com uma mensagem urgente para seu mestre.

Capítulo 10

CHEGADA
TREVAS NA TERRA DAS HISTÓRIAS SOMBRIAS

Algumas horas antes, o dirigível havia descido lentamente em uma planície escura. O lugar era dominado por um enorme edifício escuro. Postes de madeira e troncos de árvores altos, com todos os galhos decepados, erguiam-se a intervalos como uma gigantesca cerca através do desolador espaço à sua volta. O zepelim preto foi imediatamente ancorado com firmeza a um dos postes altos por uma misteriosa figura cambaleante. Ela havia saído lenta e muito deliberadamente da cavernosa entrada do imenso edifício, acenando sua lanterna vermelha para guiar a grande aeronave. A figura cambaleante, que era muito alta e de ombros muito largos e usava botas de solado muito grosso, empurrou uma escada de rodinhas até a gôndola do zepelim. Então a prendeu no lugar e voltou a acenar para a frente e para trás com sua lanterna.

O edifício do qual saíra era uma estranha mistura de estilos. Era parte catedral e parte castelo fortificado.

Erguia-se em uma maciça elevação de granito pontiagudo, cercada por um profundo abismo de trevas. Era feito de granito escuro, tão escuro na verdade que à noite parecia ser quase preto, e o único indício de sua presença era a ausência de estrelas no local onde se erguia. O edifício consistia em uma torre central muitíssimo alta, que se elevava quase à altura das nuvens de neve. A torre terminava em uma coroa de torres pontiagudas menores, sustentadas por contrafortes. Degraus de pedra escura e escadas em espiral se enroscavam na parte externa da torre circular. Elevações e pontes, escadas de pedra de todos os tipos, saíam da torre central.

Algumas das pontes em arco levavam a torres menores que, por sua vez, também eram envolvidas por escadas em espiral, e algumas simplesmente terminavam projetando-se no vazio, estendendo-se para a escuridão, como armadilhas para os desavisados. Era como se o próprio edifício tivesse sido projetado como um grande final infeliz, pois aquele era o Castelo Sombrio. Uma bandeira negra esfarrapada agitava-se de seu torreão mais alto e mais pontiagudo, no pináculo da coroa de torres escuras, e, pintada na bandeira, em um reluzente branco-esverdeado, via-se uma caveira sobre dois ossos cruzados.

A porta da gôndola do zepelim se abriu e Ormestone desceu a escada e ficou olhando, orgulhoso, o dirigível e a sombra distante de seu terrível castelo. Seu manto esvoaçava à sua volta no vento frio, e flocos de neve dispersos eram carregados para a sombra do edifício e do céu escuro.

— Tragam-nos para baixo — gritou ele.

Alguns dos lobos desceram os degraus aos saltos e tomaram posição em ambos os lados de seu mestre. Então as princesas apareceram, uma a uma, e, ainda acorrentadas em fila, desceram tropeçando nos degraus, tremendo em seus vestidos de casamento de seda de duende branca e leve, própria para o verão. Suas algemas tilintavam conforme se reuniam no chão debaixo da nave. Mais lobos desceram saltando a escada, seguidos pelos irmãos Coração Leal.

João mantinha os braços fechados junto aos de Juca e dos outros. Felizmente, havia pouquíssima pouca luz agora. Era noite naquele lugar estranho e assustador, então ninguém percebeu a algema quebrada em seu pulso. Por fim, o duendezinho trapaceiro desceu, saltando os degraus, agitando a varinha e dando risadinhas.

Foi Ormestone quem finalmente falou acima do vento uivante.

— Bem-vindos — disse ele — ao meu reino, um reino que está crescendo constantemente sob meu comando inspirado, com novos inícios de histórias e novos finais infelizes para todo mundo. Aqui estamos todos, prontos para fazer um novo começo, ou eu deveria dizer um novo fim, neste reino devotado exclusivamente a histórias sombrias. Meus assistentes infelizmente terão de manter seus dois grupos separados. — Com isso os lobos avançaram e, empurrando-os com o focinho, conduziram os irmãos Coração Leal e as princesas para longe uns dos outros.

— Minhas queridas, adoráveis e jovens princesas, aqui eu as deixarei por ora nas mãos confiáveis de meus bons amigos lobos, mas, naturalmente, meu fiel assistente pessoal sairá diariamente de sua casinha na floresta para visitá-las. — Ormestone gesticulou na direção do duendezinho. — Ele irá supervisioná-las em sua longa, e receio quase certamente impossível, tarefa. Não temam, vocês serão bem tratadas, haverá um *chef* e uma equipe de cozinha para mantê-las alimentadas com iguarias, rá-rá. — E ele riu aquela fria gargalhada.

O duende assentiu rapidamente, e então esfregou as mãos com evidente júbilo. Seus olhos percorreram a fila de lindas princesas, então convocou a guarda lupina, que começou a rebanhá-las. Os lobos empurravam as princesas adiante, afastando-as do dirigível, conduzindo-as pela estrada que levava para longe do castelo. O duende sentou-se em um cabo de vassoura de galhos de aveleira e bétula e voou acima deles em uma chuva de faíscas. Pairou alguns metros no ar e então guiou a procissão escuridão adentro.

As garotas saíram marchando juntas, tropeçando na cauda dos lindos vestidos de casamento, rasgando-os e estragando-os enquanto andavam. Os irmãos criaram coragem e gritaram para elas, quando eram levadas:

— Logo iremos buscá-las — gritou Juca.

— Se essas criaturas ousarem tocar em vocês vão se ver comigo — berrou Joãozinho.

— Sejam corajosas, aguentem firme. Irei salvá-las — disse Joca. — Logo estaremos com vocês.

E então um dos lobos restantes ergueu-se nas patas traseiras, muito alto, e colocou as patas dianteiras no peito de Joca, empurrando o focinho com força contra ele. Olhou para cima e grunhiu ferozmente, os dentes à mostra, a língua vermelha para fora, gotejando. Joca se aquietou depois disso, e os irmãos ficaram observando, impotentes, suas futuras noivas, o amor de suas vidas, as garotas de seus sonhos, serem levadas noite adentro pela matilha de lobos ferozes, enquanto o duendezinho seguia em seu cabo de vassoura.

Aquela seria uma longa caminhada no vento e em meio a rajadas de neve em direção a um velho palácio que ficava a certa distância dali. O antigo palácio era cercado por um muro alto. Através de um portão e além do muro, via-se um jardim extremamente desolador, cheio de arbustos espinhentos e árvores perenes escuras podadas em formas assustadoras, e um sentinela espantalho de expressão triste, com cabeça de abóbora.

— Logo elas estarão ocupadas demais para sequer lembrar quem são vocês — disse Ormestone, e voltou-se para o homem cambaleante de ombros largos nas sombras. — Venha — continuou —, vamos levá-los para as masmorras distantes, pois amanhã cedo vocês começarão a trabalhar embaixo da terra, em minhas minas de ouro de gnomos.

Os irmãos arquejaram.

— As minas de ouro de gnomos — repetiram em coro.

— Ah — disse Ormestone —, me desculpem. Eu não lhes contei que tenho empregos muito importantes para um grupo de aventureiros grandes, fortes, bravos e robustos como vocês? E, não temam, vocês não ficarão nada entediados. — E ele deu outra de suas horríveis gargalhadas.

Então o homem cambaleante saiu das sombras do dirigível e ficou sob a luz da lanterna pela primeira vez. Era ainda mais alto e forte do que os irmãos Coração Leal. Seu rosto era coberto de pontos de costura, como se tivesse estado em algum terrível acidente envolvendo muitos cacos de vidro voadores ou como se tivesse sido costurado com pedaços do rosto de outras pessoas. Os irmãos recuaram, horrorizados com sua primeira visão dele de perto.

— Ah, estou vendo que notaram meu forte ajudante — disse Ormestone. — Ele foi designado para cuidar de vocês, e fará isso diariamente na mina. É um homem de poucas palavras, mas, como vocês podem ver por si mesmos, muito, muito, muito forte, rá-rá-rá.

Os lobos forçaram os irmãos Coração Leal a ir adiante, a afastar-se da escada e do imenso castelo sombrio. Eles podiam ver no indistinto horizonte uma roda de poço sinistramente imóvel. A roda elevava-se sombriamente acima das árvores negras e pontudas da floresta, todas cobertas com gelo branco e afiado.

João cambaleava adiante, atrás dos irmãos, mantendo-se perto deles, enquanto Ormestone zunia à frente de todos em seu longo manto negro. João podia ouvir sua risadinha fria enquanto caminhavam. Após algum tempo, o caminho seguia uma descida íngreme em um dos lados, adentrando a própria floresta densa e escura. O solo parecia pantanoso debaixo das árvores, mas endurecido pelo gelo. Havia apenas um lobo na retaguarda, seguindo atrás deles, e João era o último da fila. Ele sentiu que sua única chance chegara — era agora ou nunca. João podia ouvir as passadas das botas de sola grossa do homem alto de "rosto costurado" sobre o solo coberto de gelo liderando o grupo com sua lanterna vermelha, e os passos e clangores rítmicos e mais abafados dos irmãos derrotados e algemados. João virou-se de repente, ficando de frente para o lobo. O animal também parou e o olhou, surpreso. Mostrou os dentes e um rosnado baixo e confuso subiu de sua garganta.

— Pois bem — disse João, baixinho —, olhe isto aqui.

E saltou o mais alto que pôde no ar. Antes que o lobo pudesse dar qualquer tipo de grito de alarme, a criatura magricela desabou completamente inconsciente com o sólido peso de João aterrissando com toda a força nas suas costas. O único som que o lobo conseguiu emitir foi um muito reprimido e muito sussurrado "Auuu".

— Muito bem — disse João para si mesmo —, agora vamos dar o fora daqui.

Ele rolou silenciosamente para fora do caminho e pela íngreme encosta até desaparecer entre as árvores frias e cobertas de musgo. A operação inteira levou apenas uma fração de segundo. Se Juca percebeu alguma coisa do súbito desaparecimento de seu irmão, não piscou ou demonstrou, e foi só quando Ormestone casualmente olhou para a fila atrás de si, muitos minutos depois, que a ausência de João por fim foi percebida. Àquela altura, João corria e se esquivava em algum lugar já longe, ao longo de um dos frios e sinuosos caminhos da vasta floresta.

Capítulo 11

3 Horas da Manhã
(A Hora do Lobo)
Uma Batalha no Ar

Tom e o corvo logo deixaram a praia e voaram para longe do farol, afastando-se do litoral. Abaixo deles estendia-se uma ampla planície onde se espalhavam árvores nuas esparsas e postes misteriosos e altos, que se inclinavam na direção um do outro, aparentemente encimados por velhas rodas de carruagem. Parecia haver alguma coisa branca estendida sobre algumas das rodas, mas eles voavam alto demais para ver o que era.

Prosseguiram voando pelo que restava da noite, e a paisagem abaixo deles continuava a mesma; uma planície cinza e árida interrompida por montes esparsos e pontiagudos de granito projetando-se aqui e ali, e montes de arbustos e bosques, e às vezes florestas selvagens de sinistras árvores escuras. Agora fazia tanto frio que pareciam estar em pleno inverno. Quando o sol finalmente surgiu através da névoa fria, Tom não pôde ver absolutamente nenhuma mudança na paisagem, até onde podia enxergar havia apenas mais uma floresta densa e escura no horizonte.

— Voe um pouco mais baixo — pediu Tom ao corvo. Ele avistara mais alguns postes e rodas lá embaixo e logo voavam baixo sobre eles. Tom queria ver o que era aquilo esticado sobre as rodas.

E logo descobriu.

Quando baixaram um pouco mais, Tom pôde ver perfeitamente que eram esqueletos humanos.

Ao se aproximarem, Tom avistou um corvo negro sentado em uma das caveiras. Ele levantou voo e grasnou alto quando os viu. Tom e Joliz baixaram ainda mais e por fim pousaram na borda de uma das rodas de carroça. Tom desceu das costas do corvo e ficou de pé no anel de ferro de duende enferrujado que unia a madeira apodrecida. Um esqueleto estendia-se sobre os raios. Estava esticado com as costas no centro da roda e acorrentado pelas mãos e pelos pés. Ainda havia trapos rasgados presos a alguns ossos, e eles se agitavam e esvoaçavam no vento frio. Era de fato uma visão sinistra.

— São apenas figuras teatrais para amedrontar, Tom — disse o corvo. — Não creio que sejam de verdade Bem, pelo menos não todos. Acho que são colocados aqui por Ormestone e seus capangas duendes para espantar visitantes, embora eu tenha ouvido dizer que existe um exército inteiro de esqueletos aqui neste lugar.

Tom desviou o olhar. Não queria ver de muito perto as mãos com ossos que pareciam garras acorrentadas, e os trapos de roupas de prisioneiro esfarrapadas, presos por flechas.

— Ele quer que todo mundo acredite que este é o destino de todos que são levados prisioneiros, que estes são seus restos mortais — disse o corvo, batendo levemente no crânio do esqueleto. — Foi o que pensei. É de mentira. Estes ossos são feitos de porcelana. Acredito que todos sejam — acrescentou, bicando os dedos-garras.

— Verdade? — replicou Tom. Encorajado, subiu ainda mais na roda e ousou olhar bem de perto a gigantesca e sorridente caveira. — Ora, são mesmo! Limpos e brilhantes como um prato — disse ele.

O corvo bateu na caveira, que retiniu, como um dos pratos de porcelana usados pela mãe de Tom em casa aos domingos.

— Como eu disse, é apenas aparência — confirmou o corvo.

Tom pensou no exército de esqueletos. Por algum motivo, duvidava que fossem feitos de porcelana.

Durante todo esse tempo, o corvo que haviam perturbado na roda da carroça estivera voando em círculos acima deles e grasnando. Quando olhou para cima, Tom viu que a ele haviam se reunido vários outros corvos e que uma nuvem inteira vinha na direção deles, ainda distantes no horizonte, onde a floresta começava.

— Acho que é melhor irmos embora, e rápido — disse Tom.

Ele saltou nas costas de Joliz e agarrou-se o mais firme que pôde quando a ave decolou em um ângulo abrupto, apontando para o alto, em linha quase reta.

— É melhor seguirmos para a floresta e os despistarmos lá — gritou Joliz para Tom, que mal pôde ouvi-lo por causa do vento e do ruído ensurdecedor de mil corvos subitamente gritando para eles de toda parte.

A nuvem de corvos escureceu o céu cinzento, e o ar se encheu com seus gritos aterrorizantes e suas muitas asas batendo. Joliz foi desviado de seu curso e despencou num mergulho veloz em direção ao solo. Tudo que Tom podia fazer era segurar-se. Uma torrente de corvos os seguiu, girando e rodopiando no ar atrás deles. Um corvo ameaçador logo voava ao lado deles. Tom fitou seu olho de conta e o bicho, feroz, subitamente atacou Joliz com o bico. Tom sacou a espada, e uma minúscula centelha de luz tremeluzente pareceu percorrer a lâmina. Em um instante havia desaparecido e Tom lembrou-se naquele momento de que sua mãe quisera lhe dizer algo sobre a espada, mas o perigo crucial à sua volta o impediu de continuar divagando. Agarrando-se firmemente com uma das mãos a Joliz, que rodopiava no ar, ele golpeou a ave ao lado deles. Uma nuvem de penas pretas cortadas encheu o ar, e então Joliz rodopiou para cima novamente. Enquanto subiam, Tom brandia a espada violentamente em todas as direções; penas voavam de ambos os lados, e gritos e grasnados enchiam o ar.

A batalha havia começado.

Tom descobriu que, pressionando seus pés contra um dos lados do pescoço de Joliz, o corvo mudava de direção, de acordo com a pressão do pé que Tom escolhesse, e assim ele fez o melhor que pôde para ajudar Joliz a se orientar através da massa de corvos furiosos. Eles esquivavam-se e mergulhavam, disparando em meio à nuvem de aves. Tom ainda atacava, brandindo sua espada da melhor maneira possível. Até onde podia ver, ele simplesmente atrapalhava ou feria muitas das aves à medida que passavam pelo centro da nuvem. Tudo acontecia rápido demais para que pudesse ter certeza. Não havia tempo para planejar um golpe, ou se comportar como um verdadeiro aventureiro, com qualquer tipo de honra ou fidalguia. Tom simplesmente tinha de abrir caminho e torcer para que conseguissem ir em frente. A espada parecia seguir sua mão e seus desejos melhor do que em qualquer outra ocasião que pudesse se lembrar, e ocorreu-lhe que ele devia, finalmente, estar aprendendo um pouco de esgrima. A linha de árvores retorcidas parecia ainda muito distante, e a maligna nuvem de corvos não parecia nem um pouco menor ou menos feroz.

Então os corvos elevaram-se acima deles como se fossem um só. Era como se tivessem uma única inteligência guiando-os, dizendo-lhes de repente que se juntassem, e o céu escureceu ainda mais. As aves mantiveram-se no alto, seguindo o progresso de Tom e Joliz em direção à floresta.

— Eles estão tramando alguma coisa, Tom — disse Joliz.

— Eu sei — replicou Tom, estremecendo. — Voe o mais rápido que puder.

— Estou fazendo o melhor que posso, mas é difícil, e além disso acho que um daqueles corvos me feriu.

Foi então que Tom percebeu um pouco de sangue no pescoço do pobre Joliz, e pôde ver um feio talho sob as penas.

— Ai, parece sério — disse Tom, pondo a mão sobre a ferida. — Pouse assim que alcançarmos as árvores — acrescentou ele —, e darei uma olhada nisso.

Cruzaram um rio largo, a água circundando o que parecia uma ilha totalmente coberta de floresta abaixo deles.

Foi então que os corvos acima começaram a fazer barulho. Era como se um enorme alarme houvesse sido disparado no céu; um grito de lamento que se elevava e decaía, subindo e descendo, subindo e descendo. Era exatamente como Tom sempre imaginara que uma fada *banshee* soaria, só que ele nunca tinha ouvido uma delas. Seu irmão Juca uma vez ouvira, e descrevera o ruído a Tom só para assustá-lo na hora de dormir, e sua mãe fora obrigada a dar um cascudo bem dado em Juca por isso. As *banshees* são um sinal de mal-agouro e anunciam a morte de alguém próximo.

Joliz voou ainda mais rápido na direção das árvores. Tudo que Tom podia fazer era se segurar. Voavam bem baixo, quase tocando o rio à medida que se aproximavam da floresta sombria. Tom via claramente as raízes emaranhadas de árvores retorcidas e o musgo úmido cobrindo parte dos troncos. Pouco antes de alcançarem as árvores, a fim de confundir os outros corvos, Joliz voou para o alto novamente e atravessou a torrente de aves que se arremessava para baixo. Tom se erguia, frenético, nas costas de Joliz e brandia selvagemente sua espada.

No entanto, Tom subitamente foi derrubado das costas de Joliz e girou no ar. Caiu nas costas de um corvo estranho, que voltou a cabeça malévola em sua direção, abriu o bico e gritou. Tom saltou no ar, cheio de horror, pois agora tinha perdido Joliz de vista. Ele não sabia como, mas pulou de corvo em corvo, correndo, saltando em meio à massa de aves, defendendo-se o tempo todo, brandindo a espada.

De repente, foi apanhado no ar por um galho de árvore congelado, que pareceu agarrá-lo e golpeá-lo como um braço de gelo. Ele despencou na direção do chão frio, sua queda suavizada apenas por outros galhos afiados, nos quais batia, um após o outro. Então finalmente chegou ao solo e se enroscou, formando uma bolinha, debaixo de uma raiz de árvores. Ficou lá deitado, tremendo e recuperando o fôlego.

A massa de aves continuava acima das árvores, ainda gritando seus terríveis lamentos. Sua chegada certamente não era mais um segredo. Toda a Terra das Histórias Sombrias saberia que agora eles estavam ali, pois o barulho de todos aqueles corvos era suficiente para acordar os mortos. Tom ficou ali deitado o mais quieto e imóvel possível. Ele conseguira conservar sua preciosa espada e sua trouxa, e tinha algumas sobras de comida. Como faria agora, ele pensou, essa coisinha encolhida e patética que era, e como conseguiria encontrar Joliz de novo?

A nuvem de aves finalmente atravessou o céu, e seus ruídos foram desaparecendo. Tom ficou sozinho com o silêncio da floresta, que naturalmente não era nada silenciosa. Os galhos nus rangiam uns de encontro aos outros, o vento gemia através dos topos das árvores. Tom, encolhido a um tamanho tão pequeno, podia ouvir a algazarra de muitos pés correndo e sinais de cada criatura à sua volta. Criaturas que antes seriam pequenas demais para que notasse, agora deviam ser temidas: camundongos, ratos, musaranhos, texugos, raposas, todos os seres selvagens de qualquer floresta agora o veriam como uma pequena e deliciosa iguaria. Ele já não podia voar acima de tudo nas costas de Joliz, estava no chão, uma coisinha comestível entre tantas outras coisinhas comestíveis; ora, até mesmo um talo de grama agora parecia alto como uma árvore para Tom. Ele teria de ser extracorajoso, extracauteloso, e, principalmente, manter a calma.

Saiu com cuidado pelos buracos escuros da raiz, e todas as árvores gemeram em coro acima dele. Começou a subir em uma pedra coberta de limo, e mesmo isso era difícil, pois o limo frio era muito escorregadio, ainda mais coberto de gelo. Tom achou difícil firmar-se com as pequeninas botas e quase chorou de frustração. Ele odiava ser pequeno. O Mestre dissera que talvez houvesse uma vantagem em ser tão pequeno, mas naquele momento, naquele lugar, Tom não conseguia ver qual seria.

Do alto da pedra ele avistava a imensa floresta estendendo-se para todos os lados, e um caminho estreito, que parecia a Tom tão largo quanto uma ampla autoestrada, fazia uma curva depois da pedra coberta de limo e estendia-se à frente em um zigue-zague através das árvores, adentrando a escuridão. Ele concluiu que sua melhor opção era seguir o caminho e ver onde o levava. No mínimo, deveria encontrar um abrigo, e, na melhor das possibilidades, Joliz poderia encontrá-lo mais facilmente se ele se mantivesse na estradinha.

Assim, Tom desceu deslizando da pedra, empertigou-se em sua patética altura, armou-se de coragem e partiu, desanimado, pelo centro do caminho.

— Vamos — precisou dizer a si mesmo em voz alta e com firmeza —, você *consegue* fazer isso. — E então saiu marchando, pisando com as botas o mais ruidosa e firmemente que uma pessoa do seu tamanho conseguia. Mantinha a mão no punho da espada enquanto caminhava e esquadrinhava as margens do largo caminho à procura de criaturas ou de qualquer sinal de seu amigo Joliz, o corvo.

Continuou andando e andando na direção das árvores até que os galhos nus e retorcidos e seus altos troncos pareciam a ponto de prender Tom, como uma gaiola. Era tão escuro debaixo das árvores que parecia que a noite havia caído novamente. Tom não tinha nenhuma lanterna para iluminar o caminho, e só podia vê-lo com a luz intermitente do céu, que aparecia em pequenos pedaços de terra através dos galhos. À medida que seus olhos e ouvidos se acostumavam à escuridão, ele percebeu que havia um constante ruído de fugas precipitadas, movimentos bruscos e outros sons preocupantes vindo das sombras de ambos os lados da passagem.

— Nunca se esqueça de onde você está — lembrou-se Tom. — Nem de como usar sua espada e seu cérebro, e lembre-se de que normalmente essas criaturas aí nas sombras teriam mais medo de você do que você tem delas.

Mas então Tom pensou: "Isto aqui não é o normal."

Ele tentou ao máximo se tranquilizar, mas, lá no fundo, seu velho medo do escuro estava de volta, e em dobro agora que era tão pequeno, e ele viu que andava mais devagar. Sentiu que talvez não conseguisse dar nem mais um passo. Foi então, ao fazer uma curva na estrada, que viu uma grande placa. Ele levantou a cabeça e leu em silêncio: "Bem-vindo à Nossa Ilha, O Vale dos Lenhadores." Tom notou um pedaço de pergaminho negro que fora toscamente colado sobre a metade inferior da placa. "Aviso: Agora Incorporado à Terra das Histórias Sombrias, Portanto, Mantenha Distância" estava impresso nas estranhas e brilhantes letras branco-esverdeadas, terminando com a imagem de uma caveira sobre ossos cruzados.

Quer dizer que antes esta era uma terra separada, pensou Tom, agora incorporada pelas trevas. Isso talvez significasse que poderia encontrar gente solidária pelo menos. Continuou caminhando além da placa e imediatamente percebeu a distância uma luz de aparência amistosa, brilhando na janela de uma bonita casinha de madeira, uma casa muito parecida com a dos Coração Leal e que ficava perto da estrada. Tom subiu devagar a encosta íngreme, abrindo caminho em meio ao emaranhado de talos afiados de grama, e seguiu lentamente na direção da luz.

Capítulo 12

6H45
Algum Lugar no Céu

Joliz voou para o alto depois que Tom caiu de suas costas. O pescoço doía no local em que fora cortado pelo bico de um dos corvos hostis. Do alto, ele viu Tom deslizar de um corvo para o outro, saltando e se esquivando corajosamente, e fazendo cintilar sua espada brilhante e pequenina. Joliz observou Tom afastar-se cada vez mais dele até finalmente se perder em todo aquele tumulto de asas e penas. Então desceu devagar e flutuou sobre a floresta. Espiava entre as árvores em busca de qualquer sinal de habitação. Havia vários chalés de lenhadores construídos perto da estradinha da floresta. "Se Tom sobreviveu àquela queda, então ele deve se dirigir para uma delas", pensou Joliz, e ficou observando a nuvem de aves se deslocar como um único pássaro sobre a floresta. Em seguida, desceu e se empoleirou no galho alto de uma árvore que dava vista para o primeiro chalé. Ficou examinando as raízes das árvores. Procurava alguma coisa especial. Logo encontrou algo, um certo tipo de musgo. Ele bicou, segurando um pouco do musgo para depois enfiá-lo entre as penas no lugar em que havia sido bicado pelo corvo maligno. Era um velho remédio de duendes do bosque para cortes e infecções. Meteu o restante do musgo debaixo da asa e acomodou-se para descansar e esperar para ver se e quando Tom apareceria.

Capítulo 13

UMA ESPÉCIE DE BOAS-VINDAS
7H45

Tom fazia um progresso lento e frustrante pelo caminho na floresta em direção à casa distante. Conseguia cobrir uma distância muito curta a pé, pois assim tão pequeno tudo era imenso à sua volta. Pedras e folhas eram agora obstáculos reais para ele, que se viu transpondo com dificuldade as bordas afiadas de pedras de tamanho médio e tendo de desviar de folhas maiores congeladas. Aquela era certamente uma floresta escura muito densa, o chão estava todo coberto com folhas envoltas em gelo e agulhas de pinheiro. Havia cogumelos altos e de cheiro forte, a maioria com a cabeça de um vermelho-vivo coberta de pontos brancos.

"Esse é o lugar perfeito para lobos desgarrados e javalis", pensou enquanto caminhava, mas na verdade estava mais preocupado com as criaturas menores. Ora, até mesmo uma aranha de jardim seria uma coisa apavorante para Tom agora, então olhou nervosamente para os fios de seda brilhante de teias que se estendiam entre algumas das samambaias e plantas. Além disso, mantinha os olhos atentos a qualquer sinal de Joliz. Sentia-se ainda mais perdido sem ele, e naquele lugar terrível sabia que só havia um único corvo, entre milhões, no qual podia confiar.

Após uma boa hora de caminhada dura e constante, ele finalmente subiu o caminho na direção da porta do chalé. Havia uma construção com telhado de meia-água ao lado, que era um pequeno estábulo, e ali se via uma carroça simples e um cavalo malhado, de aparência amigável, enfiando a cabeça sobre a meia-porta. A aldrava de ferro na porta da frente do chalé era alta demais para que Tom a alcançasse. Ele observou o pórtico, um caramanchão de galhos rústicos retorcidos juntos, que subia por ambos os lados da porta da frente. Havia um telhado de madeira sobre ele com um remate de madeira no formato de uma ave que poderia muito bem ser um corvo. Isso podia ser um bom ou um mau presságio; era cedo demais para dizer.

Tom estava procurando um apoio adequado para o pé, preparando-se para começar a subir pela treliça do pórtico, quando a porta se abriu de repente e uma mulher alta saiu. Ela trazia um machado apoiado no ombro, com a extremidade da lâmina envolta em aniagem. Ela parou no degrau e um homem menor saiu da casa e parou ao lado dela, segurando uma trouxa de tecido e uma garrafa escura.

— Aqui estão, querida — disse ele e lhe entregou a trouxa e a garrafa. — Hoje é o seu predileto: sanduíche de linguiça com alho e muita mostarda. E tome cuidado ao sair assim para trabalhar sozinha na floresta, são tempos difíceis. Ah, como eu queria que tivéssemos um filho forte para nos ajudar agora que estamos mais velhos — disse ele, e suspirou, balançando a cabeça.

— Nada de falar de desejos, por favor, querido — disse a mulher. — Já esqueceu como as coisas são agora?

— É claro que não, querida — disse o homem —, mas pelo menos conseguimos um cavalo bom, forte e confiável com aquele primeiro desejo.

— Shh — ralhou a mulher, levando o dedo gorducho aos lábios. — Agora até as árvores podem ter ouvidos.

Ele baixou a voz.

— É, eu sei disso. Ele não é grande coisa como cavalo, e sei que temos de ficar calados sobre isso agora, mas, seja como for, ele é bom o bastante para puxar a carroça.

— Sim — concordou a mulher —, e acho que basta de desejos por ora, marido.

— Até logo então, querida — disse o homem, e beijou a mulher lenhadora no rosto.

— Até logo — despediu-se ela, e fez menção de se afastar do degrau.

O marido olhou para o chão e deixou escapar um súbito grito.

— Pare! — disse ele. — Pare e olhe para os seus pés. Preste atenção.

— O que foi? — perguntou a lenhadora, confusa.

— Você ainda está de chinelos, sua velha boba — disse ele, e então voltou correndo para dentro de casa e logo tornou a sair com um par apropriado de grandes e resistentes botas de lenhador.

A lenhadora pousou no chão a trouxa e a garrafa e tirou os pés calosos dos chinelos, enfiando-os nas botas. Então ela sacudiu o dedo diante do rosto dele.

— E pare com essa história de velha também — disse ela, e ambos deram uma gargalhada.

— Shh, querida — disse ele. — Nada de muita risada tampouco. Isso não é exatamente incentivado por você sabe quem.

— Sim, querido, eu sei — replicou ela, baixinho.

Então a lenhadora descia novamente o degrau, e mais uma vez o marido gritou:

— Pare! — Então apontou um dedo trêmulo para o chão, ao lado dos pés dela. — Você já ia embora sem seu sanduíche de linguiça e a cerveja — disse ele, e entregou-lhe a trouxa e a garrafa.

— Obrigada, querido — agradeceu ela. — O que eu faria sem você? Agora estou pronta. Posso ir pegar o cavalo e a carroça e começar a cortar a madeira?

— Ah, claro, querida — disse ele. — Está tudo pronto. Até logo, então.

— Até, querido — disse ela, dando um passo à frente em suas grandes, pesadas e ruidosas botas.

— Pare! — gritou ele pela terceira vez.

— O que foi *agora,* querido?

— Olhe — disse ele num sussurro, mal conseguindo falar. — Ali embaixo, louvadas sejam as histórias. Você acredita? Não é que outro de nossos amaldiçoados desejos acaba de ser concedido?

A lenhadora olhou para o chão e lá estava um menininho não muito maior que o seu polegar.

— Bom dia, senhora — disse Tom. — Será que vocês poderiam me ajudar?

A lenhadora largou o machado no chão, devolveu ao marido a trouxa e a garrafa, ajoelhou-se na frente de Tom e disse:

— Eu sabia! O que foi que eu lhe disse hoje de manhã, querido? Todos aqueles pássaros, e aquele barulho horrível no céu... Era um presságio. Outro de nossos desejos proibidos foi concedido — disse ela.

— Shh, querida, é exatamente isso que me preocupa — afirmou o marido.

Ela pegou Tom e o pôs de pé em sua mão enquanto o examinava.

— Estou aqui em uma missão — disse Tom, fitando de perto o rosto da mulher, enquanto ela o fitava de volta, assombrada, balançando a cabeça. — Estou aqui para encontrar e resgatar meus irmãos mais velhos e também suas noivas princesas, além de evitar a invasão da Terra das Histórias. Sou Tom Coração Leal, dos aventureiros Coração Leal — disse o menino, curvando-se em um cumprimento. O marido assomou atrás dela, e ambos ficaram observando Tom.

— Ele está tentando fazer barulhinhos — comentou a mulher.

— Ora, ora — disse o marido —, este não é só um de nossos desejos realizados, é um feitiço de duende também. E é uma aberração. Nunca pedimos um menino *minúsculo,* apenas um menininho para chamar de nosso. Existe uma diferença. Nada bom pode vir disso, guarde as minhas palavras. Temos de levá-lo logo para o Castelo Sombrio e entregá-lo, senão podemos os dois receber aquele castigo horrível da roda de carroça.

Tom deu um passo à frente na mão áspera e calosa da mulher.

— Meus irmãos foram trazidos aqui em um dirigível preto por um certo Irmão Ormestone e sua matilha de lobos, e eu preciso descobrir para onde eles foram levados — continuou Tom. — Tenho esperanças de que vocês possam ter visto ou saibam de alguma coisa.

— Vamos levá-lo para dentro e dar uma boa olhada nele. Pelo menos lhe servir um café da manhã — disse a lenhadora com ternura.

Eles não ouviram uma única palavra do que Tom dissera, mas o menino foi levado para dentro de casa e colocado cuidadosamente sobre uma ampla mesa. Tom se viu no meio de todas as louças do café da manhã. Havia grandes tigelas e travessas de madeira, exatamente como na mesa da cozinha de sua casa, só que ali havia dois de cada item e, agora que ele era pequeno, tudo o mais, naturalmente, era em escala gigante. O casal sentou-se à mesa e ficou um momento olhando para ele.

— Você acha que ele é de verdade? — perguntou o homem. — Pode ser apenas um brinquedo inteligente ou uma marionete.

— Ah, é um menino de verdade, com certeza — replicou a mulher. — Você não está vendo nenhuma corda, está? — Ela passou sua mão imensa no ar acima de Tom.

— E não tem nenhuma chave para dar corda nas costas

dele, tem? Você não o ouviu agorinha mesmo? Ele estava tentando falar um monte de palavrinhas por conta própria. Ah, é um rapazinho muito esperto.

O homem colocou a mão na mesa e a deslizou na direção de Tom, com o polegar levantado, de forma que seu dedo e o rapaz logo estavam esticados, um ao lado do outro. Tom era um pouquinho mais alto do que o polegar do homem, mas não muito.

— É o nosso menininho — disse a mulher —, como sempre quisemos. Vou chamá-lo de Billy, Billy Polegar. Ah, se pudéssemos mantê-lo como nosso filhinho.

— Meu nome é Tom — gritou —, dos aventureiros Coração Leal.

— Esqueça essa história de nosso menininho. É hora de o levarmos para o castelo — disse o homem. — Vamos levá-lo imediatamente. Você sabe que estou com a razão. Ora, até onde sabemos, ele pode ser uma espécie de começo de história que fugiu de algum lugar.

Tom sentou-se, aborrecido, perto de um porta-ovos e balançou a cabeça, sem acreditar.

— Bem, eu acho que devíamos ficar com ele — disse a mulher. — É a realização de outro de nossos desejos, afinal. Talvez ele até cresça com o tempo e, vamos ser francos, ninguém nunca percebeu o súbito aparecimento do nosso cavalo, e o pequeno Billy aqui parece ser de tão boa natureza, e está tão bem equipado. Olhe, ele tem sua própria espadinha e tudo mais, e nos cumprimentou com educação.

— Você certamente se recorda da proclamação que acabaram de divulgar, não é? — perguntou o homem, temeroso. — Qualquer coisa desse tipo, qualquer coisa incomum, deve ser relatada, qualquer coisa que cheire a desejos concedidos, ou a possíveis finais felizes, deve ser denunciada. Podemos nos envolver em problemas muito sérios, minha querida, se não o levarmos, e imediatamente.

— O pequeno Billy é o meu desejo realizado. Concordo com você que ele é proibido, nisso você tem razão. Mas quem saberia que nós o temos? Não estaríamos prejudicando ninguém se ficássemos com ele, exatamente como fizemos com nosso "cavalo". E, desta vez, é o que sempre quisemos de verdade.

Tom não aguentava mais aquela tolice de Billy. Precisava encontrar uma forma de ser ouvido. Olhou à sua volta na mesa. Pendurado na cadeira mais próxima estava uma antiga trompa de caça em bronze, presa em uma correia. O bocal estava perto da borda da mesa e Tom simplesmente se abaixou, pôs a boca ali e gritou dentro dele o mais alto que pôde. Sua voz ecoou pela trompa de bronze e irrompeu na pequena cozinha muito súbita e estrondosamente.

— Escutem-me, por favor — pediu ele.

O casal aprumou-se nas cadeiras, surpreso.

— Ora, ele *sabe* falar, e palavras de verdade — disse o homem em uma voz trêmula, do tipo "agora mais preocupado que nunca".

— Claro que sabe — replicou a lenhadora. — Billy é um rapazinho muito esperto, querido.

— Não sou a resposta aos seus desejos — disse Tom o mais alto que pôde. — Meu nome é Tom, Tom Coração Leal.

— Eu lhe disse que o nome dele era Tom, o Pequeno Polegar, não disse, querido? — comentou a mulher.

— Você disse que o nome dele era Billy — retrucou o marido.

— Repetindo — disse Tom —, sou um dos aventureiros Coração Leal e estou aqui para resgatar meus irmãos e suas noivas princesas, para onde quer que tenham sido levados.

— Bem, como você pode ver, não temos nenhuma noiva nem irmão aqui — disse o homem. — Somos apenas uma humilde lenhadora e seu pobre marido, tentando ganhar a vida honestamente em tempos perigosos. Só queremos seguir com nossa vida tranquila aqui na floresta, sem incomodar ninguém, em absoluto. Não estamos interessados em aventuras e não queremos problemas com o exército.

Tom o interrompeu.

— Talvez então vocês possam me ajudar — disse ele. — Estou aqui para impedir que o Exército das Trevas invada a minha terra como fez com a de vocês.

— Uma palavrinha, mulher — disse o homem, e puxou a lenhadora, fazendo-a levantar-se e afastar-se da mesa.

Eles se dirigiram ao outro lado da sala e deram início a uma conversa urgente e sussurrada.

A princípio Tom não conseguia ouvir nada do que falavam, mas então colocou a cabeça dentro do bocal da trompa de caça e descobriu que podia ouvir cada palavra do que diziam.

— Ele é um perigo para nós dois — ia dizendo o marido. — Você sabe muito bem o que estava escrito naquela proclamação. Qualquer sinal de um desejo realizado, qualquer vestígio de um sonho concretizado, deve ser imediatamente informado ao castelo. Não é nossa culpa, não criamos as regras. Você viu o que tem naquelas rodas de carroça espalhadas por toda parte.

— Meu amigo, o guarda florestal, diz que eles não são de verdade — retrucou a lenhadora. — São feitos de pratos e tigelas de porcelana, é o que ele diz.

— Aquele lá diz qualquer coisa a você, conheço o jogo dele. Não lhe dê ouvidos. A lei é a lei, e devemos entregar este rapazinho.

— Bem, é muito difícil quando todas as coisas que você vem desejando durante anos finalmente lhe são concedidas, uma a uma, só para serem imediatamente tiradas de você — disse a lenhadora com tristeza, balançando a cabeça.

O homem também balançou a cabeça.

— Você tem o coração muito bom. Esse sempre foi o seu problema, querida.

A mulher olhou para ele com uma expressão triste no rosto.

— Então venha — disse ela —, vamos logo com isso.

Assim, sem mais, Tom foi levantado da mesa e levado para fora. O cavalo malhado foi atrelado ao varal da carroça, e Tom foi enrolado com firmeza em um quente cachecol de lã.

— Espero que você esteja bem aquecido. Não tivemos nem um sinal de verão desde que o *Rei* chegou — sussurrou ela. — Aqui, pode se sentar comigo, meu pequeno

Billy, quero dizer, meu Tom, o Pequeno Polegar, por alguns momentos agradáveis, pelo menos.

O marido trancou a casinha e se acomodou na parte de trás da carroça. Tom foi colocado ao lado da lenhadora, e partiram.

Eles se afastaram do calor do chalé da lenhadora e entraram na floresta grande e fria. Tom olhava à sua volta as avenidas de árvores aparentemente intermináveis à medida que o cavalo trotava ao longo do labiríntico caminho sob o céu cinza-escuro. Ali estava ele com a estranha lenhadora e o marido, que logo o entregariam. Tom teria de esperar um momento oportuno. Não via a menor chance de fuga por enquanto.

Prosseguindo em seu caminho no meio da floresta, a carroça era acompanhada, lá no alto e a uma distância segura, por um corvo solitário.

Capítulo 14

O Velho Palácio
9 Horas em Ponto

As princesas encontravam-se todas enfileiradas em uma sacada, a galeria do menestrel do velho palácio. Diante de cada princesa, havia uma roca de fiar de um verde lúgubre. O restante do salão abaixo delas estava cheio, do piso ao teto, com um imenso monte de palha, cuja ponta quase tocava o teto acima delas. Ormestone andava de um lado para o outro atrás das jovens, acompanhado por um par de lobos de cauda de ponta branca excepcionalmente ferozes, que rosnavam o tempo todo. Com frieza Ormestone falou:

— Enquanto seus estúpidos e vagabundos ex-futuros maridos, que "poderiam ter sido", mas nunca "serão", autointitulados "aventureiros", estão dando duro em minhas profundas minas de ouro de gnomos...

Ao ouvir essas palavras, todas as garotas arquejaram. Cada uma delas tinha uma boa noção de como exatamente devia ser uma mina de gnomos.

— Ah, sinto muito se as surpreendi. Vocês não sabiam? Sim, eles estão muito, muito, muito ocupados lá embaixo, provavelmente debaixo de nossos pés, em algum lugar no calor e na escuridão, cortando e cavando, talhando e escavando túneis, procurando bons veios de ouro para mim, e isso é muito amável da parte deles. Tenho certeza de que estão todos se perguntando exatamente o que vocês estarão fazendo. De fato, imagino que vocês mesmas estão se perguntando por que estão aqui, e por que planejei tudo isso.

Ao que ele deslizou o braço no ar, abarcando a sala, indicando as rocas de fiar berrantes e a palha.

— Foi tudo preparado especialmente para vocês.

Ele tirou um envelope do casaco. Rasgou a extremidade, abrindo-o, e extraiu uma carta escrita em um fino pergaminho creme. Era uma carta da Agência de Histórias.

— Bem, como sabem — continuou —, recentemente fiz uma visita aérea à Agência de Histórias em sua linda Terra das Histórias. Encontrei todo tipo de coisas interessantes por lá, e receio que tenha me servido delas. Trouxe-as para cá comigo. Havia cartas secretas para aventureiros, anotações sobre histórias e, entre tudo isso, estava este começo de uma nova história, que me deu essa ideia. Seria sobre a filha de um humilde moleiro e pensei que poderíamos começar essa história específica hoje. Um rebaixamento e tanto, receio, para todas vocês. Bem, e o que exatamente diz esse começo? Ah, sim, parece que o pai da jovem anda se gabando com o rei que a filha pode tecer a palha e transformá-la em ouro. Será que isso é verdade?

As garotas permaneceram em silêncio. Nenhuma delas daria a Ormestone a satisfação de se mostrar desconcertada, ou interessada, por sua tola representação.

— Tomarei essa atitude desafiadora como um sim. Fico muito feliz, pois estou precisando muito de ouro de duende, em grande quantidade, para os meus planos. O que poderia ser mais encantador do que a ideia de todas vocês, princesas encantadas, sentadas aqui dia e noite tecendo e tecendo toda esta palha e transformando-a no mais delicado ouro, como aparentemente apenas vocês podem fazer. Vocês não devem desapontar seu rei, não é mesmo? Acho que, para o propósito dessa história, posso, com segurança, ser considerado o rei. Espero ver um lindo monte de puro ouro de duende erguido aqui amanhã de manhã. Ah, Bela Adormecida, tome cuidado agora com esse fuso. Não queremos passar de novo por aqueles terríveis cem anos dormindo, não é? Principalmente agora que não há ninguém para acordá-la com um beijo, pois, afinal, capturei os príncipes e cancelei qualquer possibilidade de final feliz. Resumindo, para ser bem direto, quero uma grande pilha de ouro de duende aqui às 7 horas em ponto amanhã. Venham, meus cães. — E ele desceu rapidamente os degraus com os lobos.

No pé da escada, fez uma pausa.

— Ah, e nem pensem em fugir. Os cães de guarda vão ficar atrás dessas portas trancadas com pesados cadeados, e meu duende de confiança estará com vocês logo, logo, como prometi. Ele estará aqui todos os dias para ver como vocês estão se saindo, supervisionar suas refeições e coisas assim. Ele pode ser pequeno, mas é muito poderoso. Vocês deveriam tomar muito cuidado com o modo como o tratam. Sabem muito bem do que os poderes dele são capazes.

Com isso, Ormestone se foi, deixando apenas um lobo deitado no pé da escada. Todas ouviram a chave girar na fechadura, e então fez-se silêncio, só quebrado pelos rosnados baixos e roucos do lobo de guarda.

— Ah, que homem horrível — disse Rapunzel.

— Ele é asqueroso — afirmou a Princesa Zínia.

— Vulgar — disse Cinderela.

— Tão frio — completou Branca de Neve.

— Ele me faz sentir medo e sono ao mesmo tempo — disse a Bela Adormecida. — E o que vamos fazer com tudo isso? Eu não sei tecer palha em ouro.

— Eu não sei tecer coisa nenhuma — observou Zínia.

Todas concordaram que não sabiam fiar, e não tinham a menor ideia de como começar.

— Bem — disse a Bela Adormecida —, eu me lembro que uma vez subi em uma torre mal-assombrada, no castelo em que eu morava. Só queria aprender a fiar e fui atraída para lá em meu aniversário de 16 anos por uma fada má que queria me fazer mal. Mas não fui muito longe em minha lição de fiar, pois furei o dedo no fuso e cai no sono imediatamente. Era para ser por cem anos e, bem, teria sido, se não fosse por um certo rapaz...

— Sim, sim — disse a princesa Zínia —, deixe isso para lá, todas já conhecemos a história. Obviamente você não vai nos ajudar em nada, e não nos distraia, pelo amor de Deus, com essas histórias românticas. A questão é: o que vamos fazer agora?

— Nosso dever é fugir, encontrar nossos pobres futuros maridos, e resgatá-los, e rápido — disse Rapunzel.

— De acordo — disseram as outras, em coro.

Foi nesse momento que o lobo guarda grunhiu um pouco mais alto da escada, como se para lembrar-lhes da impossibilidade de fuga.

— Olhem para toda essa palha — disse Cinderela, com um suspiro. — Não se esqueçam de que estou acostumada ao trabalho árduo. Quero dizer, passei o que pareceu uma eternidade esfregando lareiras sujas e coisas assim, e pelo menos a palha parece limpa.

— Esperam que a transformemos em ouro, não que limpemos o chão com ela — observou Zínia.

— Não estou nem um pouco preocupada. Afinal, qual a pior coisa que aquele horrível e sinistro Ormestone pode fazer conosco? — perguntou Rapunzel.

— Não é com o que ele pode fazer *conosco* — disse Zínia —, mas com o que ele pode fazer com os nossos pobres, adoráveis e ingênuos rapazes Coração Leal que deveríamos nos preocupar.

As princesas ficaram em silêncio por um minuto, enquanto ponderavam aquele horrível pensamento. Naquele exato momento ouviram um tilintar na fechadura da porta. O lobo sentou-se, rosnando e mostrando os dentes, e então a porta se abriu. Quando o lobo viu quem estava passando pela porta, parou de rosnar e tornou a deitar-se. Era o maltrapilho e pequenino duende que havia pilotado o dirigível com Ormestone. Ele deslizou escada acima como fumaça, como um mau cheiro.

— Bom dia para todas vocês, minhas damas — disse ele.

Encontrou as princesas sentadas em fila, em suas rocas de fiar, parecendo muito ocupadas com o trabalho, como se soubessem o que estavam fazendo.

— Minha nossa — disse ele —, quanta palha e quantas rocas de fiar. O que vocês estão fazendo?

— Como se você não soubesse — replicou Zínia.

— Ora, ora, você não deveria franzir a testa assim, minha princesa. E se o vento mudar? Essas rugas podem ficar em sua testa para sempre, o que seria uma pena. — E deu uma risadinha. Então, de repente, saltou da borda da sacada e aterrissou leve como uma pluma no topo do monte de palha. — Posso observá-las todas muito bem daqui, tão ocupadas em sua tarefa. Refresquem a minha memória: o que é mesmo que vocês têm de fazer?

— Temos de tecer toda essa palha em ouro... não, em ouro de *duende*, para o autointitulado rei.

— Ouro de duende — disse ele. — É mesmo? A mais delicada, a mais linda, a mais preciosa substância na Terra das Histórias Sombrias, e vocês têm de tecê-la a partir de toda essa palha velha?

— É, só isso — replicou Cinderela.

— Bem — disse o duendezinho —, muito boa sorte para todas vocês. É claro que, se vocês forem muito, muito, muito, muito, muito, muito, muito, *muito* boazinhas comigo, talvez eu possa ajudá-las nessa tarefa muito mais do que vocês imaginam.

Parte Dois
A Caminho do Castelo Sombrio

Capítulo 15

Em Algum Lugar da Grande Floresta Sombria
A Noite Anterior
2h27

João ficou deitado, escondido, por uma hora mais ou menos em um buraco entre raízes de grossos nós.

— Será que ele vai mandar aqueles lobos atrás de mim? — pensava alto, tremendo no frio da madrugada. — Com sorte, não terão notado a minha falta ainda. No entanto, o que vou precisar para o caso de terem notado é de uma boa arma para me defender. Não se esqueça disso, João.

Então pôs-se a caminhar pela floresta escura. Algum tempo depois, parou para descansar e dali a pouco adormeceu. Quando finalmente o sol nasceu, ele acordou e descobriu que durante a noite a neve havia caído, soterrando-o em montes e poças. João levantou-se e sacudiu os blocos de neve de sua túnica. Agitou os braços e bateu os pés.

— Juro que estávamos em pleno verão quando fomos sequestrados — murmurou ele, tremendo terrivelmente.

— Bem, pelo menos assim tenho um pouco de água para beber — disse João, pegando um punhado de neve na mão.

Então João lembrou-se de que necessitava de uma boa arma. Ele remexeu a área entre as árvores ali perto.

— Preciso escolher a coisa certa — disse João entre dentes. — Ah, aqui temos um belo carvalho seco. — E quebrou um galho reto com a mão que tinha aproximadamente a sua altura. Então sentou-se em um toco próximo e tirou o pedacinho de metal afiado que guardara em sua túnica.

— Muito útil esse pedaço de metal que achei. Serrei aquela algema de duende com ele e agora vai me ajudar a fabricar uma arma adequada. Bem, agora tenho de fazer com que o centro fique mais grosso do que o topo e a base, certo?

João pôs-se a trabalhar raspando o carvalho duro, dando forma e finalizando.

— Vou só raspar as extremidades para dar um pouco de flexibilidade — disse ele, baixinho, muito concentrado em sua tarefa. Pegou o pedaço de metal e fez entalhes em forma de V nas extremidades curvas da extensão de madeira. Então a flexionou. — Pronto — disse. — Bom e flexível. Agora vamos à próxima etapa.

Ele encostou o pedaço de madeira em um toco de árvore. Para se aquecer um pouco, João caminhou, vasculhando o chão parcialmente coberto de neve em busca de gravetos, todos com cerca de metade do tamanho do galho que acabara de trabalhar.

— Quero uns bem retos, muito retos, sem curvaturas — disse ele.

João reuniu um bom feixe de varas retas e fortes, então passou alguns minutos, feliz, afiando uma das extremidades delas. Então sentou-se e cortou entalhes nas extremidades bojudas de todas as varas. Em seguida, tirou um pedaço da casca flexível de uma árvore nova e modelou com ele um suporte para as varas. João se levantou e recomeçou a andar por ali. Vasculhou as áreas protegidas da neve perto das raízes das árvores e recolheu algumas das muitas penas de corvos pretas e reluzentes espalhadas pelo chão.

— Não gosto desta floresta — disse ele, baixinho. — É muito escura e muito fria, e tem uns barulhos muito estranhos por toda parte. Juro que ouvi lobos uivando em algum lugar perto daqui. Veja bem — acrescentou —, esta é a Terra das Histórias Sombrias, afinal. Devo supor que existam mais lobos aqui nesta floresta do que em qualquer outro lugar no mundo. Agora chega de ficar falando sozinho. Hora de parar com isso.

O tempo todo João estivera separando e trançando um pouco mais da casca de uma árvore ainda jovem, e tecera um bom pedaço de um tipo de corda bem resistente. Ele passou a corda pelos entalhes na vara mais comprida e a prendeu tão esticada que a vara se arqueou em uma curva retesada. Puxou a corda um pouquinho, de modo que ela ressoou com uma nota grave, e então prendeu algumas penas negras de corvo a uma das varas afiadas entalhadas, erguendo a vara comprida e encurvada com o braço esquerdo esticado à frente do corpo e deslizando uma vara afiada contra a corda retesada, puxando-a para trás com a mão direita. Em seguida, atirou a vara na direção de uma das árvores, na qual ela se cravou com um som surdo e alto e ficou lá estremecendo.

— Um bom e robusto arco e flecha — disse João —, uma das armas preferidas de um aventureiro.

Então preparou um café da manhã razoável com castanhas, frutinhas silvestres e maçãs verdes que colheu ali na floresta, acompanhadas por um bom gole de neve derretida. Depois do café da manhã, tinha decisões a tomar.

"O que eu faço agora?", pensou, olhando à sua volta entre as densas árvores.

"Primeiro, me orientar, encontrar a estrada e estabelecer a direção. Depois, dar início à missão de busca e resgate. Sou um Coração Leal, dos aventureiros Coração Leal, afinal de contas. Bem, normalmente, eu teria uma carta da Agência de Histórias muito bem escrita, que me daria as coordenadas da minha aventura. Hoje não tenho nenhuma carta, nenhum ponto de partida, nenhuma instrução, nenhum mapa, nada, mas sou aventureiro há tempo bastante para saber me virar. Meus irmãos e suas noivas foram levados por aquele medonho Ormestone e seu bando de lobos. Levados para algum lugar horrível aqui na Terra das Histórias Sombrias, onde nada a não ser finais infelizes esperam por eles. Cabe a mim fazer alguma coisa a respeito. Então vamos, João, prepare-se, lá vou eu em uma bela e nova aventura de resgate. Vou seguir para leste, onde o sol nasceu. Tenho certeza de que logo vou encontrar uma estrada e depois uma encruzilhada, e então vou ver o que faço. Uma coisa de cada vez."

Assim, João pendurou seu arco novo no ombro, prendeu a aljava cheia de flechas no cinto e partiu pelo caminho parcialmente coberto de neve, com o coração cheio de aventura e a barriga meio cheia de castanhas e frutinhas silvestres.

Capítulo 16

Cenas Estranhas Dentro da Mina de Ouro
6 horas

Os cinco irmãos Coração Leal que restavam, todos algemados uns aos outros, tremiam e avançavam, desajeitados, os lobos em seus calcanhares, naquela mesma manhã seguinte fria e escura. O capanga de Ormestone, o homem cujo rosto parecia ter sido costurado com retalhos de outros rostos, conduzia todos na direção de um poço de mina. Eles podiam ver um elevador tipo gaiola à espera e a sombria roda de poço quebrada. Ormestone deixara-lhes um envelope em sua úmida masmorra, que ficava perto da mina. Era exatamente como um envelope da Agência de Histórias, exceto pelo fato de o papel ser preto e as letras, brancas. Era uma carta do Rei da Terra das Histórias Sombrias e dizia que eles seriam "levados para uma mina de ouro, dirigida por trolls e gnomos, e uma vez lá eles trabalhariam nos veios de minério restantes, os mais difíceis, até estarem completamente exauridos".

Não estava claro na carta se eram os irmãos Coração Leal ou os veios de minério que deveriam ser exauridos.

No frio início da manhã, não havia sinal de Ormestone. O homem do rosto costurado fez os irmãos entrarem na minúscula gaiola com resmungos e empurrões. Juca percebeu que parecia haver um pino de metal em seu pescoço. O homem nunca falava, apenas resmungava e gemia. Ele fechou o portão, trancou o cadeado e manejou a imensa corda que se prendia à gaiola, puxando-a sobre uma roldana, de forma que a gaiola, com os irmãos Coração Leal em seu interior, começou sua descida para a mina de ouro. Os irmãos o observavam puxar a corda sem parar com aquelas mãos imensas enquanto desciam para a escuridão. Assim que ele ficou fora de seu campo de visão, os rapazes começaram a falar — todos ao mesmo tempo.

— Espero que nossas garotas estejam bem — disse Juan.

— Ele vai desejar nunca ter nascido se as machucar — afirmou Joãozinho.

— Eu já vi um troll e um gnomo — disse Joca —, e não são nada bonitos.

Logo ficou comprovado que Joca estava falando a verdade. Assim que a gaiola chegou ao fundo do poço, eles puderam ver túneis se estendendo em todas as direções, iluminados por tochas e lanternas. Também viram grupos de criaturas pequeninas e corcundas empurrando carrinhos de mina. De repente, ali ficou quente demais. Uma criatura sorridente destrancou a porta da gaiola.

— Por aqui, por obséquio, cavalheiros belos e fortes — disse a criatura, fazendo uma ligeira mesura ao abrir a porta. Tinha a metade da altura dos Coração Leal e deixou escapar uma risadinha quando eles se enfileiraram e saíram desajeitadamente para a cavernosa mina de ouro. A risada teria sido capaz de talhar um jarro do melhor e mais fresco leite da Sra. Coração Leal. Era uma risada de fazer congelar o sangue. A criatura era um gnomo, e aquela *era* uma risada de gnomo. E como todos os gnomos, sua pele era verde e parecia úmida.

— Bem-vindos à mina Brilho de Troll. Ele os levará aos veios de ouro, onde vocês irão trabalhar. Ele lhes dará as seis pás, as seis picaretas, os seis carrinhos e as seis lanternas, e mandará os trolls para guardarem o ouro.

— Quem diabos é *"ele"*? — perguntou Jean, desafiador. — E para que seis pás quando somos apenas cinco?

— Ora, *eu* sou ele — disse o gnomo, e baixou os olhos para uma folha de papel negro em sua mão. — Aqui nesta lista do rei diz seis.

— Um de nós fugiu ontem à noite — contou Jean, com um sorriso.

— Eles logo o encontrarão — replicou o gnomo, e riu novamente, só que dessa vez mais alto, de forma que alguns dos irmãos Coração Leal foram forçados a tentar cobrir os ouvidos, o que era difícil, posto que ainda estavam todos algemados e acorrentados juntos.

— Por aqui — disse o gnomo, e avançou por um túnel lateral, parecendo um sapo úmido.

Um imenso troll estava agachado no túnel, revirando pedaços de minério e de pedra empilhados em um carrinho. Ele virou a cabeça e observou os Coração Leal se aproximarem. O troll tinha cerca de dois metros e meio de altura, uma longa barba que caía sobre o peito e cabelos compridos cobrindo parte de seu rosto. Os olhos eram imensos e tão pálidos que quase chegavam a ser brancos. Ali estava uma criatura que vivia e trabalhava no escuro subterrâneo há muito tempo.

Jean pensou que seus próprios olhos acabariam ficando daquele jeito se permanecesse ali muito tempo.

— Ouro — disse o troll ao passarem por ele. — Ouro é bom.

— Este troll vigia vocês; nada de roubar o ouro do troll, o ouro do rei, o ouro de Ormestone — disse o gnomo. — Para vocês aqui só tem trabalho pesado. Ele dá *cinco* pás a vocês agora, ele dá *cinco* picaretas a vocês agora, ele dá *cinco* lanternas a vocês agora, ele lhes diz que trabalhem agora, e então vai embora. Mas lembrem-se que o troll está vigiando e trolls gostam de comer gente.

O gnomo riu novamente, mostrando os dentes minúsculos, afiados e irregulares, e mais uma vez o sangue deles congelou. O gnomo fez um vago aceno de mão e as algemas nos braços dos irmãos desapareceram. O troll olhou para eles e lambeu os lábios imensos. Então o gnomo não estava mais lá. Ele havia de alguma forma desaparecido na escuridão quente e abafada, deixando apenas uma fileira de picaretas, pás e lanternas com velas apoiadas nos carrinhos junto à parede do túnel.

Juca esfregou os braços e baixinho disse:

— Olhem, agora temos armas, e estamos sem algemas, então esta é a nossa chance. O que vai nos impedir de acertar algumas cabeças e sair daqui?

— Eu vou impedir — disse uma voz grave vinda das sombras atrás deles, e outro troll, talvez ainda maior, surgiu das sombras e parou diante deles.

— Vigio troll, vigio ouro, vigio vocês também.

— Ideia esquecida então — disse Jean.

Depois disso, eles trabalharam sem parar por horas e mais horas, cavando os veios de minério com suas picaretas, raspando os pedaços brilhantes de minério e jogando tudo com as pás nos carrinhos.

O gnomo retornou bem mais tarde com um balde de mingau e algumas latas com ganchos como alças, para que comessem nelas.

— Ele lhe dá as cinco xícaras, ele serve as cinco porções do mingau Brilho de Troll, bom para o trabalho, bom para os músculos — disse o gnomo, dando novamente sua gargalhada de fazer parar o sangue e talhar o leite.

O mingau tinha o gosto um pouco parecido com o que você pode imaginar que tenha uma trilha de gosma deixada por uma lesma amarela grande e gorda em um dia de chuva no quintal. Só que, ao mesmo tempo, ele era áspero, como se contivesse areia também. Eles tiveram de se obrigar a comer.

Aquele seria um dia muito longo.

Depois de um tempo que pareceu uma semana inteira, um sino tocou e o troll pegou dos irmãos as pás, as picaretas e as lanternas. O gnomo ergueu a mão, bocejou preguiçosamente para os irmãos, e as algemas de ferro de duende reapareceram em seus braços. Em seguida, eles foram levados de volta pelo gnomo ao longo dos túneis baixos para a câmara profunda.

— Ele coloca todos vocês de volta na gaiola, ele conta vocês, um, dois, três, quatro, cinco, não seis, mas logo, logo. Ele tranca a gaiola e os manda embora até amanhã. Cinco tolos Coração Leal trancados em uma gaiola deixam toda a Agência em polvorosa. — E deu novamente sua risada horrível. Outro sino soou em algum lugar na superfície.

Os exaustos e sujos Coração Leal se espremeram na gaiola abafada, que foi puxada aos solavancos até a superfície.

— Que dia — disse Joca.

— Temos de fazer alguma coisa. Não podemos continuar assim para sempre. Estaremos esgotados e acabados em uma semana — afirmou Jean.

— Bem, esse decididamente foi o pior dia e o pior trabalho de todos — disse Juan.

— Puxa, pior do que ser um sapinho, *croac* — concordou Joca, que conseguiu dar uma risadinha depois de dizer isso.

— Ah, entendi, vocês não vão deixar essa passar, não é? Muito bem, eu admito, já fui um sapo. Agora esqueçam isso — replicou Juan, irritado.

— Ora, ora — interveio Joãozinho —, não vamos brigar. Isso só vai piorar as coisas para nós.

— Tem razão. Desculpe, Juan — disse Joca.

— Abraço de grupo — disse Juan, calorosamente.

Os irmãos se abraçaram, os braços abarcando quantos lhe eram possíveis. Eles podiam estar exaustos, molhados, fedorentos, e cheios do terrível mingau Brilho de Troll, mas eram os irmãos Coração Leal, e pronto.

— Com o coração leal — disse Juan, baixinho.

— Com o coração leal — replicou o coro exausto de irmãos em tom de desafio, apesar do cansaço, no momento em que a gaiola parou, com um tremor, na entrada da mina.

— Vamos sair dessa logo, guardem as minhas palavras. Não se esqueçam que nosso João escapou, ele está livre, e está à nossa procura. Pode estar a um passo de nos resgatar neste exato momento, e quem sabe o que o jovem Tom pode estar fazendo — disse Joca quando a porta da gaiola era destrancada e o ar frio da superfície os assaltava.

O homem do rosto costurado assomou acima deles e os apressou a sair da gaiola com um resmungo, conduzindo-os através do frio crepúsculo de volta às suas celas na masmorra.

Capítulo 17

Uma Pilha Inteira de Ouro
Fábrica de Fiar
7 horas em Ponto

Cedo na manhã seguinte, Ormestone, dois de seus fortes capangas (com alguns sacos dobrados nos braços) e mais um par de lobos ferozes caminharam rapidamente do sombrio castelo, atravessando os bosques sombrios, até o prédio do antigo palácio. Ormestone estava encantado com a maneira como as coisas estavam ocorrendo até aquele momento. Ele havia estragado a grande cerimônia de casamento dos Coração Leal e capturara todos os irmãos Coração Leal; bem, pelo menos os que importavam de fato. O caipira que faltava, conhecido como João "pateta", logo seria capturado. Ele havia sequestrado aquelas ridículas noivas princesas e tinha arruinado completamente seu patético final feliz.

Havia, é claro, o caçula, aquele terrível garoto Tom. Ormestone havia recebido relatórios dos sentinelas de que ele fora visto. Providências estavam sendo tomadas para cuidar dele também. Duendes haviam espalhado cartazes durante a noite por todo o reino, oferecendo recompensas muito tentadoras de desejos satisfeitos, algo que fora banido por completo. Certamente aquele era um prêmio grande o bastante para levar qualquer um do patético e amedrontado populacho a entregar Tom. Afinal, ele não era exatamente perigoso. Ormestone o havia encolhido ao tamanho de um polegar.

Que ele tentasse algo bravo e tolo naquele tamanho patético. Bem, aquele era outro início de história roubado que lhe viera a ser *muito* útil. Gostaria de vê-lo tentar fazer qualquer coisa, pensou Ormestone. Ele não havia esquecido, nem perdoado, o desperdício de todo o adorável ouro de duende que Tom Coração Leal havia provocado. Sacos inteiros haviam sido atirados da velha máquina de voar. Ele tivera de tratá-los como simples lastro, a fim de sobreviver, e parte daquele ouro nunca mais foi vista. Ormestone, porém, sabia que não poderia ter ido parar em um lugar melhor do que esse. Um lugar com trolls, gnomos, duendes renegados, e outras forças sombrias de todos os tipos, e, acima de tudo, velhas minas de ouro. Ele estava preparado. Agora só precisava aumentar seus estoques de ouro, e muito. O aterrorizante general do Exército das Trevas havia selado um acordo com Ormestone, e ele precisava de uma quantia exata de ouro de duende para pagá-lo. Era melhor que aqueles chamados aventureiros trabalhassem duro na mina e que as princesas também fizessem funcionar sua magia.

Ele destrancou o cadeado da porta do palácio. Acariciou o lobo de guarda e então subiu a sombria escada até a galeria do menestrel. Não havia nenhum sinal das princesas, mas suas rocas de fiar estavam reunidas em uma perfeita linha verde, todas as cinco, e na frente de cada uma havia uma pilha novinha de ouro de duende reluzente.

Ormestone não podia acreditar no que estava vendo.

Ele foi até a primeira pilha e pegou um dos perfeitos lingotes de ouro. Era tão brilhante que quase machucava seus olhos. Era um ouro quase branco, e claramente de duende.

— Ora, ora — sussurrou ele para si mesmo, deslumbrado.

As portas do quarto de dormir se abriram e uma por uma as princesas entraram no salão em fila, vestidas com as roupas especialmente fornecidas para o trabalho. A Princesa Zínia, com um puxão, abriu todas as persianas na fileira de janelas altas. O monte de palha de fato havia baixado; estava decididamente muito menor. Quando Ormestone tornou a olhar, o ouro parecia brilhante e ofuscante demais à luz do dia. As princesas puseram-se rapidamente ao lado de suas rocas de fiar.

— Ora, ora, ora, minhas lindas jovens, preciso admitir uma coisa. Estou impressionado, e isso raramente acontece. Vejo que vocês até agora cumpriram muito bem sua tarefa. Podem mesmo fiar palha e transformá-la em ouro. Fizeram um bom trabalho, e esse foi um bom começo. Por falar nisso, onde está o meu duende particular?

— Se o senhor se refere àquela criaturinha horrível e corcunda com a varinha curva — disse a Princesa Zínia —, ele está na copa, tirando o nosso café da manhã. Devo dizer que vi um rato por lá, um asqueroso rato grande e cinza, e era difícil diferenciar um do outro.

— Mande-o vir aqui imediatamente — disse Ormestone. — O duende, quero dizer, não o rato.

O pequeno duende surgiu, ainda enxugando com um pano uma tigela de madeira.

— Bom dia, mestre — disse ele, fazendo uma mesura. Então ele viu o ouro reluzente e deixou cair a tigela no chão, em choque, causando um grande estardalhaço. Incrédulo, o duende também fitou as pilhas de brilhantes lingotes de ouro dispostas ao lado de cada roca de fiar na sala.

— Maravilhoso, não é? Lingotes perfeitos de ouro de duende — disse Ormestone. — Estou muito satisfeito e até, admito, bastante surpreso que elas tenham conseguido realizar a tarefa. Talvez haja mais coisas por trás da magia da Terra das Histórias do que supomos — acrescentou ele.

O duendezinho olhou para o mestre e assentiu.

— Em todo caso, o resultado é o que importa. Mas vigie-as com muito cuidado, e cuide para que trabalhem com ainda mais afinco. Tem mais palha para fiar antes de amanhã, quando então um novo lote de palha terá de ser entregue, para mais transformações. Vamos ver. Trabalhem bem. — Com isso, Ormestone virou-se para seus dois capangas. — Ponham todo o ouro nos sacos, com cuidado, e então levem-no para o castelo.

Ormestone desceu a escada com seus lobos e deixou o palácio. Os capangas encheram os sacos de ouro, jogaram-nos sobre os ombros, e então os dois também desceram a escada, girando a enorme chave na fechadura ao saírem

Ormestone parou ao atravessar o estranho jardim, a mente ainda tomada pelo espanto do ouro perfeito que as princesas haviam fiado com a palha. Ele percebeu que estava olhando para a cara de abóbora de um guarda espantalho que ali vigiava tão pacientemente todos os dias. Então aproximou-se e dirigiu uma saudação ao espantalho, que não respondeu. Ormestone fitou-o por um momento.

— O que você deveria ter feito em resposta à minha saudação, meu amigo de cabeça cor de laranja?

— Desculpe, majestade — disse o espantalho, contrito, pela boca sorridente, e então ele fez uma saudação vívida, com o braço magricela de galho erguido até a testa, a palma enluvada aberta e o polegar voltado para dentro.

— Melhor — disse Ormestone —, e nunca mais esqueça. Eu sou seu rei, afinal, e você deve sempre me reverenciar com uma saudação, em quaisquer circunstâncias.

— Sim, me desculpe, claro, majestade — disse ele insipidamente.

— Bem, minhas adoráveis damas — disse o duende depois que a porta se fechou, trancando-os —, parece que o rei está muito satisfeito com seu trabalho de "fiar" — e deu uma risadinha. — Vou pedir algo apetitoso para vocês das cozinhas lá debaixo.

— Ele não é rei — disse a Bela Adormecida. — Meu pai é um rei, e aquele homem é só uma horrível fraude.

— Ele é o nosso rei — disse o duende com um traço de tristeza e de arrependimento na voz —, e eu o enganei. Arrisquei muita coisa por causa de todas vocês ao fabricar esse ouro. Creio que devo esperar algum tipo de recompensa, pois é assim que histórias como esta funcionam. — Ele sorriu um pouco para si mesmo. Então apanhou um punhado de restos de palha no chão, apontou sua varinha vergada e instantaneamente o pó de ouro cintilou e esvoaçou de suas mãos.

— Você terá uma recompensa, uma grande recompensa, nós prometemos — disse Branca de Neve.

— Promessas... promessas não enchem barriga — replicou o duende, balançando a cabeça. — Refresquem minha memória — acrescentou, com astúcia —, alguma de vocês, lindas princesas, já é casada?

— Você sabe que somos todas noivas. Não precisa fazer com que nos lembremos disso — afirmou a Princesa Zínia.

— Ah, sim — retrucou o duende —, que tolice a minha, é claro. Aqueles casamentos nunca aconteceram, não foi? Agora eu me lembro. Vou lhes dizer uma coisa: nesse caso, todas devem prometer se casar comigo, cada uma de vocês, antes que eu faça mais ouro com essa palha.

— Casar com você? — gritaram todas em uníssono.

— Sim, eu disse casar comigo. É tão ruim assim? — perguntou o triste duendezinho, esforçando-se ao máximo para sorrir.

As garotas ficaram paralisadas e mudas só de pensar naquilo. Mantiveram-se em fila, olhando para o duende, enquanto ele acariciava o lobo que permanecera ali. O homenzinho ergueu os olhos para elas.

—Vou lhes dar um tempo para pensar em minha proposta — disse ele, baixinho. — Vou trabalhar neste último lote de palha aqui e, enquanto isso, pensem com muito cuidado. Antes de eu terminar, vocês devem me dar a resposta. Acho que sabem o que vai acontecer se a resposta for *errada,* pois eu posso influenciar o nosso adorado rei, e ah, como ele ama seu ouro, e ah, como ele odeia ser decepcionado. — O duende apontou a varinha para os fragmentos de ouro que fizera segundos antes e eles imediatamente voltaram a ser palha, que ele chutou para o lado com sua botinha.

As princesas sabiam agora que não tinham escolha. Para sobreviver, precisavam concordar com tudo que ele pedisse, simplesmente em troca de alguma esperança de fuga e de serem resgatadas vivas.

Capítulo 18

Em Algum Ponto da Estrada da Floresta
Meio-Dia

Tom encontrava-se sentado ao lado da lenhadora enquanto seguiam na carroça sob as densas árvores da floresta escura. Alguns flocos de neve caíam em torno deles, mas a maioria ficava no dossel acima de suas cabeças, o emaranhado denso e escuro de galhos altos que cobria a estrada.

— O que trouxe um rapazinho como você até aqui, ao Vale dos Lenhadores... desculpe, à Terra das Histórias Sombrias? — perguntou o velho no fundo da carroça.

— Eu já lhes contei — gritou Tom para ele. — Vim aqui para resgatar meus irmãos e suas noivas princesas, e para evitar que nossas terras sejam invadidas pelo Exército das Trevas.

— Uma tarefa grande para um camarãozinho como você. Seus irmãos todos são do seu tamanho?

— Não, eles têm mais ou menos o seu tamanho. Quero dizer, meus irmãos são mais altos — acrescentou Tom.

— Eles são aventureiros, sabe, exatamente como eu serei quando for mais velho.

— Parece-me que os dias de aventura infelizmente chegaram ao fim — disse a lenhadora. — Desde que o Vale dos Lenhadores foi invadido e ele veio nos governar, houve mudanças na política de todas as nossas histórias. A primeira coisa que o rei fez foi proibir a realização de desejos, e nós desejamos tanto durante todos esses anos um menino nosso. Eu estava falando sobre isso no outro dia mesmo, não foi, querido?

— Sim, estava, querida — disse o homem —, e essa é uma conversa perigosa nestes tempos. Bem, desde que *ele* chegou.

— Ele? — perguntou Tom.

— Nosso rei, o abençoado Ormestone — disse a lenhadora, balançando a cabeça.

— Shh — advertiu o marido.

— Rei? — gritou Tom, incrédulo. — Rei? Ele não é rei, é só um escriba, um criador de histórias que passou para o lado do mal.

— Já chega dessa conversa perigosa — disse o homem. — Você vai nos meter em uma encrenca terrível, e eu estou armado, você sabe. Tenho uma velha e valiosa pistola de duelo bem aqui na minha bolsa, e, se for necessário, vou usá-la. Considere-se avisado.

— Acalme-se, querido. É tudo verdade — disse a lenhadora. — Embora não tenha sido esse o motivo de termos trazido sua pistola. Os caminhos mais afastados já não são seguros, você sabe; tem lobos perambulando por aí e coisas piores. Devemos informar qualquer coisa de natureza "mágica", o que é injusto conosco, pois você é a realização do nosso desejo. Naturalmente, nossas histórias não foram sempre sombrias, veja bem, mas foram sempre geladas, e podiam ser sinistras e às vezes também assustadoras, e, para ser franco, havia muitos animais selvagens nelas e às vezes nossos contos tinham final infeliz. Ora, nós fornecemos lenhadores para as principais histórias desde o início. Agora, olhe à nossa volta: é quase sempre inverno aqui. Antigamente havia um pouquinho de outono de vez em quando, até mesmo um ou dois esporádicos rituais do milho no verão, mas agora é só uma estação. — Ela balançou a cabeça e acrescentou: — Você é muito menor do que gostaríamos.

Então o marido interveio:

— Mas ainda assim você poderia nos ajudar no trabalho, e, sendo tão pequeno, podia entrar sorrateiramente em lugares minúsculos, ficar à espera e impedir quaisquer possíveis ladrões ou coisa parecida — acrescentou ele, em tom de lamento, pensando em histórias futuras nas quais seu bravo filho, o arrojado e jovem Tom Polegar, teria aparecido como um herói minúsculo, porém de grande utilidade.

Eles cavalgavam na direção de uma distante clareira. Tom já podia ver um espaço à frente através das árvores. A estrada em que se encontravam era subitamente cortada por outra estrada mais larga, e ali, no meio, em um trecho de grama congelada, erguia-se uma placa alta de cruzamento. Tom podia ver as setas de madeira em branco apontando em quatro direções diferentes. Também podia ver, pousado no topo da placa, um corvo negro de aparência familiar. Seu ânimo elevou-se imediatamente.

Tom viu sua oportunidade. Pôs-se de pé o mais rápido que lhe foi possível.

— Vocês vão me trair então? — perguntou ele.

— Desculpe, meu rapazinho — disse a lenhadora —, mas receio que não tenhamos escolha, regras são regras, e temos de entregá-lo. Eu não queria isso, mas uma proclamação é uma proclamação, afinal, e nós vimos o que acontece com as pessoas que desobedecem ao rei. Agora, sente-se.

O tempo todo Tom viera afastando-se centímetro a centímetro, pondo-se fora do alcance da lenhadora. Agora ele via que logo não teria mais espaço. A lenhadora de repente virou-se no assento e soltou uma das rédeas, debruçou-se sobre o painel e fez menção de pegar o pequeno Tom. A mão da lenhadora quase o alcançou; abaixo de Tom via-se a estrada dura, e à sua frente, a traseira do cavalo com a cauda balançando de um lado para o outro. O cavalo agora parecia ir mais rápido. Eles seguiam a um bom ritmo na direção da placa no cruzamento. Tom precisava tomar uma decisão, e logo: devia ir para baixo ou para a frente? Ele se decidiu. Deu um salto para a frente e aterrissou, desajeitado, na traseira do cavalo. Ficou tentando se equilibrar por um momento, logo acima da cauda, que balançava para um lado e para o outro, ameaçando desalojá-lo. Então disparou pelas costas do cavalo, pulando para as rédeas e, em seguida, escalando o pescoço.

A lenhadora ficou em pé sobre o painel.

— Volte aqui — gritou ela, e estalou as rédeas, o que fez o cavalo seguir ainda mais rápido. Tom tinha de se equilibrar com cuidado enquanto tentava alcançar a crina, pois o cavalo agora estava quase galopando. Ele virou-se para olhar para trás por um momento, e a lenhadora tornou a chamá-lo.

— Volte, meu rapazinho, volte agora mesmo.

Tom parou perto do ouvido do cavalo, e entrou. Era quente dentro do ouvido, mas Tom pôde sussurrar para o cavalo, embora não tivesse a menor ideia se o animal podia compreendê-lo ou não.

— Fique firme, e continue nesse ritmo. Vou voltar pela sua crina e fazer o que tenho de fazer. Não se assuste com nada, pois não vou lhe fazer nenhum mal. Sou Tom Coração Leal, dos aventureiros Coração Leal. Talvez você possa me dar um sinal, se me compreendeu?

Tom saiu do ouvido quente e pegajoso do cavalo, recebendo um jato de ar frio. O cavalo relinchou alto e Tom torceu para que fosse o sinal que ele pedira. Então virou-se e começou a voltar pela crina do cavalo, mas era difícil demais e ele escorregou e caiu. No último instante, conseguiu se agarrar ao pelo áspero da crina enquanto se balançava solto acima da estrada, que passava velozmente sob as patas do cavalo. Suas pernas o impulsionaram para o lado, seu corpo dando voltas sem parar com a força do vento. Finalmente conseguiu içar-se de novo. No ar, de repente, acima da carroça, estava o corvo, que havia levantado voo da placa no cruzamento, e agora voava em círculos acima deles.

Tom se firmou logo acima do ponto em que as rédeas se uniam ao freio. O cavalo agora corria em um ritmo constante. Então ele ouviu uma voz familiar.

— Eia, eia! — E o cavalo de repente desacelerou e parou, derrapando.

A lenhadora caiu em cima do painel da carroça, suas botas grandes agitando-se no ar. O velho foi lançado do veículo e caiu com o traseiro na estrada. Tom mal conseguiu segurar-se. Ele fez meia-volta e viu nenhum outro senão seu irmão João plantado ali firmemente, grande e forte, segurando as rédeas do cavalo, no meio da estrada. João havia obviamente parado o cavalo com sua força. Tom nunca se sentira tão contente em ver alguém. Ele gritou "João!" e correu adiante, pelas costas do cavalo, mas João ainda não o tinha visto. Ele não tinha a menor ideia de que Tom estava tão pequeno, afinal. Tom chegou até a crina e estava prestes a gritar novamente, quando se viu de súbito erguido no ar com grande velocidade: um par de garras o havia arrancado das costas do cavalo. Ele olhou para cima e viu que o corvo da placa o tinha firmemente preso nas garras.

— Joliz — gritou ele —, graças a Deus. Olhe, aquele lá embaixo é o nosso João.

— O marido da lenhadora havia sacado a pistola e estava prestes a atirar em você, Tom — disse Joliz. — Então achei que era melhor levá-lo para longe do perigo. — E, assim, voaram juntos sobre as árvores e, depois de alguns momentos, ouviram o estrondo da pistola de duelo sendo disparada.

Capítulo 19

No Cruzamento
Alguns Minutos Depois do Meio-Dia

João havia feito um bom progresso pela floresta. Ele marchava bravamente adiante, o tempo todo examinando a estrada, e às vezes vigiando a retaguarda, atento a lobos ou outros perigos.

Cruzou uma robusta ponte de madeira lindamente construída e esculpida com carvalho da floresta sobre um rio amplo. "Trabalho muito bem-feito", pensou João. "Isso é muito misterioso, mas ainda não vi uma só pessoa depois que fugi." João olhou nervosamente atrás da árvore mais próxima, como se esperasse ver alguém surgir de repente. "Talvez estejam todos escondidos", pensou, "ou talvez, sendo gente da floresta, se misturem tão bem ao ambiente que seja difícil distingui-los, mas eu não vejo sentido nisso".

Ele deparou com uma placa que anunciava: "O Vale dos Lenhadores", mas as letras estavam todas cortadas com uma risca de tinta preta e grossa, e mais além via-se uma pilha de troncos caprichosamente cortados e pedaços de madeira empilhados ao lado da estrada.

"Bem", pensou João, "alguma coisa está acontecendo aqui. Não é de admirar que eu veja o trabalho de bons lenhadores: estou no Vale dos Lenhadores. Eles devem ter sido dominados pelas forças sombrias".

Mais tarde, chegou a um cruzamento. As setas estavam em branco, cobertas com papel preto, como se fosse esperado que ninguém encontrasse o caminho para nenhum lugar. Debaixo das setas, havia um aviso de papel pregado.

— Ora, o que será isso?

João saiu da estrada e passou ao canteiro elevado e gramado e olhou cuidadosamente o aviso. Era uma grande folha de papel da Agência de Histórias, com uma moldura preta em toda a sua volta, e, no topo, uma caveira sorridente, sobre ossos cruzados, tudo impresso em tinta preta e brilhante.

— Ora, ora — disse João, lendo a notícia —, eles trabalham rápido, isso eu tenho de reconhecer.

Por Ordem do Rei, Grande Recompensa Oferecida.
PROCURADOS

por vários crimes, entre os quais invasão de propriedade, satisfação de desejo e busca de final feliz, duas pessoas com as seguintes descrições:

1. *João Coração Leal, aproximadamente 20 anos, suposto aventureiro. Pessoalmente, um errante maltrapilho, responsável por pelo menos uma satisfação*

de desejo, e definitivamente procurando um final feliz para outros. Está possivelmente armado e é muito perigoso. Da última vez em que foi visto na grande floresta o acusado usava botas de sete léguas, calções verdes esfarrapados, blusão de couro remendado do tipo arqueiro e um colete de couro marrom sujo.

2. Tom Coração Leal, 12 anos, irmão de João Coração Leal. Ladrão de ouro, invasor criminoso e errante, também objeto da satisfação de pelo menos um desejo, e responsável pela busca de um final feliz para outros, violando a Regra Sete. Características distintivas: no momento tem o tamanho médio de um polegar humano masculino.

Se um ou ambos os procurados forem vistos, devem ser imediatamente denunciados. O não cumprimento dessa determinação resultará na penalidade mais severa possível. Estão todos avisados. A recompensa oferecida é excepcional: a rara e proibida satisfação de pelo menos um desejo! Assinado: Rei J. Ormestone I.

— Maltrapilho — disse João em voz alta. — Maltrapilho... que ousadia! Isso é trabalho de duende trapaceiro, sim. Como teriam esses cartazes ficado prontos tão rápido, não fosse assim? Afinal, só fugi ontem à noite.

João tornou a ler todo o aviso.

— Espere aí — disse ele —, o que é isto aqui sobre o nosso Tom? Aqui diz que ele está "do tamanho médio de um polegar humano masculino". Ele deve estar sob um feitiço então, pobre garoto. Aquele Ormestone faz o meu sangue ferver, ora se faz, o porco.

João viu uma rústica carroça de lenhador puxada por um cavalo vindo pela estrada em sua direção. Quando voltava à estrada, um corvo levantou voo da extremidade da placa acima dele.

João pôde ver que quem guiava a carroça, uma mulher camponesa alta, só estava segurando as rédeas com uma das mãos, enquanto tentava agarrar alguma coisa com a outra ao mesmo tempo em que gritava. Um velho estava sentado na traseira da carroça, manuseando desajeitadamente o que parecia uma grande e perigosa pistola de duelo. João dispôs-se a parar o cavalo em fuga descontrolada. Afinal, era o tipo de coisa que os aventureiros se propunham a fazer; na verdade, eles nasciam para isso. Ele saltou e ficou parado de pé na estrada e, quando o cavalo passou, João agarrou as rédeas.

O cavalo estremeceu e derrapou numa parada dramática, arrastando João, que, por sua vez, enterrou os saltos de suas botas de sete léguas com força no chão. Então todos pararam. João deu uma palmada amigável no flanco do cavalo, e o homem caiu da carroça com o traseiro no chão, e a mulher esparramou-se sobre o painel.

João soltou o cavalo, que se voltou e ficou observando-o. Depois o aventureiro ajudou o velho a se levantar.

— Ora, obrigado, jovem — disse o marido da lenhadora, baixando cuidadosamente a pistola e limpando a roupa com a mão. Então João ajudou a mulher a se erguer.

— A senhora está bem? — perguntou ele.

— Ah, sim, obrigada. Que bravo rapaz, entrar no caminho assim. Mas o meu garotinho está bem?

— Eu não vi garotinho algum senhora — afirmou João, olhando sob as rodas da carroça. — Ninguém nem nada, embaixo das rodas, fico feliz em dizer. — Ele se aprumou com um sorriso e olhou nos arbustos. — Não, não tem ninguém aqui tampouco, senhora.

O velho caminhou até a placa e sentou-se, balançando a cabeça. Depois de um momento, ergueu os olhos e começou a ler o aviso no poste de sustentação. Em seguida, virou-se e olhou para João. Então se levantou, foi até a mulher e puxou-a para o lado.

— Eu sabia, querida. O que foi que eu disse o tempo todo? — sussurrou ele. — Acabei de ler aquela nova proclamação ali. É um cartaz de procurados e descreve esse camarada com todos os detalhes. Não só isso, mas também menciona aquele rapazinho que achamos. Os dois são renegados, transgressores e realizadores de desejos em fuga, ambos. Se os entregássemos certamente ganharíamos uma grande recompensa — disse ele, voltando-se para olhar João.

— Que recompensa exatamente? — perguntou a lenhadora.

— Um desejo completo realizado — sussurrou o marido. — Está no aviso ali adiante, assinado pelo rei e tudo. — Os olhos dela se iluminaram, e ela levou a mão à boca para evitar gritar de entusiasmo.

João pensava consigo: "Ela disse um garotinho pequenino, e não há o menor sinal dele. Ora, talvez seja o nosso Tom."

A lenhadora e o marido ainda olhavam para João, desconfiados. João foi até eles.

— Esse garoto que a senhora diz que também estava na carroça, um garotinho pequeno, como disse. Ele era pequeno ou muito pequeno?

— Ah, ele era muito, muito pequeno — respondeu a lenhadora, mostrando o tamanho de Tom com o indicador e o polegar.

— Ele era do tamanho do meu polegar, talvez um pouquinho maior — disse ela. — Ele era a resposta a um de nossos desejos, ou teria sido, exceto, é claro, pelo fato de ser tão pequeno. Veja só, estávamos preparados para desconsiderar isso... — E ela assentiu para si mesma com um sorrisinho. — Até descobrirmos que ele era ilegal e estava sendo procurado. — Ela fez uma pausa e então continuou: — Assim como você. — Tornou a assentir severamente.

O marido confirmou:

— É nosso dever compulsório, como súditos do Rei Ormestone, prendê-lo, e também aquele garotinho quando o encontrarmos, e entregar os dois imediatamente às autoridades.

— Como pretendem fazer isso? — perguntou João, irritado.

— Vamos levá-los para o Castelo Sombrio — afirmou o homem. — Tenho minha pistola de duelo apontada para você, não se preocupe.

— Ah, ora essa, eu não estou preocupado. Bem, em que direção fica esse castelo? — perguntou João, olhando para as placas em branco no cruzamento.

— Ora, para lá, é claro — disse a lenhadora, impaciente, apontando a estrada à esquerda.

— Então é nessa direção que está minha aventura — disse João, e caminhou até a pequena carroça. — Vocês terão esta humilde carroça e também seu pobre cavalo de volta quando eu tiver cumprido a missão da minha história — disse ele, subindo na carroça. — Posso ser muitas coisas, senhor e senhora, mas posso lhes assegurar de uma coisa: não sou um ladrão. — João tomou as rédeas e pôs o cavalo em movimento com um estalo da língua. O animal virou a cabeça e deu um relincho alto e triunfante enquanto partia num trote. Se João não soubesse que isso era impossível, teria jurado que o cavalo estava sorrindo.

— Você, volte aqui — gritou o homem, agitando a arma antiga no ar. — Você vai se arrepender. Seu castigo será a tortura na roda de carroça. — E então disparou a arma, que detonou com um grande estrondo e uma nuvem asfixiante de fumaça, derrubando-o outra vez de bumbum no chão.

— Errou — disse a lenhadora. — Espero que tenha trazido mais um pouco de pólvora — acrescentou ela.

— Vamos agora, meu lindo cavalinho — disse João. — Vamos para o Castelo Sombrio, o mais rápido que puder. — E o cavalo disparou em um galope, deixando a lenhadora e o marido sacudindo os punhos no ar.

Capítulo 20

EM ALGUM PONTO DA ESTRADA DA FLORESTA MAIS TARDE

— Bem-vindo a bordo, Tom — disse a voz familiar e amigável —, e segure-se firme.

Eles voaram em círculos por um tempo, alto demais para que vissem a estrada abaixo com clareza. Foi então que avistaram a carroça outra vez, e também perceberam que era João quem a guiava e que não havia o menor sinal da lenhadora e do marido.

— Parece que João se livrou deles — disse Joliz. — Pensei que o homem estivesse prestes a disparar aquela arma contra você. Foi por isso que não pude correr o risco de deixá-lo lá. Seja como for, segure-se, Tom, vamos seguir João por um tempo até ele chegar a um bom lugar de parada.

Eles seguiram voando, enquanto João punha alguma distância entre ele e a lenhadora e o marido. Algum tempo depois, João parou, e Joliz, o corvo, mergulhou em direção ao solo, onde Tom podia ver João amarrando o cavalo e a carroça ao lado da estrada.

O corvo pousou no alto da carroça. João voltou-se e olhou para a ave que tão repentinamente descera e se empoleirara na carroça.

— Uma daquelas horríveis aves sentinelas outra vez — disse ele e ergueu o arco, deslizando uma flecha na corda. — Esta flecha tem uma pena de corvo. Parece bastante justo devolvê-la a você — acrescentou ele, com uma gargalhada cruel.

— Não atire, João, por favor — gritou Tom o mais alto que pôde. — Somos nós, Tom e Joliz, o corvo.

João encarou a ave.

— Ah, tentando escapar pela lábia novamente, é? — Ele esticou mais a corda e fez pontaria.

— Não — gritou Tom o mais alto que conseguiu.

— Sabe, João, eu realmente acho que você deveria esperar só um momentinho — disse Joliz. — Tom está pequeno, muito pequeno, e está de pé aqui ao meu lado. Dê só uma olhada.

João baixou o arco e chegou um pouco mais perto. E ficou olhando, perplexo. O corvo estava certo. Havia um garotinho muito pequenino, e quando João olhou bem de pertinho, pôde ver que de fato era seu irmão, Tom. Quer dizer, uma versão muito encolhida de Tom. Até onde ele podia ver, Tom estava perfeitinho em todos os detalhes, até a bolsinha de couro, o cajado com a trouxa, o arco e a espada na bainha.

— Tom — gritou ele, entusiasmado, quase derrubando o pequenino com sua respiração. — Ora, ora, você escapou por pouco. Eu quase disparei uma flecha contra você. Então o cartaz de Procurados estava certo. O que aconteceu com você?

— Bem, evidentemente estou sob um feitiço. Um dos duendes trapaceiros de Ormestone fez isso — disse Tom.

O cavalo relinchou, triste. Ele entendia tudo sobre feitiços.

— Lembra-se de Joliz — disse Tom —, meu amigo corvo, que nos ajudou no castelo do gigante acima das nuvens daquela vez?

— Claro que me lembro — respondeu João. — Desculpe a flecha, você sabe como é. Você é famoso agora, Tom, assim como eu — acrescentou ele. — Colocaram nós dois em um cartaz de procurados. Foi uma sorte nos encontrarmos assim. Agora precisamos pensar no que fazer. Decerto nós três poderemos elaborar um plano, não é mesmo?

Eles discutiram estratégias por algum tempo, sem ir muito longe, e então João desamarrou o cavalo e eles partiram. João avançou chocalhando o cavalo e a carroça pela estrada para pôr a maior distância possível entre eles e a furiosa lenhadora e seu marido. E lá foram pela estrada em zigue-zague na direção da planície. Finalmente deixaram para trás as sombras da floresta invernal e começaram a atravessar a planície ainda mais ameaçadora e sombria. As árvores deram lugar a uma área de vegetação de arbustos e coloração encardida, com pontas de pedra afiada projetando-se do chão, e de vez em quando uma daquelas rodas de carroça presas a postes com os esqueletos esbranquiçados estendidos surgia perto da estrada.

— Eis uma visão desagradável — observou João. — Vou lhe dizer uma coisa, Tom: este lugar é terrível — acrescentou ele, estremecendo.

— Você tem toda razão, João — afirmou Tom. — E pensar que nossos irmãos, e suas noivas princesas, estão aqui, em algum lugar destas terras horríveis. E, no entanto, nós ainda não pensamos no que vamos fazer — gritou Tom acima do estrépito das rodas da carroça e do ruído surdo dos cascos do pobre cavalo.

— Para dizer a verdade, Tom, admito que não tenho absolutamente nenhum plano — disse João. — Tenho esperanças de que alguma coisa nos ocorra quando chegarmos lá, onde quer que seja esse lá.

A neve agora caía sem parar por toda a monótona e cinzenta planície enquanto ocorriam pela estrada deserta. Após algum tempo, alcançaram os limites de uma floresta ainda mais sombria. O cavalo reduziu a velocidade, passando a andar, e por fim parou e ficou tremendo e bufando sob as árvores.

— Eia, então, velho — disse João, sem aspereza.

O cavalo virou a cabeça no varal e olhou João com seus olhos grandes, suaves, quase bonitos.

— Sabe, João, acho que esse cavalo está com fome — disse Tom. — O pobrezinho.

João desceu da carroça, foi até o cavalo e ofereceu-lhe alguns restos que tirou da bolsa. Ele mesmo estava se sentindo um pouco faminto, e estava prestes a dizer isso quando ouviram um estranho barulho vindo do alto. Era um único corvo sentinela gritando asperamente acima deles.

— Que tal uma torta de corvo? — perguntou João.

— Boa ideia — disse Joliz. — Aquele é um dos corvos sentinelas de Ormestone. Eles vêm nos seguindo e relatando tudo que fazemos, ao que parece.

João deslizou o arco pelo ombro e disparou uma flecha. Ouviu-se o som de uma explosão muito distante e vibrante. Todos olharam para o céu pesado e viram uma nuvem negra erguer-se na escuridão e em seguida evaporar em uma série de estranhas centelhas escuras.

— Posso jurar que isso foi um feitiço sendo quebrado — gritou Tom para João. — Olhe lá em cima.

Uma figura vinha planando devagar na direção deles. Era um duende pequeno e feio, com um casaco pesado e botas pretas. Estava pendurado em uma espécie de sombrinha de tecido preto, que lhe permitia descer lenta e continuamente na direção do solo.

— Que diabos...? — disse João.

— Acho que é uma espécie de dispositivo para navegar pelo ar — afirmou Tom. — Funciona bem, pelo que parece.

— Para ser honesto, isso não me parece bom — disse João. — E certamente também não gosto da aparência daquele duende.

— Parece um duende lacaio — disse Joliz. — Trabalha para o lado do mal.

— Não se preocupe com isso agora. Aquela criaturinha de aparência desagradável está chegando perto — disse João. Ele escolheu outra flecha da aljava e preparou-se para disparar. João era sempre o mais rápido e mais preciso com o arco. Ele mirou com cuidado, não propriamente no duende, mas nas cordas que o sustentavam sob o tecido negro enfunado. Então soltou a flecha e ela disparou para o alto e atravessou uma das cordas de sustentação.

O duende gritou, alarmado.

João puxou outra flecha, ajustou-a na corda, retesou-a, mirou e disparou novamente.

Sua flecha atravessou outra corda. Parte do tecido negro esvoaçou para cima, e o duende gritou outra vez. Ele caía mais rápido agora e girava enlouquecido no ar. Logo atingiria o solo.

— Veja, Tom, a floresta proverá — disse João, satisfeito com sua arma artesanal e com seu trabalho preciso com as flechas.

— Mas o que faremos quando ele chegar ao chão? — perguntou Tom.

— Eu não sei — respondeu João. — Vou pensar nisso quando acontecer.

Eles ficaram observando o duende caindo em sua direção, xingando e gritando, furioso. As árvores amorteceram sua queda, e a criatura aterrissou em segurança no caminho. Descartou o tecido e o arnês negros e saiu correndo muito rápido, fugindo deles.

— Bem — disse João, indo até o local em que o duende caíra para apanhar o círculo de tecido negro que tinha a estampa de uma caveira sobre ossos cruzados —, essa coisa pode acabar sendo útil. Nunca se sabe. — Ele embolou o tecido e o enfiou em sua sacola de aventureiro, junto com o arnês e as tiras. — Agora eles vão ter certeza de que estamos indo para lá — disse João, olhando através das árvores, na direção do horizonte.

— É melhor ficarmos atentos então — disse Tom, baixinho. — Tudo pode acontecer.

Eles montaram acampamento afastados da estrada, entre a frágil proteção das árvores. Alimentaram e deram água ao cavalo cansado e então sentaram-se em torno de uma fogueira acesa apressadamente, e até conseguiram fazer uma refeição agradável juntando todas as suas sobras e neve derretida. Discutiram as opções de resgate que acreditavam estar abertas a eles. Tentaram fazer planos usando os minúsculos diagramas e mapas que estavam na trouxa de Tom, embora tivessem de aceitar a palavra do menino na escolha da rota para o Castelo Sombrio, pois somente ele podia ver todos os detalhes no mapa.

— Só podemos torcer para que o melhor aconteça — disse João —, para que a inspiração venha no momento certo, quando de fato precisarmos.

— O problema é que estamos acostumados a dar início às histórias depois de uma carta detalhada da Agência de Histórias — replicou Tom —, e agora aqui estamos, por conta própria, tendo de maquinar enquanto seguimos.

No fim, depois de muito balançar de cabeças e conversas até escurecer, e de não chegar a grandes conclusões, ficou acordado que deveriam seguir juntos por um tempo e depois se dividir em duas equipes. Tom e o corvo prosseguiriam pelo ar e tentariam encontrar as princesas. João levaria o cavalo e a carroça para tentar encontrar Juan, Jean, Joãozinho, Joca e Juca, e os dois grupos tentariam uma missão de resgate, da melhor maneira que lhes fosse possível, onde quer que os Coração Leal ou as princesas estivessem presos.

Seus corações ainda estavam cheios de esperança, e eles desejaram-se boa-noite com bravura, mas a cabeça de Tom fervilhava com medos imaginados de todos os tipos. Enquanto dormiam embolados ao lado da carroça da lenhadora, os dois bravos aventureiros sonhavam de formas diferentes com as perigosas planícies e as frias e escuras florestas da Terra das Histórias Sombrias e o que estava por vir.

Capítulo 21

Uma Reunião Noturna
Castelo Sombrio
22h27

A enorme torre central do Castelo Sombrio projetava-se tão alto que alcançava as nuvens carregadas de neve. Lá dentro, as escadas espiralavam para cima e para baixo acompanhando as paredes curvas e indo além. No interior do castelo havia um labirinto de corredores. Cada andar era sinalizado e cruzado por um sistema de estreitas pontes de pedra sustentadas por imensas correntes enferrujadas, e entre os elos das correntes viviam aranhas enormes, pálidas e inchadas, que teciam suas teias e montavam suas armadilhas.

O castelo existia desde sempre, ninguém no presente sabia quem o havia construído. Ele certamente fora erguido para aprisionar os desavisados, e condenar qualquer um tolo o bastante para entrar ali. Muitos dos corredores davam voltas em torno de si mesmos, e muitos viajantes, tentando inutilmente encontrar uma saída, ao abrir uma porta davam um passo não para um quarto, mas diretamente para a escuridão do profundo abismo em torno da torre, ou então se viam caminhando por uma estreita e traiçoeira ponte que acabava subitamente em pleno ar.

Na extremidade de um corredor central havia um quarto trancado. Nesse quarto, iluminado apenas por uma única vela quase derretida, encontrava-se um homem de expressão bondosa. Ele estava cercado por pilhas de livros velhos e ocasionalmente interrompia sua leitura para escrever usado uma pena mergulhada em tinta branca. Ele fazia anotações e desenhos em uma folha de papel negro. À sua frente, sobre toda a superfície da mesa, havia uma série de jarros e retortas, recipientes de mistura, pilões de vidro e anotações espalhadas, e muitos jarros de substâncias de cores estranhas. Ele estava cansado. Fazia muito tempo que sua vida passava enquanto ele simplesmente trabalhava em experimentos fúteis naquela sala. Bocejou e esfregou os olhos, e então tirou os óculos de aro de metal do rosto e limpou as lentes em um pedacinho de tecido de algodão. O tecido estava bem ralo pelo uso, mas de perto, à luz da vela, podia-se distinguir uma estampa muito desbotada, uma estampa de corações, em um rosa pálido quase invisível sobre um fundo branco encardido. Ele suspirou, recolocou os óculos e guardou o precioso pedacinho de tecido de volta no bolso.

O corredor além da porta serpenteava infinitamente em torno de si mesmo, como a espiral dentro da concha de um caracol, e, na sua extremidade oposta, estava o Salão do Fim. Ali queimava um fogo mórbido, com intensas e crepitantes chamas azuis, enquanto o Irmão Julius Ormestone, criador de histórias, autodenominado Rei da Terra das Histórias Sombrias, e coletor do belo ouro de duende, encontrava-se sentado em seu trono negro, refletindo sobre seu sucesso e contando os lingotes da adorável pilha de pálidas barras de ouro que as princesas haviam fiado a partir de um monte de humilde palha.

Ele havia roubado um saco inteiro de ideias para histórias da Agência de Histórias. Bem, seria mais justo dizer que seu ajudante duende as roubara. Seu ajudante era de fato a chave para o reinado de Ormestone. O duende era o poder mágico por trás do trono, e por trás dos planos de Ormestone, que havia adaptado livremente um dos começos de história roubados para as princesas. A ideia de tecer a palha e transformá-la em ouro agradava a Ormestone, tanto como um truque cruel quanto como uma fonte possível de sua substância favorita: o ouro de duende.

A mesa à sua frente agora estava carregada de ouro, tanto que o tampo afundava levemente no meio. As chamas azuis do fogo refletiam-se na superfície do ouro em surpreendentes ondas esverdeadas. Ormestone conhecia bem seu duende, mas nem todas as suas habilidades. Ele tinha certeza de que havia outros poderes que iam muito além do que o duende admitiria para ele. Ormestone sabia que havia uma regra secreta entre os duendes que os impedia de fabricar ouro sob encomenda. Ele também sabia algo mais: guardava uma sombria suspeita de como os lingotes haviam sido feitos, mas por ora... bem, ele ficaria feliz em esperar o momento certo e, enquanto isso, incentivaria que as coisas continuassem assim.

O duendezinho em questão entrou silenciosamente pela porta alta. Ele carregava sua varinha e usava uma coroa de folhas mortas na cabeça. Parecia um duende do bosque, verde e comum, que subitamente sofrera o efeito de um outono repentino, uma estação que era, no fim das contas, um final infeliz para as folhas.

— Ah, aí está você, meu amigo — disse Ormestone. — Junte-se a mim.

O duende fez uma reverência e então pulou para uma cadeira perto da mesa.

— Vossa majestade está satisfeito e impressionado com o ouro, imagino.

— Ora, certamente que estou. Olhe para tudo isto aqui, uma pilha de beleza.

— Não me parece assim tão bonito — observou o duende.

Ormestone ergueu a cabeça de uma vez.

— O que poderia, em toda a Terra das Histórias Sombrias, ser *mais* bonito do que ouro de duende? — perguntou ele.

— Ah, eu posso pensar em quatro ou cinco outras coisas — disse o duende, com o olhar ausente fixo nas chamas azuis do fogo.

— Não sei a que está se referindo — disse Ormestone, inclinando-se para a frente para erguer um dos pesados lingotes de ouro. Sentia-se feliz, com aquele peso na mão.

— Ora, quando minha linda colheita de ouro estiver completa, terei reunido o suficiente nos cofres do castelo para selar a oferta especial e comprar os serviços de todos aqueles sombrios vilões e mercenários que estão vindo do oeste para cá neste exato momento. Vai haver o suficiente para todo o Exército das Trevas também, e talvez até sobre um pouco para mim. — Ele deu uma risadinha e acariciou a barra de ouro, que brilhava suavemente, como se fosse um animalzinho de estimação. Então voltou-se para o duende e continuou: — Aqueles jovens Coração Leal logo estarão muito cansados, exaustos mesmo, e, acredito, absolutamente inúteis, depois de cavar os últimos veios na mina de ouro dos gnomos. Quem restará para me deter então? Ninguém, somente um caipira imbecil e um garoto do tamanho de um polegar. Não creio que sejam uma ameaça. O que você acha?

O duende fitava, sonhador, as chamas azuis. A intensa cor do fogo fazia-o lembrar-se de um par de olhos azuis em particular, e ele suspirou baixinho. Alguma coisa acontecera dentro de seu coração normalmente de pedra. Era algo que ele nunca esperara em todos os seus anos no mundo da criação de histórias. Em meio a todas as transformações e feitiços, alguma coisa muito excitante e ao mesmo tempo aterrorizante acontecera. Ele havia se apaixonado. E mais: havia se apaixonado cinco vezes seguidas.

Seu sonho, seu desejo, era se casar com todas as princesas, e sabia que esse sonho seria totalmente proibido sob as regras de seu novo rei e mestre. Já era ruim o bastante que ele estivesse transformando palha em ouro, quanto mais acalentar sonhos e desejos românticos. Todos estavam fadados à desgraça e a finais infelizes. Ele não podia sequer dar a entender a Ormestone a emoção forte e secreta que corria em suas veias. Sua única esperança era continuar com as reações de asco, e fazer Ormestone se dar conta de que o pior e mais infeliz final de todos seria permitir que ele se casasse com todas as princesas de uma só vez. Ele sorriu um pouquinho para si mesmo e felicitou-se, mas teria de ser muito, muito cuidadoso e não deixar escapar nada, principalmente para o Rei Ormestone.

A porta abriu-se de supetão e um duende lacaio entrou correndo na sala. Estava coberto de poeira preta e fuligem, que voavam dele em pequenas espirais enquanto se aproximava da mesa.

Ormestone ergueu os olhos, franziu a testa e pousou a barra de ouro com cuidado na mesa.

— O que isso significa? — perguntou ele.

— Perdoe... arf, arf... me... vossa... arf, arf... majestade — disse o duende, mal conseguindo falar através dos arquejos e tragadas de ar que era obrigado a tomar. Ele acabara de correr uma distância muito grande e estava prestes a desfalecer.

— Você é um duende lacaio do rei, não é? — perguntou Ormestone. — Decerto, da última vez em que o vi, você estava sob feitiço como corvo sentinela, como a maioria dos outros, não estava?

— Sim... arf... senhor, estava, sim, e me orgulho de dizer que era o líder do esquadrão de ataque da ala B.

— O que aconteceu com você?

— Segui dois intrusos, os que o senhor nos mandou vigiar. Um deles atirou uma flecha em mim. Ela devia ter penas enfeitiçadas, pois reverteu o meu feitiço e eu caí no chão e corri para lhe relatar. E aqui estou.

O duende mantinha-se de pé, as mãos nos joelhos, recuperando o fôlego. Ormestone sacudiu a cabeça.

— Tem certeza de que havia dois desses intrusos? Um deles era um garoto muito, muito pequeno?

— Sim, vossa majestade.

— Então está confirmado, os dois: o aventureiro rústico e aquele garoto, Tom Coração Leal — disse Ormestone.

— Ah, sim, o que eu encolhi tão facilmente para vossa majestade — disse o duende assistente.

— Sim, estou totalmente ciente de quem é ele — disse Ormestone. — Espero que você já tenha distribuído os cartazes descrevendo o menino minúsculo e o idiota Coração Leal mais velho, e incluído todas as observações e castigos e possíveis recompensas.

— Naturalmente, vossa majestade — disse o duende lacaio. — Estão espalhados por todo o reino, na praça de cada aldeia, na maior parte das árvores e em cada poste de sinalização.

— Então não vai demorar muito até que alguém entre os camponeses sinta-se mais do que feliz em denunciar o paradeiro de nossos intrusos aventureiros e reclamar a satisfação do desejo que é sua recompensa. Preciso dobrar a guarda especial do quarto no corredor. Entende o que quero dizer?

— É claro, mestre — disse o duende assistente.

— Por falar nisso, você não está negligenciando seu dever aqui, meu amigo? — perguntou Ormestone, apontando para o duende lacaio empoeirado e coberto de fuligem, ainda recobrando o fôlego diante deles.

— Naturalmente, vossa alteza, minhas desculpas — disse o duende assistente. E rapidamente ergueu a varinha e a apontou para o duende empoeirado, que estremeceu e pareceu amedrontado. De repente, o pobre duende se viu coberto em lampejos de uma luz branca e pálida; então houve uma concentração de escuridão no centro dessa luz e, depois que o clarão se dispersou, ele surgiu como corvo outra vez.

— Agora vá — disse Ormestone —, volte para o seu esquadrão, para a corja de corvos, patrulhe os céus escuros e não me decepcione.

O corvo assentiu, como se dissesse "Sim" e então voou para o peitoril da janela alta. O duende apontou sua varinha para a janela e ela se abriu com um clarão. O corvo voou pela abertura com um grito e desapareceu no céu noturno.

— É melhor você voltar para o palácio — disse Ormestone. — Ver que progresso as princesas estão fazendo.

— Posso aumentar a ração delas um pouco, vossa alteza? Quem sabe um bolo especial para celebrar... Elas merecem pelo menos isso, depois de seu árduo trabalho, não é?

— Espero que você não esteja amolecendo com elas, meu amiguinho.

— Não, vossa alteza — disse o duende —, é claro que não. Na verdade, trata-se do oposto. Eu lhes fiz uma oferta bastante cruel...

Ormestone olhou para o duende, as sobrancelhas franzidas.

— Uma oferta... o que quer dizer com uma oferta? — perguntou Ormestone, a voz fria como gelo.

O duende entrou em pânico. Seus olhos dispararam para a pilha de lingotes de ouro ondulando à luz do fogo, e então para a janela alta, qualquer coisa para tirar a atenção de Ormestone.

— Bem, vossa majestade, pensei em incluir algo extra na história, um desviozinho sinistro, como sofrimento extra para as princesas.

— Ah, é mesmo? Bem, nunca se esqueça — disse Ormestone — de quem é o verdadeiro criador de histórias nesta sala. Diga-me o que é esse *desvio* de que falou. Certamente cabe a mim a aprovação de qualquer uma dessas questões, não é? E então?

— Informei àquelas jovens que, após o término de sua tarefa, elas terão de se casar comigo. Todas elas.

— Casar-se com você — disse Ormestone. — Casar-se com você? — Ele se pôs de pé e cruzou os poucos passos que o separavam do duende. Então curvou-se, aproximando-se da cabeça da criaturinha. Estendeu uma das mãos ossudas e segurou o queixo coberto pela barba rala do duende, inclinando-lhe a cabeça para trás.

— Olhe para mim — disse ele, devagar. — Você quer se casar com aquelas princesas? Aqueles tênues fragmentos de um conto de fadas repleto de desejos realizados, aquelas lindas donzelas, aquelas belezas de partir o coração, jovens sonhos de amor, e todas elas apaixonadamente comprometidas com um de um bando de grandes e corajosos aventureiros? E você, meu amiguinho astucioso, trapaceiro e de barba rala, quer então se casar com *todas* elas?

— Sim — disse o duendezinho em voz baixa.

— Receio que você *esteja* amolecendo com elas. Na realidade, você está enlouquecendo.

— Não, não, vossa majestade — disse o duendezinho gravemente —, se alguma coisa mudou em minha atitude, foi justamente eu ter endurecido. Vai ser o perfeito final *infeliz* para elas, que foram completamente mimadas a vida toda e agora, no futuro, terão de me servir, ceder a cada um de meus caprichos. Terão de me obedecer o tempo todo. Terão de viver em minha cabana escura, úmida e fria na floresta, distante dos amores de suas vidas, distante dos céus azuis e da luz do sol da Terra das Histórias. Tenha certeza de que eu, naturalmente, devotarei a minha vida a tornar a delas uma desgraça completa.

Ormestone olhou-o com atenção.

— Tenho uma ideia — disse ele, de repente. — Uma prova a mais, outro desvio para aquelas princesas ridículas.

Ele atravessou a sala correndo e pegou uma folha de papel negro e um frasco de tinta branca brilhante. Sentou-se à mesa, alisou o papel e começou a escrever.

— Trata-se apenas de um seguro extra, para nos garantirmos duplamente de sua perdição. O bonito é que elas nunca solucionarão. — Ele sorriu para o duende. — Você lhes oferecerá um minúsculo vislumbre de esperança, uma libertação da ideia desse terrível casamento com você, mas haverá uma única condição.

— Uma condição, mestre? — perguntou o duende, subitamente infeliz, preocupado com a possibilidade de seu sonho secreto estar prestes a ser frustrado e de ele também ter um final infeliz.

— Sim, uma condição na forma de um enigma, uma questão irrespondível. Você sabe como eles adoram incluir essas coisas no planejamento de histórias na Agência. Precisamos estabelecer uma coisa muito, muito difícil. Agora deixe-me ver, elas precisam adivinhar algo que seja completa e absolutamente impossível, e se elas não adivinharem depois de três tentativas... afinal, tudo deve ser em três: três desejos e assim por diante... — murmurou ele para si mesmo, vasculhando alguns papéis espalhados sobre a mesa a sua frente. — Ah, aqui está. — Ormestone ergueu um pedaço de papel. — O enigma, engastado como uma flecha no coração da história. — E começou a rir.

— O que é, majestade?

Ormestone escreveu, a mão deslizando sobre a folha de papel negro. Ele estava se divertindo com a agonia e a aflição de seu útil e maldoso duende. Deteve-se, olhou para o papel estreitando a visão, peneirou um punhado de areia secante, soprou o excesso e dobrou cuidadosamente a folha ao meio.

— Pronto — disse ele. — Quando chegar a hora, você lerá isto para elas, e então seu sofrimento e toda uma vida de infelicidade estarão totalmente garantidos.

O duende olhou nervosamente o papel.

— Sim, mestre, vossa alteza — disse ele.

— Bem, então leia. Para si mesmo, veja bem.

O duende abriu o papel negro, com o coração pesaroso. Ele não podia suportar a ideia de que pudesse haver uma saída para as princesas. Então respirou fundo e leu o que Ormestone tinha escrito. E seu rosto abriu-se em um largo sorriso. Seu sonho, seu desejo mais secreto, agora com toda certeza seria realizado. O rei estava mesmo do seu lado, afinal. Mais tarde, quando voasse de volta para sua cabaninha, a choupana úmida na floresta, ele começaria a prepará-la para a chegada de suas cinco adoráveis esposas.

Capítulo 22

Encontro na Floresta
Perto do Amanhecer

João caminhava ao lado do cavalo e Tom seguia na carroça enquanto Joliz voava um pouco acima deles de olho em corvos sentinelas e afins. Eles estavam viajando desde antes de o sol nascer. João parecia estranhamente inquieto. Era como se alguma coisa no ar o estivesse preocupando. Talvez fosse o leve cheiro de fumaça de madeira ou algo mais que pairasse em torno deles, como se em algum lugar distante alguém estivesse cozinhando algo bom. Ou talvez ele estivesse apenas ansioso para praticar um pouco com seu arco e flechas. Até agora elas haviam funcionado bem, e João estava ávido em disparar mais algumas antes de se aproximarem do Castelo Sombrio. Mas alguma coisa parecia chamá-lo, um canto de sereia além da fumaça de madeira.

João deu tapinhas no pescoço do cavalo e disse a Tom:

— Vou sair um pouco da trilha. Deixe esse bom e velho cavalo levá-lo pela estrada. Encontro vocês mais tarde.

— O cavalo ficou observando João com olhos tristes e escuros, mas ele pareceu não notar.

— Você não vai embora, não é, João? — perguntou Tom, nervoso. — Não posso deixar de pensar que essa é uma péssima ideia.

— Você acha, nosso Tom? — replicou João.

— Sim, acho. Estamos na Terra das Histórias Sombrias, afinal, e isso significa que quase tudo e todos aqui podem decerto nos trazer infelicidade, provavelmente males, e tudo que acontecer quase certamente levará a um final infeliz.

— Eu sei disso, não sou idiota — afirmou João.

O cavalo virou a cabeça para olhá-lo e emitiu um relincho baixo e preocupado.

— Acho que esse pobre cavalo gosta de você, João — disse Tom. — Como vou me proteger? — acrescentou Tom, olhando à sua volta, nervoso.

— Não vou demorar — garantiu João. — Você e Joliz podem tomar conta um do outro. Ora, estarei de volta em duas sacudidas de rabo de um burro.

— Não são os burros que me preocupam — disse Tom e, como para reforçar seus medos, o vento trouxe de algum lugar a distância o grito de um lobo uivando por seu café da manhã.

— Não se preocupe com isso, ele está a milhas daqui — disse João. — Mantenha-se na estrada e logo, logo virei ao seu encontro. — E com isso ele se embrenhou entre as árvores.

— Ah, mas eu me preocupo — disse Tom para si mesmo enquanto o cavalo trotava pelo caminho. — Eu me preocupo. — Tom se empertigou o mais alto que pôde no assento da carroça e acenou para Joliz. A ave desceu e pousou ao lado dele.

— O que foi, Tom? — perguntou.

— João enfiou na cabeça de perambular por aí sozinho. Além disso, ele deixou o arco e as flechas para trás. Talvez você pudesse ficar de olho nele, cuidar para que não se meta em nenhuma travessura.

— Boa ideia — disse Joliz, e levantou voo, indo atrás de João na floresta.

João partiu pelo bosque escuro sozinho e uma sensação boa tomou conta dele pela primeira vez desde que haviam chegado ali. De repente, sentia-se como um digno e bravo aventureiro em uma missão. Não que não estivesse feliz de ter Tom e Joliz como companhia, mas naquele momento sentia que precisava estar sozinho. Alguma coisa o compelia a testar sua própria coragem e explorar um pouco. Aquele era um bosque misterioso e sombrio, afinal, e era seu dever, como aventureiro e finalizador de histórias, ver o que estava acontecendo entre as árvores escuras; o que o movia; descobrir que aventura espreitava atrás do próximo tronco de árvores; de onde vinha aquele delicioso cheiro de comida. Ou talvez ele só estivesse com fome, à procura de um bom café da manhã.

João não tinha ido longe quando deparou com uma casinha de madeira simples. Joliz voava acima dele e baixou silenciosamente até a altura da copa das árvores, e foi pulando de galho em galho, acompanhando João, desconfiado. Aquele lugar parecia muito com uma casa malcuidada de duende. A casa parecia-se com a dos Coração Leal, porém era menor. Não fora pintada em cores brilhantes. Em vez disso, tinha a cor parda natural da madeira envelhecida pelo tempo. As paredes de madeira eram cinzentas e a casa toda parecia decrépita, úmida e quase assombrada, mas ao mesmo tempo havia um fiapo festivo e acolhedor de uma saborosa fumaça branca saindo da pequena chaminé de lata. João esperou que pudesse ser a fumaça cujo aroma ele havia sentido no ar mais cedo. Cheirava a bacon. João estava ficando cada vez mais faminto, e a casa era esquisita, mas parecia inofensiva e quase amistosa.

João levou seu primeiro grande susto quando se aproximou e espiou pela janelinha de treliça. Por fora era uma humilde casinha de madeira, mas lá dentro parecia mais um palácio. De alguma forma, aparentava ser muito maior por dentro do que por fora e era mobiliada com uma reluzente mobília de ouro e pesados tecidos aveludados. O piso parecia feito do mármore mais fino, e havia até uma ampla escadaria que subia entre dois imensos espelhos de ouro. Na verdade, havia espelhos por toda parte.

Joliz desceu, aproximando-se de João, e pousou no peitoril da janela, espiando o sombrio interior do chalé.

— Os espelhos refletem a verdadeira beleza — veio uma voz de dentro da casinha. As cortinas esfarrapadas na janela do andar de baixo ocultavam parte do interior, de forma que Joliz não podia ver quem estava falando. João passara para a janela seguinte e escondia-se entre os galhos emaranhados que cobriam o vidro sujo.

Uma pessoinha podia ser vista sentada em uma cadeira de ouro na minúscula casa. Ela usava um longo casaco escuro, com capuz. Um prato de ovos com bacon de excelente aspecto estava na mesa de ouro diante dela, que aparentemente não estava comendo. A figurinha estendeu o braço que segurava uma vareta de madeira retorcida e apontou para a parede. Um enorme espelho de moldura de ouro surgiu ali de repente, e então ela puxou para trás o capuz do casaco, revelando — e aqui João levou seu segundo susto — o duendezinho que havia pilotado o zepelim de Ormestone.

O alarme tilintante de um relógio soou nos fundos da cabaninha.

— Hora do café da manhã — disse o duende com um sorriso radiante. João olhou para o café da manhã posto na mesa. Ele percebeu o quanto estava faminto. Não pôde mais suportar. Duende ou não, ele precisava daquela comida. Afastou-se da janela e procurou com a mão o arco e a aljava. Descobriu então que os havia deixado para trás com Tom e, em sua surpresa, recuando, pisou em um grande galho seco, que se partiu emitindo o som de uma espingarda sendo disparada. Joliz voou rapidamente para o teto arqueado da varanda.

— Quem está aí? — perguntou o duende em voz alta, correndo para a porta e escancarando-a.

João ficou momentaneamente imóvel, desarmado, desorientado e imobilizado tanto pela fome quanto pelo horror. O duendezinho viu João, e João viu o interior da casa. E mal pôde acreditar no que viu. Havia quadros nas paredes, todos em elaboradas molduras de ouro. Ele percebeu que cada uma das pinturas era de uma linda e jovem princesa. Eram todas as noivas de seus irmãos. O duende rapidamente apontou sua varinha e uma corrente e algemas de ferro de duende fecharam-se em torno dos braços e tornozelos de João, que despertou devidamente pela primeira vez naquela manhã. Ele havia caído em uma armadilha, e tudo por causa de seu estômago e do cheiro de bacon.

O duendezinho ficou parado com um grande sorriso no rosto.

— Ah, que felicidade! O rei vai ficar tão contente por você finalmente ter se juntado a nós — disse ele. — Agora poderá ajudar nas minas de ouro dos gnomos. Afinal, por que seus irmãos deveriam fazer todo o trabalho e suportar todo o sofrimento por você?

João fez força, tentando livrar-se das algemas.

— Então este é seu horrível ninho na floresta, não é? — disse ele, furioso. — Como ousa ter esses quadros das adoráveis futuras esposas de meus irmãos em suas paredes horríveis?

— Ah, pois muito bem, eis uma resposta fácil para o João pateta. Elas ainda não são as esposas de seus irmãos. Caso você não se lembre, houve uma interrupção da cerimônia, e os casamentos nunca aconteceram. Logo, porém, elas todas serão minhas esposas, cada uma delas.

— Você deve ser louco — disse João, fazendo ainda mais força contra as algemas.

— Asseguro-lhe de que esta é a verdade. Elas têm comigo uma dívida de gratidão. Vou lhe dizer algo mais, e este é o segredo e a parte de fato brilhante que somente você saberá. — Ele se aproximou de João, que se debatia. — Se elas adivinharem meu nome, estarão livres para se casar com quem escolherem. O problema para aquelas adoráveis garotas, naturalmente, é que ninguém sabe o meu nome, exceto o rei e eu. Portanto, elas nunca adivinharão, e só terão três tentativas. Três é o número certo para tudo, sabe? Exatamente como na Terra das Histórias.

Ele tornou a gargalhar.

— Aliás, pode parar de se debater. — O duende tornou a sentar-se à mesa e atacou seu prato de ovos com bacon. — Me dê licença, por favor, enquanto termino meu café da manhã.

João ficou observando em agonia o duende devorar a comida. Quando terminou, ele apontou a varinha para as pernas de João e a corrente entre as algemas prolongou-se com o surgimento de mais elos.

— Agora, uma viagenzinha às minas de ouro, que é o seu lugar, imagino. Lamento que tenha de perder meu casamento com as noivas de seus irmãos.

O duende riu e então fechou a porta da cabaninha, virou a chave na fechadura e conduziu João entre as árvores, na mira da varinha. Eles caminharam apenas um pequeno trecho, com João cambaleando e xingando a corrente entre suas pernas, até chegarem a uma clareira onde se encontrava uma cesta alta de vime sobre a qual flutuava um grande balão preso por uma série de cordas.

— Acho voar uma forma tão rápida e fácil de me locomover... Então é isso ou minha vassoura. Como tenho companhia hoje, assim será melhor. Torna tão mais fácil vir do velho palácio à minha casinha aqui, onde meus amores e eu viveremos juntos e felizes. Suba e vamos partir.

Joliz havia seguido o duende e João em sua curta caminhada pela floresta até o balão. Ele se mantinha oculto entre os galhos sombrios e observava. O duende entrou na cesta depois de João e soltou os lastros, de modo que o balão logo se ergueu e passou pelo galho alto em que Joliz estava empoleirado. O duende olhou para Joliz, que o olhou de volta o mais inexpressivamente que pôde. Os olhos do duendezinho se estreitaram. Era quase como se, por um breve momento, ele pressentisse a presença de outro duende. No entanto, logo estavam muito acima da floresta e um bando de corvos sentinelas juntou-se a eles em sua breve viagem à mina de ouro dos gnomos.

Joliz sabia exatamente o que deveria fazer. Tinha ouvido tudo que o duendezinho dissera. Então voou de volta à casinha úmida, pousou no telhado vergado, e procurou uma forma de entrar. Ele desceu e circulou a misteriosa casinha, de aspecto sombrio. Em uma das sujas janelas de treliça faltavam algumas vidraças em formato de diamante no alto. Joliz espremeu-se pela abertura. O interior da casinha de fato causava um choque: a improvável e suntuosa mobília, os espelhos, os quadros com moldura de ouro. Era um palácio em miniatura. Ele não tinha tempo para explorar. Sabia exatamente o que estava procurando. Encontrou um pequeno escritório ao lado da cozinha. Era escuro e cheio de teias de aranha, com prateleiras que rangiam cobertas com livros de feitiço, e nas paredes escuras viam-se certificados emoldurados de todos os tipos. Joliz voou cuidadosamente pela saleta, lendo os vários documentos, cartas e certificados de magia até encontrar aquele que estava procurando. Um certificado de graduação em Magia de Duende expedido em nome de...

Arrá, pensou ele, aí está. Peguei você, meu asqueroso amiguinho.

Joliz leu com atenção o nome escrito à mão. Era de fato um nome muito incomum e ele o repetiu algumas vezes em sua cabeça. Era muito importante que se lembrasse dele com precisão para que pudesse dizê-lo a Tom quando voltasse. Afinal, a felicidade dos Coração Leal, ao que parecia agora, dependia disso.

Capítulo 23

Em Algum Ponto da Estrada para o Castelo
Meio da Manhã

Tom ficou na carroça esperando o retorno de João e Joliz, enquanto o simpático cavalo pastava, sonhador, a grama seca. Foi quando Tom viu, para seu assombro, um balão muito semelhante à máquina voadora de Ormestone subir de repente do meio das árvores escuras para o céu. Ele ouviu a voz de João gritando da cesta. O balão estava distante demais para que Tom compreendesse o que João gritava, mas ele não parecia estar muito feliz. O cavalo ergueu a cabeça e relinchou alto ao ouvir o longínquo som da voz de João.

Naquele momento, Joliz pousou de repente na carroça em um estado de agitação, batendo as asas, e disse sem rodeios a Tom:

— Tenho algo muito importante para lhe dizer, Tom. Trata-se de algo que precisará anotar, tamanha a importância dessa informação. Ela não pode ser esquecida. Muita coisa depende disso.

Tom pôs-se de pé rapidamente e apontou para o céu.

— Eu vi um balão no céu igual ao que Ormestone tinha, e acho que João estava nele.

— E estava mesmo — disse Joliz. — Bem, você tem alguma coisa com quê e em quê escrever?

— Que história é essa? — perguntou Tom.

Joliz explicou apressadamente que João fora apanhado em uma armadilha bisbilhotando a estranha casa e que fora levado para a mina de ouro dos gnomos, falou do terrível perigo que as princesas corriam e, especialmente, do nome secreto do pequeno duende e do que aquele conhecimento significava. Tom vasculhou sua trouxa. Um dos mapas tinha o verso em branco, e ele tirou de seus pertences também um pequeno lápis.

Joliz soletrou o nome secreto.

— Você tem certeza? — perguntou Tom.

— Absoluta — afirmou Joliz.

Tom lambeu a ponta do lápis e escreveu o nome com muito cuidado, então dobrou o mapa e o guardou de volta na trouxa.

— Estou pronto — disse ele a Joliz.

— Então acho que chegou a hora de partirmos, Tom, e fazer o melhor que pudermos.

— Espere — disse Tom —, e quanto a esse pobre cavalo e a carroça? João deixou o arco e as flechas aqui, não podemos simplesmente abandoná-los.

O cavalo olhava para Tom e para o corvo com uma expressão de grande tristeza nos olhos suaves.

— Teremos velocidade muito maior no ar, e o tempo é crucial. Ele vai ficar seguro aqui. Tem muito para comer. E o arco pode cuidar de si mesmo.

O cavalo pareceu assentir sabiamente.

— Bem, se você está certo disso — disse Tom.

O menino subiu nas costas de Joliz, e levantaram voo, fazendo um círculo acima do cavalo e da carroça. Tom acenou e gritou:

— Até logo, velho amigo. Vamos voltar para buscá-lo, tenho certeza. — E então Tom e Joliz se foram.

O cavalo ficou observando enquanto se afastavam, e pensou consigo mesmo: e então só restou um.

Capítulo 24

O Velho Palácio

Tom e o corvo voavam bem alto, acima da floresta, e viam o Castelo Sombrio, com sua torre imensa e pontiaguda, avultar-se cada vez maior no horizonte.

— Espero que o pobre João aguente firme onde quer que esteja — disse o corvo.

— Ele vai aguentar — gritou Tom para ele, acima do barulho do vento. — Ele é muito corajoso e certamente muito resistente. Agora é nossa função encontrar e salvar as pobres princesas. — Ele estremeceu e agarrou-se à sua trouxa, na qual estava guardado o nome vital, em parte por causa do frio, mas principalmente por medo de deixá-la cair.

Tom duvidava da própria coragem, mais especificamente devido ao absoluto tormento de seu tamanho. Como seria agora confrontar o apavorante Ormestone e aquele diabólico assistentezinho, que havia tão facilmente aprisionado João? Ele não tinha a menor ideia se conseguiria fazê-lo. Precisaria de toda a sua coragem e força na quase certa e terrível batalha iminente. Como poderia um exército tão heterogêneo — um menino do tamanho de um polegar, um corvo e um cavalo simpático — resgatar noivas e noivos e impedir Ormestone e o Exército das Trevas de invadir a Terra das Histórias? O pensamento o aterrorizava, e em algum ponto bem dentro de si escondia-se outra promessa: encontrar o pobre pai desaparecido. Ele suspirou no vento, e segurou Joliz com mais força, pelo simples conforto de um amigo.

O corvo bateu as asas vigorosamente, voando o mais alto que podia. Ele percebera, mais adiante, algo que Tom não podia ver. Com sua aguda visão de corvo, ele notara que as escuras nuvens de neve que pareciam circundar a alta torre do castelo no horizonte não eram na realidade nuvens carregadas de neve, mas uma nuvem espiralante de morcegos e aves, todos voando em uma grande massa, de um lado para o outro, acima e em torno dos afiados pináculos no topo da torre. E Joliz sabia que cada movimento de sua asa levava o pequeno Tom cada vez para mais perto de um perigo muito real.

De repente, Tom gritou para que o corvo voasse mais baixo. Ele vinha esquadrinhando o solo enquanto voavam e vira algo estranho. Alguma coisa estava ondulando e se agitando em uma das janelas de um grande edifício quadrado de tijolos vermelhos. Havia uma estranha espécie de jardim cercando a construção, cheio de árvores podadas em estranhos formatos. O edifício era cercado por um muro alto e parecia um palácio, um palácio que talvez já tivesse sido belo, mas que agora, mesmo de cima e de uma distância tão grande, parecia em ruínas. No entanto, Tom vira o tecido branco esvoaçante, e, quando desceram e se aproximaram do prédio, ele viu que era exatamente o que pensara: um longo pedaço de musselina de seda branca, como um pedaço rasgado de uma cauda de vestido de noiva sendo agitado como uma bandeira de S.O.S. Ocorreu-lhe então que aquele poderia muito bem ser o lugar onde as pobres princesas estavam aprisionadas.

O edifício era alto e quadrado, com janelas profundas e pontudas. O corvo voejou com Tom pelo jardim, procurando pistas de como entrar ou de que as princesas estavam realmente lá. Em uma das extremidades do jardim, envolto em uma névoa fria, havia um espantalho. Postava-se ali com os braços esticados, o casaco esfarrapado esvoaçando em torno dele, e um chapéu velho e surrado enfiado na cabeça redonda.

O corvo aproximou-se dele, voando.

— Só para mostrar que não temos medo de um espantalho velho — gritou ele para Tom.

O corvo empoleirou-se no topo do chapéu do espantalho. Tom olhava para as janelas do palácio. Havia três no lado onde se encontrava o espantalho. Tinham a parte superior pontuda, como as janelas de uma igreja ou como as janelas da casinha de pão de mel da bruxa, só que as daquele edifício eram mais altas e mais profundas. Tom tinha certeza de que fora ali que vira o movimento na janela e, de fato, o pedaço de seda branca e suja ainda estava sendo agitado freneticamente para cima e para baixo.

— Certo — disse Tom —, elas estão lá em cima. Vamos.
O corvo levantou voo do chapéu do espantalho. Tom sentiu o ímpeto ascendente do ar e então, com um solavanco, caiu das costas da ave, escorregando pela frente do casaco e indo parar no bolso do espantalho. Levantou-se com esforço e espiou pela borda puída do bolso. Joliz debatia-se, agitando as asas, mas estava firmemente preso nas mãos enluvadas do espantalho, que havia simplesmente erguido o braço e agarrado o corvo quando este tentara voar. Tom podia ver o pobre pássaro contorcendo-se na armadilha, gritando, alarmado, enquanto os dedos o mantinham preso com firmeza.

Tom saiu do bolso e subiu lentamente pelo casaco, usando os botões, vincos e dobras do tecido como apoio para os pés. Ele alcançou a ponta da gola e ficou equilibrando-se na costura reforçada no topo do bolso. Alguma coisa chamou sua atenção: uma pontinha de um tecido de algodão enfiado no bolso. Tom notou um coração estampado no fragmento de tecido — um pedaço do tecido dos Coração Leal. Ele estava perplexo. Como aquilo chegara ali? Outro Coração Leal havia passado por ali, e muito tempo antes. Só poderia ser uma pessoa. O coração de Tom batia, disparado, em seu pequeno peito. Teria alguém deixado aquela pista ali para que ele a encontrasse? Ele rasgou um pedacinho do frágil tecido e o guardou em sua trouxa presa ao cajado.

O espantalho virara lentamente a cabeça para olhar para baixo, e quando Tom levantou os olhos, viu que a cabeça do espantalho era uma abóbora cor de laranja brilhante. A abóbora tinha um sorriso denteado entalhado de um lado ao outro do rosto e duas fendas estreitas no lugar de olhos.

— Bem-vindo ao país do Outubro, a Terra das Histórias Sombrias — disse ele a Tom. Sua voz era sobrenatural e soava molhada, sentimental e alegre, como se mal pudesse esperar para agarrar também Tom. E, quando ele falava, sementes de abóbora eram lançadas de sua boca.

— Vá, Tom — gritou Joliz. — Corra, vá e descubra onde elas estão. Eu encontrarei você, aconteça o que acontecer. Mas agora vá, e não se preocupe comigo.

Tom avistou um fio solto pendendo de um botão perto do bolso, saltou e agarrou-se ao fio. Torceu para que ele aguentasse e também que fosse longo o suficiente para lhe permitir chegar rapidamente ao chão. O fio se desenrolou e Tom desceu pela frente amarrotada do velho sobretudo. Ele impulsionou o corpo, afastando-se do tecido sujo, enquanto deslizava na direção do chão frio. O fio de repente terminou, cedeu e Tom caiu, conseguindo agarrar-se à barra do casaco, o que aliviou sua queda. Por um instante, o menino ficou ali pendurado, olhando para baixo. Era difícil julgar a distância, mas no fim ele decidiu que era melhor soltar e cair antes que o espantalho o agarrasse também. Então mergulhou na névoa fria e aterrissou em uma moita de grama congelada. Nada quebrado, nada perdido, Tom se levantou e correu pela trilha na direção do velho palácio.

Ele precisava procurar uma forma de entrar. Estava preocupado com Joliz, mas também sentia-se animado por causa daquele pedacinho do tecido dos Coração Leal.

Tom se virou e olhou rapidamente para trás. O espantalho atravessava o jardim ainda segurando com força o pobre Joliz. O menino correu o mais rápido que pôde. O espantalho se aproximava mais rápido que ele conseguia fugir, e Tom precisava se apressar. Ele sabia que teria de subir para um dos pisos superiores onde as janelas altas o levariam a quem quer que houvesse acenado com o tecido branco.

Tom correu em torno do palácio, usando uma estreita trilha entre as paredes e a grama alta cheia de ervas daninhas. Ele ainda podia ouvir o estalar das frágeis pernas do espantalho seguindo-o. Precisava esconder-se. Lembrou-se de uma vez ter ouvido um dos irmãos dizer que "proteção da vista não é necessariamente proteção do fogo", mas proteção da vista era tudo que ele queria naquele momento. Tom pegou o cajado, soltou a trouxa que guardava o pedaço de papel com o nome e outras coisas úteis, e escondeu o restante em uma moita perto da porta. Ajeitou o arco e a aljava e partiu.

Acima dele, de um lado, via-se uma janela alta coberta com vapor e condensação. Ser pequeno, Tom logo descobriu, tinha, sim, algumas vantagens, no fim das contas. Era possível espremer-se em espaços muito diminutos e encontrar a entrada para áreas que normalmente estariam fechadas para ele. Conseguiu passar por uma brecha em uma porta nos fundos que estava coberta por um emaranhado de caules e espinhos mortos de uma trepadeira.

Estava escuro do outro lado da porta. Ele podia ouvir retinidos, o choque de metal contra metal e uma voz masculina cantando, muito desafinada e muito alto. A canção que entoava era "Tom, Tom, filho do flautista". Isso deu a Tom uma sensação muito estranha, como se a voz soubesse de alguma forma que ele estava ali, e estivesse cantando especialmente para ele.

Tom percorreu sorrateiramente a passagem, seguindo o som da voz. Uma porta muito grande estava entreaberta, então espiou por ela e viu uma cozinha comprida e movimentada. Havia um imenso fogão de ferro enegrecido, e réstias de cebola e alho pendendo do teto alto. Avistou também uma pia funda, uma bomba d'água e uma comprida mesa de madeira simples. E, em uma das paredes, fileiras de prateleiras, cobertas com panelas de cobre, potes, fôrmas de gelatina, caldeirões e centenas de livros de culinária de aspecto empoeirado.

Um *chef* alto de rosto vermelho com chapéu branco estava ao lado da mesa. Ele cantarolava sua cançoneta e picava alguma coisa em uma tábua de cortar. Um ajudante pequeno e magricela, de rosto ainda mais vermelho, tirava ruidosamente alguns panelões da pia fumegante e empilhava-os em um escorredor. Havia uma nuvem de vapor na cozinha e também o cheiro de um assado, o que fez Tom sentir fome. Ouviu-se um apito, o *chef* parou de cantar e foi até um tubo acústico preso na parede. Ele pôs o aparelho no ouvido e gritou muito alto para que seu ajudante ficasse quieto. Tom escondeu-se atrás da perna da mesa e ficou escutando.

— Muito bem, sim, é claro, ah, certamente, quando? Imediatamente, minha nossa, ah, bem, se é preciso. — E recolocou o aparelho no lugar, voltando à mesa.

— Sua alteza, o rei em pessoa, está vindo para cá agora — anunciou. — Ele quer que façamos um bolo para as princesas e devemos fazê-lo imediatamente, sem nada de por favor ou obrigado, o que é típico dele: faça isto, faça aquilo, de manhã, à tarde e à noite.

— O chefão, o rei aqui embaixo, um bolo — repetiu o ajudante do *chef*, tagarelando em um estado de confusão e pânico. — Imediatamente... agora. — No mesmo instante ele deixou cair uma grande caçarola de cobre nas pedras do piso da cozinha, provocando um enorme estrondo.

— Sim, sim — gritou o chefe. — Pelo amor de Deus, deixe isso agora. Faça a massa do bolo, pegue um pouco de farinha e quebre alguns ovos em uma tigela, tudo muito silenciosamente. Não deixe cair mais nada de metal, você me deu uma dor de cabeça.

— Sim, *chef*.

Os pés do ajudante passavam correndo muito perto de Tom, indo e vindo.

Ele decididamente mencionou o rei e as princesas, pensou Tom, portanto é aqui mesmo que elas estão. E começou a subir muito lentamente por uma das pernas de madeira entalhadas da mesa da cozinha. É melhor eu me esconder, pensou ele. Com todo cuidado, foi ganhando altura na perna da mesa e enfiou-se sob a borda do tampo. A porta abriu-se ruidosamente e Tom ficou paralisado ao som de uma voz familiar.

— Ouçam-me e prestem bem atenção. Este bolo terá a forma de um bolo de casamento: glacê branco, colunas e, em cima dele, cinco noivas e um noivo de glacê e marzipã. Entenderam?

— Ah, sim, vossa alteza... hã... é... sim, senhor. — Foram as respostas abafadas e nervosas.

— Quando o bolo estiver assado e confeitado, peçam ajuda no tubo acústico, e depois vão embora, entenderam?

— Ah, sim, vossa majestade, entendemos.

— Ótimo.

Tom espremeu-se ainda mais contra a parte de baixo da mesa quando a figura se aproximou dele e parou. Dali ele podia ver o casaco de Ormestone.

— Meu amigo e ajudante ganhou uma recompensa muito especial. Ele capturou aquele grande palerma do João Coração Leal, e, ainda por cima, sozinho. Vamos cortar o bolo em comemoração. As pobres princesas jamais responderão à pergunta. Quem poderia adivinhar o nome dele? Afinal, deve ser o único no mundo. — E aqui ele baixou o tom de voz e disse o nome num sussurro, mas Tom, escondido ali tão perto, ouviu-o muito bem. Joliz estava certo, era o mesmo nome escrito no verso do mapa guardado em segurança em seu bolso. De fato, um nome para se lembrar. Assim que Ormestone o pronunciou, explodiu numa gargalhada, e Tom ouviu até o riso nervoso do *chef* e do ajudante no fundo. Então, num instante a porta tornou a fechar-se ruidosamente e Tom soube que precisava chegar rápido ao andar superior. Talvez, se ele se escondesse em uma bandeja ou debaixo de um prato ou algo assim, conseguisse subir clandestinamente com o bolo. Tom terminou de escalar a mesa e espiou sobre a borda. O ajudante agora estava debruçado sobre uma grande tigela de porcelana, quebrando ovos e cochichando com o *chef*.

— Ele tinha de vir até aqui, tinha de dificultar as coisas para nós, ah, puxa vida!

— Não se preocupe, ele já foi embora — disse o *chef*.

— Ande com isso. Fale menos e trabalhe mais. — E o *chef* arremedou o movimento de bater o bolo com o braço enorme.

— Quantos ovos para fazer o bolo de casamento de uma princesa, *chef*?

— Como eu posso saber? — berrou o *chef*. — Olhe no livro de receitas infelizes especiais.

O ajudante limpou as mãos no avental e correu para as prateleiras na parede. Tom içou o corpo para o topo da mesa e, enquanto o *chef* olhava para o ajudante e sacudia a cabeça, Tom aproveitou para atravessar o tampo da mesa correndo, desviando-se de xícaras, copos, jarros de medida e garrafas de vinho. Havia colheres de pau pegajosas, facas e cutelos afiados até ele alcançar a grande tigela com a mistura. Tom abaixou-se ao lado dela, o coração martelando, e esperou bem escondido atrás de uma peneira de açúcar de prata, que tinha elegantes pés curvos.

— Aqui diz 13 ovos — gritou o ajudante.

— Então são 13, seu estúpido! É claro, a dúzia de um confeiteiro, muito bem.

— Sim, *chef* — gritou de volta o ajudante.

Tom ouviu os ovos sendo quebrados um a um, ouviu o som pegajoso da massa sendo mexida. Ele se encolhia o máximo possível. Estava agachado junto à lateral da tigela e procurava à sua volta uma bandeja apropriada para se esconder. A peneira de açúcar de repente foi erguida e recolocada bruscamente na mesa, e, ao descer, um dos elegantes pés curvos de prata prendeu-se no cinto de Tom, que subitamente sentiu o metal frio em suas costas. Ele se pôs de pé e tentou soltar-se.

— Aquelas princesas todas devem gostar de doce, eu aposto — disse o ajudante.

— Bem, então, seu cabeça-dura, ponha um pouco mais de açúcar — disse o *chef*.

Tom levantou os olhos e, para seu horror, viu a mão gigantesca do ajudante descer e apanhar a peneira de açúcar pela segunda vez, erguendo-o com ela. Balançando no ar, pendurado no pé da peneira, ele se viu olhando para a cremosa mistura de bolo abaixo. Quando era pequeno (e o que era *agora* então?, pensou), implorava para comer os restos da massa do bolo. Gostava tanto de lambê-la, quando deixavam, na pegajosa colher de pau, que às vezes a mãe desarrumava-lhe os cabelos e cedia. Agora ele percebeu que estava prestes a se afogar em nada mais nada menos que uma tigela funda cheia de massa de bolo. Sentiu o cinto deslizar quando a peneira foi sacudida com força. Tom soltou-se e caiu pelo ar com o açúcar, o casaco ondulando às suas costas enquanto mergulhava na mistura doce e grudenta com um denso borrifo.

— Que diabos foi isso? — perguntou o *chef*.

— O quê? — replicou o ajudante.

— Juro que vi alguma coisa cair nessa massa de bolo.

— Não, *chef*, não pode ser — afirmou o ajudante. — Eu só estava adicionando um pouco mais de açúcar, como o senhor mandou.

— Pareceu-me um daqueles ratos imundos.

— Não, decerto não foi um rato, *chef*. O senhor está trabalhando demais. Nós nos livramos de todos os ratos da cozinha, lembra-se? Por ordem dele lá em cima. O senhor os mandou para morar na copa das princesas no andar de cima. Sente-se por alguns instantes, relaxe. Vou despejar a massa no tabuleiro do bolo e então colocar no forno para assar, e depois que fizer isso vou preparar para o senhor uma bela xícara de um chá forte e doce.

— Bem — disse o *chef* —, talvez eu deva mesmo, se você tem tanta certeza. — E ele então deixou-se cair pesadamente em uma cadeira.

Tom agora estava sob a superfície da massa do bolo. Felizmente, o casaco havia formado um pequeno bolso de ar à sua volta. De repente, sentiu tudo sendo revirado e então foi erguido, envolto naquela confusão de massa de bolo, e tornou a cair, misturado à massa, em um tabuleiro fundo. Ele esperou, sem saber o que fazer em seguida, enquanto a mistura se assentava à sua volta, e então, de repente, após alguns instantes e sem aviso, tudo começou a ficar muito, muito quente.

Capítulo 25

Em Algum Lugar Perto
da Mina de Ouro
no Mesmo Dia
13h32

O balão pousou perto das instalações da mina. O duende ordenou que João saltasse da cesta e o conduziu até a escura entrada sob a roda do poço. O duende apontou a varinha para o sino, que soou acima do vão da entrada, produzindo um clangor lamentoso, e um momento depois um dos gnomos apareceu e abriu um sorriso ao ver João de pé, acorrentado, diante dele.

— Ele disse aos outros cinco que logo teríamos o sexto aqui, e tinha razão. Quando chegarmos lá embaixo, ele dá a sexta pá, dá a sexta picareta, dá a sexta lanterna, e então o sexto cava o ouro, é isso.

O homem do rosto costurado apareceu, cambaleando através da vegetação de arbustos. O gnomo abriu a porta da gaiola e o homem de rosto costurado grunhiu e empurrou João para a gaiola com ele.

O duende ficou observando enquanto a porta do elevador era trancada e então disse:

— Gostaria de ficar mais um pouco, mas, minha nossa, tenho de ir. Diga a seus irmãos que estou indo agora para uma festa de noivado especial, onde suas futuras noivas serão as noivas e eu serei o noivo, ah, sim, enquanto eles estão lá embaixo trabalhando na escuridão. Adeus, João Pateta.

João tentou agarrar a porta da gaiola, mas o homem de rosto costurado começou a baixar a gaiola. João, sem se deixar intimidar pelo duende gritou:

— Nós vamos sair daqui e vamos encontrar você e vamos... — Mas sua voz foi sumindo, até tornar-se um sussurro.

O duende voltou para seu balão, soltou a corda de ancoragem e partiu de volta para o palácio.

— Tenho uma deliciosa festa para ir — disse ele, ajeitando o casaco nos ombros.

Capítulo 26

O VELHO PALÁCIO
SALA DE ESTAR
HORA DO CHÁ

Branca de Neve e Bela Adormecida encontravam-se juntas na sala de estar superior do velho palácio. Estavam sentadas lado a lado no sofá de veludo, e Branca de Neve passava as delicadas e finas xícaras e os pires da bandeja de prata para as outras noivas princesas, enquanto Bela servia o chá, adicionando um gole de leite ou uma rodela de limão, segundo o gosto de cada uma. O pequeno assistente de Ormestone, que acabara de chegar, estava empoleirado em uma cadeira no meio delas e as observava, parecendo muito satisfeito consigo mesmo, enquanto se deleitava com a beleza e o charme das jovens. Ele estava verdadeiramente feliz.

— Estou com migalhas daqueles biscoitos por todo o vestido — disse Rapunzel. Então se pôs de pé e dirigiu-se majestosamente à janela alta. Abriu a vidraça, ergueu um pouco o vestido e sacudiu as migalhas da saia, aproveitando a oportunidade para agitar o tecido branco frenética e desesperadamente do lado de fora da janela. Ela vinha fazendo o sinal o maior número de vezes que ousava. Afinal, havia uma ligeira chance de que alguém pudesse ver, e quem sabe um audacioso resgate se seguisse.

As princesas tinham recebido permissão para usar seus esfarrapados trajes de noiva naquela ocasião especial: seu chá de noivado. Sucessivamente, cada uma das princesas havia encontrado uma desculpa para sacudir um pedaço da seda do vestido branco de noiva por alguma das altas janelas, como um último e desesperado pedido de socorro. Mas aquilo parecia não ter surtido nenhum efeito.

Rapunzel olhou para o duende, ali sentado observando-as. Ele encontrava-se no topo de uma pilha de livros grossos equilibrados no assento de uma cadeira de ouro. Segurava uma xícara de chá e o pires, e dobrava seu dedinho, exatamente como se fosse um grande cortesão tomando chá na corte, em vez do duendezinho do bosque rusticamente vestido e de barba rala que era de fato. Ele havia contado a elas como voltava à sua casinha de duende na floresta sombria todas as noites em sua máquina voadora e que estava muito ocupado, tornando-a mais agradável para a chegada das princesas.

Houve uma batida na porta.

— Entre — gritou o duende.

A porta se abriu e um criado surgiu empurrando em um elaborado carrinho um bolo branco confeitado. Era uma miniatura de bolo de casamento de duas camadas, uma equilibrada na outra por colunas brancas de açúcar. E, no topo da camada de glacê, viam-se alguns bonequinhos, todos feitos de marzipã colorido e açúcar de confeiteiro. Eram cinco princesinhas cercando uma figurinha de duende com um casaco escuro. O criado empurrou o bolo para dentro da sala, seguido pelo próprio Rei Ormestone e um de seus lobos de estimação sempre rosnando.

— Continuem, por favor, com seu *delicioso* chá, minhas princesas — ordenou Ormestone, indo até a janela entreaberta e fechando-a. — Eu não perderia isso por nada — acrescentou ele. — Vocês merecem uma recompensa, depois de todo aquele ouro de duende que teceram para mim. Ora, em breve, com ele e com todo o ouro que seus agora *ex-futuros maridos* tão cuidadosamente mineraram para mim, eu terei cada pontinho e cada grãozinho de ouro de duende que existe na Terra das Histórias Sombrias, o que será exatamente o suficiente para minhas necessidades muito sombrias — e riu para si mesmo.

As princesas beberam o chá e trocaram olhares entre si. Sentiam-se apreensivas com o que estava para acontecer. Ormestone se espreguiçou e bocejou, e então caminhou até o bolo, com o lobo em seus calcanhares.

— Vocês veem — continuou — no bolo cinco adoráveis noivinhas princesas, e um noivo muito ansioso, que tem como modelo meu amigo e ajudante duende aqui presente. Isto, como vocês podem ver, é um bolo de casamento. Foi uma pena para vocês que eu tenha interrompido seu outro casamento, não foi? A essa altura, todas vocês estariam casadas. Garotas adoráveis como vocês *devem* se casar. Mas, eu acredito, casar com a pessoa certa. Este duendezinho aqui, naturalmente, é a pessoa certa. Ele vai prover um final adequado para suas histórias, o meu tipo de final. Será exatamente o tipo de final que exigimos aqui na Terra das Histórias Sombrias: um final infeliz. E logo, é claro, esse tipo de final irá se disseminar, através das ações do meu Exército de Ocupação das Trevas, por toda a Terra das Histórias também, e mais: pela Terra dos Mitos e das Lendas e além. E sabem do que mais? Não há um só Coração Leal intrometido à vista para me deter. Não tem absolutamente ninguém aqui para salvá-las deste final. Nada para salvá-las de seu destino. Um dos irmãos escapou. — As princesas se entreolharam, espantadas. — Sim, escapou audaciosamente de meu cativeiro, mas não demorou muito para que meu amigo duende o fizesse prisioneiro novamente. Um companheirinho tão engenhoso, e corajoso, também, para segurar João Coração Leal dessa forma. Olhem para ele ali, seu tão ávido e ansioso futuro marido. — Ele fez uma pausa em seu palavrório, divertindo-se com o sofrimento delas. — Bem, mas existe uma coisa *minúscula* que pode salvá-las desse casamento. É a resposta correta para uma certa pergunta. Irei cortar o bolo em um momento, mas primeiro tenho de mencionar *a pergunta*. Bem, trata-se mais de um enigma, na verdade. É o meu amiguinho aqui que o proporá.

Ormestone fez uma mesura para o duende, que de repente pôs-se de pé ansioso sobre os livros empilhados no assento de sua cadeira, o que o elevou a uma altura quase normal.

— Logo me casarei com todas vocês, minhas princesas — disse ele, movendo a cabeça para cima e para baixo com muita rapidez. — Decidiu-se que seria justo, e até mesmo cortês, que lhes fosse dada uma chance de escolha na questão — acrescentou ele, a cabeça inclinada para um lado, um fugaz momento de dúvida, de preocupação, subitamente visível em seu rostinho. — Nosso bondoso rei impôs uma condição, a fim de dar a vocês uma chance justa.

Ele fez uma pausa, seus olhos indo de um rostinho adorável ao seguinte, e cada princesa, por sua vez, imobilizada em surpresa expectativa, segurando sua delicada xícara de porcelana diante de si.

— Vocês devem responder a uma única e simples pergunta — prosseguiu o duende. — E, para ser ainda mais justo, dando-lhes três chances de respondê-la corretamente.

— Três e somente três — acrescentou Ormestone. — Três chutes errados e vocês perdem. Se falharem em responder corretamente, estarão todas noivas e casadas com meu amigo aqui neste instante. — Ele deu uma risadinha. — Mas primeiro vamos comer esta deliciosa fatia de bolo de noivado com seu chá, e, enquanto comem, vocês podem ponderar a resposta à pergunta.

Ormestone puxou a espada cerimonial roubada da Agência de Histórias de sob seu casaco.

— Eu sabia que esta espada viria a ser útil, mais de uma vez, assim tão afiada. Afinal, não foi ela forjada, como minha antiga espada, pelo velho João, o Matador de Gigantes Coração Leal, em pessoa? E que melhor instrumento pode haver para cortar um bolo tão importante?

Ele ergueu a espada no ar acima de sua cabeça e então a baixou rápida porém delicadamente na direção da camada superior do bolo. Cada uma das princesas observou a polida lâmina de prata cortando o refinado ar da sala de estar. Ormestone ergueu os olhos e deu seu grande sorriso de dentes amarelos.

— Ah, dia infeliz — disse ele, no momento em que a lâmina da espada cortava em duas a figurinha de marzipã do duende em cima do bolo.

— Desculpe — disse Ormestone a seu duende. — Não um augúrio, espero.

— Sem problemas, vossa majestade. Não sou eu, afinal, somente uma efígie feita de açúcar de confeiteiro e marzipã — replicou o duende, nervoso, o coração pronto para explodir de amor pelas princesas, todas elas imóveis e horrorizadas com suas xícaras de chá. O sonho, o desejo dele, tão perto de ser realizado. "Ah, por favor", pensou ele, "por favor, ande logo".

A espada atravessou o bolo perfeitamente até a base. Então desceu outra e outra vez até cinco fatias de bolo perfeitas terem sido servidas em cinco delicados pires de porcelana.

— Pronto — disse Ormestone —, deliciem-se com o bolo enquanto ponderam a pergunta, e lembrem-se que têm apenas três tentativas de acertar a resposta.

O criado distribuiu os pratos de bolo, um para cada princesa, e se retirou, fechando a porta. Então o duende respirou fundo e puxou um pedaço de papel negro dobrado de seu bolsinho, desdobrou-o e leu em voz alta:

— Por ordem de sua real alteza, nosso grande Rei Julius Ormestone, da Terra das Histórias Sombrias, foi-me concedido o poder de fazer a vocês cinco, princesas adoráveis, a simples pergunta a seguir. — Houve uma súbita agitação na sala. As princesas fitavam boquiabertas o duendezinho, esperando que ele falasse novamente. Ele desfrutava aquele momento de poder. Esperou, e então, em voz baixa, voltou a ler: — Qual é o meu nome? — disse ele. E então sentou-se na cadeira.

Fez-se um longo silêncio na sala, em que apenas o relógio na lareira, todo coberto de poeira e teias de aranha, conseguiu emitir algum som enquanto tiquetaqueava no silêncio desesperado.

Tom havia ficado o que lhe parecia muito, muito tempo agachado na pegajosa massa de bolo. Suportara o terrível calor do forno enquanto a massa crescia e assava à sua volta. Logo ele estava cercado pelo bolo já assado esfriando. Pelo menos pôde comer parte do bolo à sua volta e criar uma bolsa de ar maior para si. O bolo estava muito gostoso. Após algum tempo Tom sentiu a coisa toda ser erguida. Ouviu vozes abafadas. Esforçou-se para entender o que diziam, mas era impossível. Pareciam o *chef* e o ajudante discutindo, e então ele pareceu cair no sono na esponja macia, quente e doce do bolo.

A próxima coisa de que se deu conta foi ser acordado por uma gigantesca lâmina de espada prateada que de repente mergulhou no bolo, errando-o por pouco. Então a lâmina surgiu novamente, cortando ao lado de seu outro braço, de forma que Tom ficou encolhido dentro de uma única fatia de bolo. Ele sentiu que era erguido no ar. Ouviu vozes novamente, agora mais claras. Não havia como confundir uma voz apavorante: era o próprio Ormestone.

— Deliciem-se com o bolo — disse ele — enquanto ponderam a pergunta, e lembrem-se que têm apenas três tentativas de acertar a resposta.

"Chegou a hora", pensou Tom. E despertou completamente. Ergueu a cabeça do capuz de seu casaco e espiou pela lateral da fatia de bolo. Podia ver a linda Rapunzel bem perto. Sua fatia de bolo estava em um prato de porcelana na mão dela. Tom via-lhe o rosto, os claros olhos azuis e o cabelo comprido como uma cauda. A resposta à pergunta, claramente vital para todos eles, para as noivas princesas e, naturalmente, também para seus irmãos, estava escrita a lápis no verso de seu mapa. Então ele ouviu uma voz que nunca ouvira antes, uma vozinha fria e aguda, que parecia uma dobradiça precisando de óleo. Ela lia a proclamação que terminava com as palavras: "Qual é o meu nome?"

Fez-se uma longa pausa. O tique-taque do relógio. Tom arfou. "Certo", sussurrou para si mesmo, e vasculhou o bolso em busca do vital pedaço de papel. Ele agora sabia exatamente o que fazer.

Capítulo 27

Um Final Muito Infeliz para Alguém
O Velho Palácio
Alguns Momentos após o Chá ser Servido

Tom havia decorado o estranho nome por precaução — melhor se prevenir do que remediar. Com grande cuidado ele começou a abrir um túnel para sair da teia de bolo e passar para a superfície lisa do prato. Ficou parado, imóvel, de cara para o prato, antes de ousar olhar pela sala. Todos os olhos estavam em um duendezinho de pé no alto de uma pilha de livros equilibrados em uma cadeira. O prato em que Tom se encontrava também estava equilibrado, só que em uma das delicadas mãos de Rapunzel. Na outra, havia uma xícara sobre um pires. Ela olhava diretamente para o duende à sua frente. Tom olhou para baixo e viu que havia um abismo profundo, um espaço entre o prato e a xícara e o pires. Ele rolou lentamente para a borda do prato. Podia ver o chão pelos espaços perfurados na decoração do prato. Era um longo caminho até lá embaixo, e o piso parecia duro — ele certamente não iria querer cair daquela altura. Se conseguisse transpor a distância entre o prato e o pires, então poderia se esconder atrás da xícara e contar a Rapunzel exatamente o que ela precisava saber. Sob a proteção de seu casaco, e oculto pela fatia de bolo, Tom vasculhou o bolso. Encontrou o útil rolo de barbante, perfeitamente encolhido com o feitiço. Então amarrou a ponta do barbante com força na cabeça de uma flecha, deitou-se de bruços no prato e segurou o arco de lado, alvejando a xícara de chá. Se conseguisse fazer a flecha passar pela alça da xícara, talvez pudesse chegar até lá.

Branca de Neve falou de repente, e muito alto, no silêncio cortado pelo tique-taque. Tom ficou paralisado onde estava.

— Sei o seu nome, acabo de me dar conta. Por que não pensei nisso antes? Estamos salvas, garotas, pois este é Dulcídio, o Duende, não é? Lembro-me de que havia um duendezinho maligno chamado Dulcídio, que trabalhava na Agência e desapareceu faz algum tempo. — Ouviu-se um alvoroço de aprovação vindo de todas as princesas na sala.

— Vivas para Branca de Neve — disse Cinderela. — Ela nos salvou.

O lobo guarda uivou; Ormestone, porém, limitou-se a dar uma gargalhada de gelar os ossos.

— Rá-rá-rá, isso é mesmo o melhor que você pode fazer? Ah, puxa vida, não! Este personagem certamente não é "Dulcídio, o Duende". Que nome ridículo! De onde diabos você tirou isso? — Um suspiro coletivo ecoou pela sala. As princesas teriam de pensar novamente.

— Menos um. Faltam só dois — disse Ormestone. — Pensem com muito cuidado antes de responder, com muito cuidado mesmo.

As atenções voltaram-se novamente para o duende. Ele estava tão aliviado, tão feliz, que, em sua cabeça, estava dançando em cima da pilha de livros. Mas, na verdade, encontrava-se sentado com uma expressão impassível no rosto, pois agora estava uma resposta mais perto da realização de seu grande desejo, e tomado de alívio e felicidade. Os pés estranhos e compridos nas botas pretas de fivela de repente balançaram para um lado e para o outro. Os braços estavam cruzados, mas a cadeira oscilou e ele quase caiu.

— Cuidado — disse Ormestone, equilibrando a cadeira —, não fique tão entusiasmado ainda.

Tom aproveitou a oportunidade e disparou na direção da xícara de chá uma flecha, que voou silenciosamente e passou exatamente pela abertura da alça, e então Tom a puxou e a flecha de fato virou e torceu e, quando ele puxou o barbante com força, ela prendeu-se na abertura da alça. Tom fixou a outra extremidade do barbante em uma das aberturas do desenho rendado que circundava a borda do prato. Tudo pronto, ele esperou o momento certo.

Então a Princesa Zínia se pôs de pé. Ela pairou acima do duendezinho, que levantou os olhos para ela e oscilou um pouco em sua pilha de livros. Ela ergueu os braços, fechou os olhos e pressionou as têmporas com as mãos.

— Estou sentindo algo — disse ela. — Posso sentir a resposta vindo de algum lugar. Alguma coisa estranha aconteceu.

— Cuidado — disse a Bela Adormecida.

— Tem certeza? — perguntou Branca de Neve. — Veja o que acaba de me acontecer. Eu também tinha certeza.

— Tome cuidado — advertiu Rapunzel.

— Vá em frente — encorajou Cinderela.

— Estou vendo com tanta clareza em minha mente algo que deve estar ligado ao seu nome — afirmou Zínia.

— Vejo aves brancas... — Ela estava concentrada, o rosto contorcido. — Aves brancas como anjos, uma nuvem de aves brancas. Ah, puxa, eu não sei. — Ela tornou a sentar-se. Então levantou-se num ímpeto, os olhos inflamados.

— Você se chama Ludwig — disse ela, clara e lentamente —, o rei cisne.

O duendezinho olhou para Ormestone, que simplesmente arqueou as sobrancelhas. Então o duendezinho tossiu e sacudiu a cabeça. Em sua mente, ele pulava sobre a pilha de livros, dançava com alegria sem parar.

— Não, não, não, não, não e mais uma vez não — disse ele, e de novo acidentalmente impulsionou os pés para fora e caiu da pilha de livros, batendo no chão com um estrondo, derramando xícaras, estilhaçando pratos e espalhando fatias de bolo.

A confusão agora era completa, e Tom aproveitou a chance. Ele saltou para o pedaço de barbante, deslizou as botas sobre a borda do prato, agarrou o barbante e lançou-se no espaço, ficando pendurado, seguro apenas pelas mãos. Tom fechou os olhos, engoliu em seco, abriu os olhos novamente, deu uma rápida olhada no abismo abaixo de suas botas e começou a se mover, mão ante mão, pelo grosso barbante, na direção da segurança da xícara de chá e do pires.

Felizmente a queda do duende havia causado o caos por toda parte, exceto para as princesas sentadas mais afastadas da confusão. Rapunzel ainda se encontrava calmamente sentada, segurando a xícara e o prato perfeitamente equilibrados, e Tom podia ver um olhar divertido em seu lindo rosto enquanto ela observava o duendezinho tentando se levantar em meio à confusão de cacos de porcelana e bolo espalhados pelo chão. Tom fez o melhor que pôde para manter os olhos fixos no pires à sua frente. Seu medo era de que Ormestone o visse, ou talvez pior, que o lobo guarda o visse.

Ormestone, porém, estava ocupado empilhando os livros de volta na cadeira e ajudando o duende a se levantar, e o lobo estava entretido demais comendo o bolo espalhado no chão para perceber qualquer coisa. A meio caminho da xícara, pendurado no barbante, Tom olhou para baixo. Ele viu a cascata do vestido de noiva esfarrapado de Rapunzel, uma catarata de musselina de seda derramando-se no chão bem abaixo dele, e aquela lhe pareceu uma longa queda. Então prosseguiu vagarosamente, pondo uma das mãos acima da outra, o barbante balançando um pouco conforme Tom seguia por ele.

Tom ouviu o lobo rosnar e fechou os olhos, imobilizando-se onde estava. Houve um grito da Bela Adormecida e outra princesa disse: "Eca." Após um segundo de espera, Tom abriu os olhos. A atenção de todos parecia estar voltada para o chão. Tom viu um rato cinza e untuoso espiando de trás da cadeira, os olhos fixos em um pedaço do bolo de casamento confeitado. O lobo fitava o rato, que recuava lentamente em direção aos lambris. Tom pensou que aquele devia ser um dos ratos expulsos da cozinha pelo *chef.* Branca de Neve se levantou em pânico, Rapunzel continuou onde estava, sua xícara e o prato ainda perfeitamente equilibrados. Tom engoliu em seco, reunindo coragem, escalou os mais de dois centímetros de barbante que faltavam e içou o corpo para o pires. Então rolou para trás da base da xícara e esperou. Podia sentir nas costas o calor do chá na xícara.

Tom levantou os olhos e viu o rosto imenso da adorável Rapunzel. Era como se a lua brilhante olhasse para ele. Tom levou o dedo aos lábios. Rapunzel o viu e então assentiu lentamente; ela compreendeu. Tom indicou que ela deveria beber um pouco de chá, erguendo a mão até a boca. Rapunzel tornou a assentir, muito levemente, e então levou a xícara aos lábios. Tom segurou-se na pequena curva de porcelana que fazia o acabamento da alça da xícara e foi levantado com ela. Assim que ele se viu no mesmo nível do ombro da princesa, saltou, indo aterrissar nas dobras do vestido. Ele se agarrou ao tecido, subiu e acomodou-se em seu ombro, oculto pela cortina dos longos cabelos. Juntou as mãos em concha e falou o mais alto que pôde, no ouvido dela.

— Eu sei o nome dele — disse Tom. — Joliz o descobriu na casa do duende, na floresta, e Ormestone o disse quando eu estava escondido na cozinha pouco antes de ser assado no bolo.

Ele ouviu Rapunzel engolir o chá, e então ela sussurrou muito baixinho:

— Você tem certeza?

— Absoluta — disse Tom.

O duende estava outra vez de pé, novamente equilibrado no alto da pilha de livros em cima da cadeira. Tinha o peito inflado, mal podia se conter. Ormestone o havia espanado e colocado no lugar, e agora restava apenas uma última tentativa de resposta, e depois as princesas seriam todas dele para todo o sempre. Seu grande desejo estaria realizado. Ali, na Terra das Histórias Sombrias, a terra dos finais infelizes, ele teria o seu desejo mais maravilhoso satisfeito. Ah, como aquelas pobres e lindas princesas sofreriam. Agora não havia mais volta.

O lobo farejava o lugar onde o rato estivera, e Ormestone o chamou. Branca de Neve voltou a sentar-se.

— O rato agora se foi — disse Ormestone. — Eles são inofensivos, afinal de contas, simples ratos de cozinha, nada mais. Existem muitas outras coisas piores no meu reino, acreditem. Poupem seus medos verdadeiros para elas quando por fim aparecerem. — E ele riu consigo mesmo.

Fez-se silêncio na sala. A maior parte das princesas parecia mergulhada em um pânico silencioso, exceto Rapunzel, que lentamente pousou a xícara e o pires e se levantou. Todos os olhos se voltaram para ela, que baixou os braços, deixando-os pender ao lado do corpo, e manteve a cabeça imóvel. Ela havia percebido que Ormestone tinha colocado a espada cerimonial do Mestre perto do bolo. Bastava que ela movesse a mão um pouquinho para conseguir pegá-la e usá-la. Tudo de que precisava agora era um momento de confusão e distração, e de alguma forma ela sentia que estava prestes a ter mais do que isso.

— Creio que sei a resposta para a pergunta — anunciou ela.

— Ah, não — disse Branca de Neve —, tome cuidado. Vamos usar o tempo, esta é nossa última chance.

— Eu sei — disse Rapunzel —, mas vale a tentativa.

— Tentativa? — replicou Cinderela. — Tentativa? Precisamos de algo melhor do que uma tentativa. Precisamos ter certeza.

— Não diga nada ainda — pediu Zínia. — Vamos tentar chegar a uma conclusão. Não jogue fora nossa última chance.

— Vai dar errado de novo. Não diga nada. Espere, por favor, espere. Estamos nos segurando em palha — disse a Bela Adormecida.

— Essa palha específica em que estou me segurando é toda de ouro. Toda a nossa palha agora é ouro — disse Rapunzel —, ouro de duende, ouro perfeito, todo tecido de palha. Não acha mesmo que fizemos aquilo tudo sozinhas, acha, vossa arrogante majestade? Podemos ser capazes de muitas coisas, mas receio que aquele truque estivesse muito além de nós.

O duende virou-se e olhou diretamente para ela. Seu rosto mudou. De repente, ele parecia amedrontado. Medo e decepção estampavam seu rosto enquanto ela o olhava.

Ormestone virou-se para Rapunzel.

— Ora, a que em toda a Terra das Histórias Sombrias você está se referindo? — perguntou ele.

— Refiro-me ao fato de que seu amiguinho aí ao seu lado na cadeira, esse com a barbicha e com todos os truques de mágica na manga, fiou o ouro para nós.

As outras princesas arquejaram em uníssono.

Ormestone girou a cabeça na direção do duendezinho que estava prestes a dizer alguma coisa quando Rapunzel o interrompeu:

— Não percebeu que ele fez todo aquele ouro porque secretamente nos ama, a todas nós? Ele queria seu próprio final feliz, casado com todas, não é mesmo?

O duende girou a cabecinha de Rapunzel para Ormestone. Ergueu os olhos para seu mestre e então girou a cabeça novamente entre um e outro, os olhos se arregalando no pânico. O lobo, pressentindo problemas, e sentindo mais uma vez o delicioso aroma do medo, ergueu-se do chão, onde estivera deitado e se pôs em posição de ataque, tenso, com a língua pendendo da boca. Um rosnado baixo começou em sua garganta.

— Ah, mais uma coisa — continuou Rapunzel. — Seja bondoso com esse pobre duende. Ele não pode evitar seus sentimentos por todas nós. Deve ter sofrido muito crescendo com um nome desses.

As outras princesas se entreolharam. Ali surgia um raio de esperança. Rapunzel parecia calma, e muito confiante. Seria possível que ela soubesse de fato a resposta?

O duende ficou branco como um papel de carta da velha Agência de Histórias. O pânico o dominou e ele levou a mão ao bolso, tentando puxar sua varinha retorcida. Talvez conseguisse silenciar aquela garota, aquela linda garota. Ele lutou para desvencilhar a varinha, que havia ficado presa nas dobras de seus calções, mas já era tarde demais.

— Imaginem, garotas — disse Rapunzel, quase como uma observação —, crescer sendo chamado de RUMPELSTILTSKIN. Pobrezinho, esse é o seu nome, não é?

Ormestone manteve-se em silêncio. Rumpelstiltskin ficou paralisado onde estava, equilibrado no alto da pilha de livros, o rosto contorcido pela dor. Então ele uivou alto, um berro de dor, e o lobo, pressentindo que a diversão estava chegando, acompanhou-o — e juntos fizeram muito barulho.

Quando o duende parou de uivar, furioso disse:

— Quem lhe contou? Quem lhe contou? Como, na Terra das Histórias Sombrias, você poderia saber? O próprio diabo deve ter lhe contado — rosnou o duendezinho, e a voz lembrava soluços.

Ele voltou-se para olhar Ormestone, com uma expressão selvagem no rosto. Em meio a todas as lágrimas e gritos, ele conseguiu finalmente puxar a varinha do bolso. Tom havia assistido a tudo do ombro de Rapunzel. E viu imediatamente que o duendezinho, em sua agonia, ainda podia ser perigoso com a varinha. Assim, tirou o arco do ombro, carregou uma flecha e esperou. Rumpelstiltskin, porém, voltou a varinha para Ormestone, seu rostinho amarelado vermelho de fúria.

— Você deve ter lhe dito o meu nome — gritou ele, infeliz, para Ormestone, e então posicionou a varinha como uma arma. — Você quer que eu sofra. Você criou a condição, determinou a pergunta e então deu a resposta a elas para me irritar, para garantir o meu final infeliz — gritou o duende, os braços balançando. A varinha se agitava violentamente em sua mão, enquanto pequenas centelhas de magia mal-humorada, de aspecto perigoso, cintilavam e disparavam de sua ponta, ricocheteando nas paredes e xícaras de chá.

— Eu não fiz isso, posso lhe assegurar — disse Ormestone suavemente. — Agora baixe essa varinha. Você ainda pode ter todas essas princesas para você. Elas não vão a lugar nenhum, afinal.

Rapunzel aproveitou a chance. Estendeu o braço e, com um rápido movimento, pegou da mesa a espada cerimonial do Mestre. Ergueu-a acima da cabeça com um floreio e a lâmina refletiu a luz, reluzindo como um espelho. Fez-se um súbito silêncio na sala.

Rumpelstiltskin moveu a mão e apontou a varinha faiscante para Rapunzel.

— Baixe a espada — disse ele, repentinamente calmo e controlado.

— Não — retrucou Rapunzel.

— Acorrente-as para sempre — ordenou Ormestone.

Tom viu que sua vez chegara; ele disparou a flecha, cuja pontinha afiada acertou Rumpelstiltskin, enterrando-se na mão que segurava a varinha. Uma nuvem de centelhas e estrelas saltaram da ponta da varinha, mas foram interceptadas por Rapunzel, atingindo a prata plana e reluzente da lâmina da espada e voltando para Rumpelstiltskin. Um par de algemas de ferro fechou-se instantaneamente em torno dos braços do duende. Ele deixou cair a varinha e ficou ali, acorrentado, chorando. Tom desceu pelas costas de Rapunzel usando seu longo cabelo, e, na confusão, ninguém o viu atravessar a sala correndo, esconder-se embaixo de uma cadeira e recarregar o arco.

— Seu tolo, olhe aonde suas ideias equivocadas de amor romântico irão levá-lo — berrou Ormestone. — Acorrentado. Agora vá e acabe com elas — gritou ele para o lobo, que estava a postos, rosnando aos seus pés.

O lobo baixou as orelhas e deu um passo à frente, os dentes subitamente à mostra, a língua pendendo, vermelho-sangue, contra o cinza do pelo. As princesas puseram-se em fila atrás de Rapunzel, que segurava a espada diante de si.

— Não, não, não todas as minhas belezas — gritou Rumpelstiltskin, e caiu de joelhos, lutando para apanhar a varinha no chão.

O lobo saltou sobre a mesa, espalhando xícaras, pires e pratos. Ele baixou a cabeça entre os ombros. Vira no casamento o que Rapunzel era capaz de fazer com uma espada e estava cauteloso. Rapunzel recuou com as outras princesas enquanto Ormestone as observava com uma expressão divertida no rosto.

— Mate cada uma delas — disse ao lobo. — Rasgue-lhes a garganta, faça o que for preciso, e, quando tiver terminado, traga-me todas as suas lindas cabecinhas, em uma fileira. — Ormestone deu uma risadinha, e então dirigiu-se para a porta e falou baixinho: — Eu estava mesmo desconfiado de que o pequeno Rumpelstiltskin estava fiando o ouro. Ele me decepcionou. Pelo tristemente equivocado amor a vocês, bem, obviamente ele faria qualquer coisa. Vou deixá-lo desfrutar a visão de seus horríveis restos depois que o lobo tiver acabado com vocês. — E saiu rapidamente, batendo a porta atrás de si, deixando o lobo de pé sobre a mesa, rosnando entre os apetrechos do chá.

— Covarde! — gritou Rumpelstiltskin para a porta fechada. — Covarde, covarde, covarde — gemeu, repetidamente, enquanto se arrastava pelo chão de joelhos.

— Não, não, não — gritou ele, enquanto avançava na direção da varinha.

Então um rugido irrompeu da garganta do lobo, e Rapunzel deu um passo à frente com a espada.

— Está tudo bem, garotas, está tudo bem — disse ela quando o lobo subitamente saltou da mesa, lançando-se sobre ela com a boca aberta e babando.

Rapunzel golpeou o lobo com a espada comprida, e a lâmina atingiu o alvo. Ouviu-se um ruído curioso, algo entre um gargarejo e uma explosão suave e molhada, e faíscas e filamentos pretos e cinza pareceram voar da extremidade da espada, onde antes estava o lobo. O ar ficou cheio de vestígios e fuligem cinza, da cor da pelagem do lobo. Uma figurinha encurvada caiu com um estrondo sobre a mesa de chá, entre as melhores porcelanas, e ficou lá caído por um momento. Era um gnomo cinza, com uma fileira de dentes ferozes. Ele sentou-se, olhou para as princesas alinhadas, rosnou e então desceu da mesa e fugiu pela porta o mais rápido que pôde. Pequenas partículas cinza ainda flutuavam no ar.

As princesas todas falaram ao mesmo tempo, em grande animação.

"Como é que você sabia o nome dele? O que era aquela coisa? Venham, vamos dar o fora daqui" e assim por diante.

Rapunzel viu com o canto do olho que Rumpelstiltskin havia finalmente alcançado sua varinha e que agora estava ajoelhado, apontando-a para elas com os braços acorrentados, as lágrimas rolando pelo rosto.

— Vou manter vocês todas comigo para sempre agora — disse ele baixinho.

— Pensei que se respondêssemos à pergunta, que se soubéssemos seu nome — disse Rapunzel —, então estaríamos livres para nos casar com os homens de nossa escolha.

— Você não poderia saber o meu nome — disse Rumpelstiltskin.

— Ah, no entanto, eu sabia — replicou Rapunzel.

— Sim, sabia — acrescentou ele, baixinho —, sabia, mas deve ter trapaceado. Ele contou a você. Vocês não podem me deixar, nenhuma de vocês. — E ele apontou a varinha diretamente para as princesas.

Tom saiu das sombras sob a cadeira. Segurava o arco à sua frente.

— Solte a varinha — disse Tom o mais alto que pôde.

O duende se voltou e viu o menino com a flecha apontada para sua cabeça, e então olhou para a flechinha que ainda se projetava de sua mão.

— Então foi você — disse ele, puxando-a.

— Sim, fui eu — disse Tom. — Tom Coração Leal, dos aventureiros Coração Leal. Posso ser pequeno, graças a você, mas fui muito bem treinado com meu arco, e tenho boa pontaria, como você pode ver. Também posso carregar as flechas com grande rapidez. Solte a varinha, deixe as princesas irem ou eu atiro.

— E, quando Tom tiver terminado, eu vou cortar sua cabeça — disse Rapunzel — e mandá-la de presente para o seu mestre Ormestone.

Rumpelstiltskin não percebera, em sua distração e desgraça, que Rapunzel havia se aproximado sorrateiramente, como um sussurro, atravessando a sala com os pés em chinelos, e agora pairava sobre ele, com a espada quase tocando seu pescocinho magricela.

— Não, não — disse o duendezinho —, não me machuque.

— Primeiro nos diga — disse Tom — o que Ormestone está pretendendo.

— Ele gosta de ouro, coleciona ouro.

— É mais do que isso — insistiu Tom, retesando mais a corda do arco.

— Está certo, está certo, cuidado com essa coisa — disse Rumpelstiltskin. — Ele persuadiu um exército inteiro das Forças das Trevas a ajudá-lo. Eles vão invadir e destruir a sua Terra das Histórias, mas primeiro ele precisa pagar a eles uma certa quantidade de ouro de duende pelo trabalho. Caso contrário, eles não cumprirão suas ordens.

— Quanto ouro?

— Eu não sei. Um determinado peso, que deve ser totalmente exato, até o último grama de duende. — Rumpelstiltskin baixou a cabeça, como se envergonhado por estar associado a algo tão vil, tão mercenário, tão comercial, tão impróprio a um conto de fadas.

— Você irá devolver ao jovem Tom seu tamanho normal agora — disse Rapunzel.

— Não posso — replicou Rumpelstiltskin — ou será o meu fim.

— Será o seu fim se você *não* fizer isso — disse ela, pressionando a lâmina da espada contra o pescoço dele.

— Eu farei isso, você sabe.

— Muito bem — murmurou Rumpelstiltskin, e ele voltou os braços ainda acorrentados na direção da brava figura do pequeno Tom, apontou a varinha e fechou os olhos.

Capítulo 28

Na Direção do Castelo Sombrio
21 Horas

Ormestone deixara o trabalho sujo para o lobo, e agora era hora de voltar ao castelo e esperar seu exército. Ele não podia fazer mais nada pelo patético Rumpelstiltskin. Tivera razão em permitir o contato diário entre o duende e as noivas princesas; bastava olhar o resultado. Ele tinha lingotes e mais lingotes do perfeito ouro de duende, e os Coração Leal agora sofreriam de verdade, e para sempre, quando ele finalmente pendurasse as lindas cabeças das princesas, amarradas em série em uma fita de duende diante deles todos. Ormestone caminhava pela estrada, o casaco negro esvoaçando atrás dele na escuridão.

Uma figura alta e magricela caminhava à sua frente, e, quando Ormestone chegou mais perto, viu que se tratava do guarda espantalho novamente, também marchando na direção do castelo, fora de seu posto. Ele alcançou o espantalho, que voltou a ampla cabeça de abóbora, viu o mestre Rei Ormestone, lembrou-se de antes, soube o que tinha de fazer e imediatamente levantou um braço em uma firme continência. Ao fazê-lo, um grande corvo negro voou de repente de seus braços, ganhando o ar acima deles, e o espantalho ficou observando enquanto o corvo se afastava, voando cada vez mais alto.

— Pássaro malvado — disse imediatamente o espantalho, com sua fenda mole e larga como boca, cuspindo sementes de abóbora ao falar.

— Não parecia ter muito medo de você — disse Ormestone. — Não é esse o seu trabalho? Vamos torcer para que você seja melhor como sentinela do que como espantalho. Aquele era um de meus corvos?

— Pássaro malvado — repetiu o espantalho, cuspindo mais sementes de abóbora.

— Deixe para lá — disse Ormestone —, dá para ver que não vamos chegar a lugar nenhum com isso. — E seguiu adiante, passando à frente do espantalho e correndo de volta para o seu Castelo Sombrio.

Joliz voava o mais alto que lhe era possível, afastando-se de Ormestone e do espantalho. Ele fez a volta e retornou pela estrada que levava ao antigo palácio, sabendo que podia ser necessário lá, e o quanto antes.

Capítulo 29

O Antigo Palácio
na Mesma Noite

Rumpelstiltskin, com a cabeça baixa, entoou algumas palavras, e uma faísca e um lampejo de alguma coisa voaram da ponta de sua varinha. Tom havia se preparado, os olhos fechados, aguardando sua transformação ao tamanho normal. A varinha, porém, estava ardilosamente voltada para outro ponto, e a faísca errou Tom, ricocheteando no grande e manchado espelho na parede atrás dele. Então ela voltou e atingiu Rumpelstiltskin, que imediatamente desapareceu em uma nuvem de faíscas, fazendo as algemas e correntes caírem lentamente com um tinido no chão. A lâmina da espada foi a próxima coisa a atingir o piso com um sólido baque, porque o pescoço de Rumpelstiltskin não estava mais lá para sustentá-la.

— Maldito seja! — gritou Rapunzel, olhando à sua volta. Ela correu a espada sob as mesas e cadeiras, mas o duendezinho se fora, desaparecera.

Tom abriu os olhos, os ombros caídos.

— Então acabou, não é? — perguntou ele. — Ele se foi e agora eu vou ficar deste tamanho para sempre.

Rapunzel rapidamente pegou Tom e o colocou sobre a mesa.

— Não se preocupe, Tom, menino corajoso, isso se resolverá, não tenha medo. Aliás, Tom, como foi que nos encontrou?

— Eu estava voando com Joliz, quando vi rapidamente alguma coisa branca se agitando em uma das janelas aqui. Pensei que pudesse ser um pedaço de um dos seus vestidos de noiva, então descemos para investigar.

— Eu disse que isso podia funcionar — afirmou Cinderela.

Então Tom contou-lhes tudo que acontecera com ele, do feitiço em diante, inclusive o encontro com João.

— Você sabe onde seus outros irmãos estão agora? — perguntou Branca de Neve.

— Não — respondeu Tom, infeliz e amargamente desapontado por não ter voltado ao seu tamanho normal.

— Eles foram levados para trabalhar em uma mina de ouro de gnomos — disse Rapunzel. — Não pode ser longe daqui, pois foram a pé. Venham, precisamos ir agora. Certamente é nossa tarefa resgatá-los. Além disso, aquele horrível Ormestone e seu duendezinho maligno voltarão logo com reforços de lobos para matar todos nós. Não há tempo a perder. Está escurecendo e precisamos pelo menos tentar resgatá-los. Vamos imediatamente. Você vai conosco, Tom?

— Meu amigo Joliz, o corvo, foi apanhado por um espantalho no jardim. Eu fugi, mas não sei o que aconteceu com ele. Preciso encontrá-lo primeiro, antes de qualquer coisa. Assim que eu achar Joliz, vamos ao encontro de vocês — disse Tom.

As princesas já tinham a espada cerimonial do Mestre, mas rapidamente vasculharam o velho palácio em busca de outras armas. Encontraram uma estranha variedade de escudos e espadas, lanças e martelos de guerra, todos enferrujados, o suficiente para se armarem, e também encontraram algumas peças de uniforme, comidas por traças, mofadas, porém mais úteis para a luta do que seus vestidos de noiva esfarrapados. Elas não conseguiram deixar os vestidos para trás, então colocaram peças de armadura e uniforme sobre eles. E rapidamente se transformaram em princesas guerreiras. Tom mal as reconhecia. Pareciam um grupo assustador quando se reuniram na entrada do palácio, prontas para partir.

— Boa sorte — disse Tom. — Vou ao seu encontro assim que puder. Eu conheço Joliz, sei que escapou de alguma forma e deve estar à minha procura.

O resto do palácio agora estava vazio e escuro. As princesas levaram Tom até a base da escada íngreme, no jardim, e então se foram, pela estrada afora, deixando Tom sozinho. Ele sabia que não ficaria só por muito tempo. Ormestone ou o duende Rumpelstiltskin com certeza logo estariam de volta, especialmente depois que o duende lobo relatasse o que acontecera com ele. Tom dirigiu-se ao arbusto perto da porta da cozinha, pegou seu cajado e foi para a parte do jardim onde vira Joliz pela última vez.

O jardim estava em completa escuridão. A primeira coisa que Joliz faria certamente seria voltar para aquele lugar. Um vento frio suspirava nas árvores à sua volta. Ouvia-se o som de criaturas noturnas também, todos os seus estalidos e zumbidos, seus gemidos e chamados. Tom sentou-se em um descampado no chão, longe da grama alta, que acabaria por escondê-lo. Precisava ficar visível para o caso de Joliz estar procurando por ele. Tom estremeceu. Ainda estava infeliz. Chegara tão perto de recuperar seu tamanho normal, estivera a uma breve faísca de conseguir, e então aquele horrível duendezinho o enganara e fugira, desaparecendo. Não importava, Tom acertaria as contas com ele em algum momento e o forçaria a reverter o feitiço. Ele balançou a cabeça. Qual a probabilidade de isso acontecer, afinal, com Tom do tamanho de um polegar?

Quem sabe as princesas não conseguiriam resolver tudo? Elas pareceram muito imponentes como guerreiras. Assim que encontrassem os irmãos de Tom e os resgatassem, quem saberia o que poderia acontecer com eles trabalhando como uma equipe? Como Tom se encaixava nisso tudo agora, o que lhe restava fazer daquele tamanho, inútil e minúsculo? Ele se perguntou como Joliz o veria sentado tão pequenino e indefeso na escuridão. Então sacou a espada, que estalou com a luz refletida, e um breve lampejo disparou na direção do céu, como um sinalizador ou um fogo de artifício.

Joliz vinha voando em círculos sobre o palácio, usando sua visão noturna de corvo para procurar Tom. Ele viu alguma coisa bruxuleando, movendo-se no jardim, e ouviu um ruído penetrante. Desceu um pouco no ar e viu o próprio duendezinho de Ormestone. Ele estava correndo, alucinado, pelo jardim, batendo nos arbustos espinhentos, chutando as coisas com suas botas até cair de joelhos.

— Eu amo todas elas. Ai de mim — disse chorando, puxando a própria barba e socando a cabeça. — Ah, eu fui um tolo, um tolo.

O corvo ficou observando em silêncio, de uma sebe, enquanto a criatura continuava chorando e gritando, enfurecida. De repente, o duende se levantou e começou a puxar uma de suas pernas curtas, como se quisesse esticá-la. Então se deteve e correu para o outro lado do velho palácio, onde ficavam os estábulos. Um pequeno balão flutuava na ponta de uma corda. Viu-se um clarão e o duende saltou para dentro da cesta. Ele soltou a corda e o balão subiu no ar, deixando para trás suas adoradas princesas, em algum lugar no solo. O duende agora tinha uma importante missão para cumprir.

— Se eu não posso me casar com as princesas, então vou cuidar para que aqueles irmãos Coração Leal também não possam.

Ele sabia exatamente o que fazer.

Joliz tornou a subir e continuou procurando por Tom. Agora tinha algo importante para contar a ele.

Instantes depois, um fino clarão de luz subiu de repente do jardim lá embaixo. Joliz desceu e descobriu que estava de volta ao lugar em que o espantalho sentinela estivera montando guarda. Ele podia ver a linha fina do reflexo de uma luz prateada no jardim escuro. Então foi sobrevoando o local e descendo, com toda cautela, cada vez mais baixo. Foi quando viu que era Tom sentado encurvado sobre a espada que ganhara de aniversário, num trecho de terra nua.

— Tom! — gritou ele — Sou eu, Joliz.

— Joliz — disse Tom, com tristeza —, você está bem? Então você escapou. Eu sabia que conseguiria.

Joliz pousou no chão.

— Ah, sim — disse ele. — Aquele espantalho me segurou por muito tempo. Então decidiu me levar para o castelo e encontrou aquele horrendo Ormestone no caminho. O insano espantalho cabeça de abóbora foi bater continência para ele, e naturalmente teve de me soltar de repente, então voei para cá o mais rápido que pude. Nisso, vi o pequeno Rumpelstiltskin bem aqui fora. Ele estava correndo de um lado para o outro e gritando: "Eu amo todas elas." Então tentou se rasgar em pedaços, Tom, tentou puxar a própria perna. Nunca vi nada assim. Em seguida, ele se levantou e tornou a desaparecer em seu balão, exatamente como na floresta, e tenho uma boa ideia do lugar para onde estava indo. Você está bem, Tom?

— Como posso estar bem, Joliz? Olhe para mim, neste tamanho patético, sou inútil. De que sirvo do tamanho de um polegar? É melhor você continuar sem mim.

— Isso não é próprio de você, Tom — disse Joliz. — O que aconteceu lá dentro? Encontrou algum indício das princesas?

Tom explicou exatamente o que acontecera desde que entrara furtivamente no palácio, incluindo o bolo, as perguntas e todo o resto, até Joliz encontrá-lo no jardim.

— Tom — disse Joliz —, acho que você acabou de responder sua própria pergunta. Ninguém mais poderia ter feito tudo isso que você acabou de fazer. Foi por ser tão pequeno que você pôde salvar todas elas, não vê isso?

— Acho que sim — disse Tom, animando-se um pouquinho. — Vamos — prosseguiu —, temos de encontrar e acompanhar as princesas. Elas não podem ter ido longe... Foram resgatar meus irmãos na mina de ouro. Cabe a nós deter Ormestone. Seus planos de invadir a Terra das Histórias com o Exército das Trevas logo estarão em andamento. Ele saiu daqui para ir pagá-los em ouro de duende.

— Assim está melhor, este parece mais o velho Tom. Suba, mas vamos ter muito cuidado, sim? Creio que aquele é um lugar muito perigoso. Pronto, então? — perguntou Joliz.

— Pronto — disse Tom.

— Certo, temos uma boa distância para cobrir — afirmou o corvo.

A ave decolou do jardim, e Tom, num momento de entusiasmo quando se lançavam pelo ar noturno, sacou a espada de aniversário da bainha, ergueu-a acima de sua cabeça, e gritou: "Com o coração leal", a plenos pulmões, enquanto ganhavam o céu que ia escurecendo. Nisso, mais algumas faíscas e centelhas saltaram da ponta da espada para o ar.

Parte Três

Encontros, Reviravoltas e Finais Infelizes para Alguns

Capítulo 30

Fim da Tarde

O cavalinho e a carroça pararam. À frente encontravam-se as instalações da mina de ouro dos gnomos. Podia-se avistar uma roda de poço e um grupo de construções baixas e escuras envoltas em uma névoa fria. O cavalo havia parado sem nenhuma razão; só sabia que devia parar naquele lugar. Alguma coisa dentro dele lhe dizia que seguisse a trilha de João até a mina de ouro e então esperasse. Agora que havia parado, o cavalo virou a cabeça, procurando João, e havia mais do que uma ponta de tristeza nos olhos dele. Não havia o menor sinal de seu João ou de qualquer outra pessoa. Era uma visão deserta e desoladora. A velha mina estava escura e fechada, em ruínas.

"Ora aquela roda não está nem mesmo munida de cabos", pensou o cavalo, e soltou um relincho pesaroso. "Descer todo aquele poço para trabalhar, com todos os seus pobres irmãos. Não vejo como alguém possa trabalhar lá", pensou o bicho. A gaiola não podia nem subir e descer sem a roda e os cabos.

Um sino repicou, alto, em meio à neblina. A luz de uma lanterna vinha se aproximando lentamente entre as camadas de névoa.

Aí vem alguém. O cavalo baixou a cabeça até a grama selvagem.

Um homem alto apareceu, arrastando os pés. A princípio, estava encoberto pela neblina que subia do chão, mas tinha ombros muito largos e usava botas de solas pesadas e carregava uma lanterna acesa. Quando se aproximou, o cavalo viu que se tratava de um homem de aspecto aterrador, cujo rosto parecia costurado, um homem silencioso e cambaleante.

O homem de rosto costurado ignorou o cavalo e a carroça do outro lado do caminho, e pendurou a lanterna em um gancho ao lado da porta da mina, grunhindo consigo mesmo até entrar na abertura escura. Ouviu-se o ruído de maquinário sendo acionado, o movimento de rodas, cordas sendo puxadas. O cavalo remexeu-se no varal da carroça e sacudiu a crina.

Menos de um minuto depois, um trôpego troll surgiu da entrada da mina. O troll era alto e corcunda, e empurrava um grande carrinho de mão cheio de minério e pedra, sobre os quais se empilhavam pás e picaretas. Ele foi seguido por outro troll, que empurrava um carrinho semelhante, onde se via uma pilha ainda maior de minério que brilhava sombriamente. Atrás deles ressurgiu o homem de rosto costurado e uma fila de figuras empoeiradas e curvas, todas algemadas e unidas por correntes. Ali ficaram, enfileirados e parecendo exaustos, com a cabeça baixa, suas melhores roupas, usadas no casamento, rasgadas e esfarrapadas, as camisas brancas soltas sobre as calças, cobertas por faixas de sujeira e pó. O último da fila era João, que também trazia a cabeça baixa. Um pequeno gnomo encontrava-se ao lado deles, exibindo um sorriso largo e assustador.

O homem de rosto costurado grunhiu e ergueu alto a lanterna.

— Urrrgggghhh — disse ele, e o gnomo curvou-se bastante e abriu bem os braços.

Os irmãos Coração Leal mantinham-se em silêncio. João, no fim da fila, parecia hipnotizado.

— Não estou gostando disso — disse Juan, e, forçando as algemas e as correntes, apontou para o alto.

Os trolls e o gnomo também olharam para cima. Um balão vinha descendo lentamente até a terra árida. Eles podiam ver um duende espiando sobre a borda da cesta alta.

O gnomo correu até ele e ajudou a prender a corda de ancoragem. O duende saltou e foi inspecionar os vagões de minério e a fila de irmãos Coração Leal.

— Esse é todo o ouro? — perguntou ele em voz baixa. — Cada veio esgotado, cada último pedacinho de minério?

— Ouro bom acabou — disse um dos trolls.

— Não tem mais nenhum ouro bom, ouro do rei, todo minerado, todo recolhido, todo despachado — disse o outro.

— Todo despachado, cada particulazinha, vocês têm certeza?

— Todo ouro despachado — responderam em coro, com suas vozes baixas e lamentosas.

— Ótimo. Eu trago uma mensagem do nosso rei. Ele está encantado com os trolls e seu trabalho, mas já basta, vocês devem parar agora. Ele tem outros planos para esses Coração Leal.

Os trolls grunhiram, ergueram os cabos dos carrinhos de mão e começaram a se afastar, empurrando as pilhas de minério de ouro em meio à neblina e à escuridão na direção da refinaria.

O duende voltou-se para o gnomo e a fila de irmãos Coração Leal. Caminhou até eles, o casaco negro voando atrás dele, e seus olhos frios se fixaram nos irmãos, um a um.

— O que aconteceu com nossas noivas? — perguntou Juca com uma expressão de fúria.

— Vocês mineraram todo o ouro da mina — disse o duende —, até o último grama cintilante. Trabalharam bem e muito, é hora de serem recompensados. — O duende afastou-se, sem sorrir.

— Ele lhe fez uma pergunta — disse Joca. — O que você fez com nossas amadas?

O duende recuou, afastando-se da fila de irmãos Coração Leal, para longe do alcance de sua raiva.

— Ele vai embora agora — disse o gnomo de repente. — Ele trouxe de volta as *seis* picaretas e as *seis* pás, e as *seis* lanternas, e vocês mineraram o ouro, *seis* vezes seguidas, agora que vocês são *seis,* afinal, e é hora de ir embora, ele vai embora.

O gnomo virou-se e correu de volta para a mina. Fugiu com seus pés compridos e magros, até ser engolido pela escuridão.

Os irmãos foram deixados, furiosos e sozinhos, na fila. O homem de rosto costurado recuou também, deixando a lanterna no chão, e logo sumiu de vista. A lanterna lançava sua luz sobrenatural sobre os irmãos, e suas longas sombras se derramavam pela grama selvagem e pelas ásperas pedras. O cavalo assistia a tudo atentamente da segurança da pequena carroça, com o coração acelerado. Estava imóvel, e cuidava de manter a cabeça abaixada junto à terra deplorável, enquanto mastigava a grama seca. Estava preocupado com João, mas felizmente ninguém parecia tê-lo notado ali.

Os irmãos começaram a falar ao mesmo tempo num grande alarido:

— Você não responde... Não tem nada a dizer sobre o destino de nossas amadas?

João manifestou-se:

— Ele me disse que ia a um chá de noivado com todas elas e que ele seria o noivo, e ele não nega, eu vejo.

O duende gritou para que se calassem. Ele ergueu os braços, pois finalmente estava no comando. Os Coração Leal todos tinham os braços algemados estirados na direção do duende, que se encontrava de pé diante deles, o cabelo e a barba ralos esvoaçando no vento frio, o casaco negro espiralando à sua volta, os olhos brilhando com uma expectativa cruel. Ele sorriu para os irmãos Coração Leal, diante de sua avidez pela liberdade.

— Eu vou libertá-los — disse ele —, todos vocês.

— Isso, liberte-nos — disse João, erguendo os braços.

— Meus irmãos aqui, Jean, Juan, Joãozinho, Juca, Joca, e eu precisamos nos livrar dessas algemas.

— Todos serão soltos, vocês ganharão a liberdade e também a beleza — replicou o duende em voz alta, enquanto empurrava o casaco para trás e estendia os braços na direção deles.

— O que isso quer dizer? — perguntou Jean. — E, de novo, onde estão nossas amadas princesas?

— Nosso rei descobriu outro início de história entre todos aqueles documentos e notas lá em sua triste Agência de Histórias. Ele me incumbiu da feliz tarefa de começá-la, e agora eu vou finalizá-la: este será o fim do começo.

— Do que você está falando? — perguntou João, uma terrível percepção alcançando-o.

O duendezinho da casa em ruínas na floresta, decepcionado e traído, cego de amor, fechou os olhos e baixou a cabeça. Manteve os braços esticados, apontando a varinha para os irmãos. O vento ganhou intensidade, derrubando a lanterna da mina, de modo que a luz desapareceu e eles todos mergulharam na súbita escuridão. Tudo era quase trevas agora, exceto pelos olhos do duende, que ele arregalou enquanto erguia a cabeça. Seus olhos brilhavam com uma estranha e reluzente luz. João tentou dar um passo à frente na direção do duende, mas percebeu que estava paralisado. O vento soprou ainda mais forte, enquanto o duende abria bem os braços e cantava para o vento:

— Eu estou absolvido, absolvido pela água e pela terra. Eu sou culpado, culpado pelo fogo e pelo ar. A primeira estrela nascida para produzir luz trará para esta escuridão asas brancas de anjos.

Sobreveio um ofuscante clarão de luz branca, acompanhado por um ribombo ensurdecedor. O cavalo soltou um relincho de terror. Ele havia percebido exatamente o que poderia acontecer em seguida, e resolveu que era hora de agir.

Capítulo 31

Transformações e Resgates
A Mina de Ouro
Uma Fração de Segundo Depois

O cavalo empinou-se, soltou um sonoro relincho e então galopou à frente, puxando a carroça o mais rápido que lhe era possível. O duende voltou-se diante do súbito barulho, as mãos ainda estendidas e voltadas para os irmãos Coração Leal. A carroça disparava na direção dele sobre a grama malcuidada e os arbustos, o cavalo estava com uma expressão de pura e determinada fúria na cara normalmente plácida e suave.

O duende assustou-se e perdeu a concentração por uma simples fração de segundo, fazendo com que as algemas e correntes de João desaparecessem e somente ele fosse de súbito capaz de se mover. João correu para o duende. Podia ver a carroça se aproximando. O duende girou a cabeça de volta para a fila de irmãos algemados e, com surpreendente velocidade, raios de luz branca dispararam de sua varinha. As algemas nos braços de todos os outros irmãos desapareceram também.

A carroça de repente voou sobre um montinho de grama, e ela e cavalo pareceram ambos suspensos no ar por outra petrificada fração de segundo. João jogou-se de cabeça na grama e saiu rolando, parando de costas. A carroça colidiu com o chão a centímetros dele, causando um leve tremor com o choque.

João virou-se e olhou para onde os irmãos estavam. No chão, via-se um emaranhado de algemas e correntes de aço de duende. E, do meio das correntes, saíram cinco belos cisnes brancos agitando as asas. Os cisnes gritavam tristemente uns para os outros com lamentos. João sentou-se e ficou olhando-os, perplexo. Os irmãos haviam sido transformados em cisnes diante de seus olhos.

Onde estaria o duendezinho? João se levantou, furioso. Olhou para o lugar onde o duende estivera antes, mas ele sumira e já corria em disparada pela grama morta de volta para o balão. João viu seu arco no chão da carroça, agarrou-o, ergueu-o, ajustou uma seta na corda, retesou-a e mirou nas costas do duende. No entanto, não pôde disparar a flecha pois seus cinco irmãos cisnes de repente levantaram voo entre ele e o duende que batia em retirada. Ele teve de ficar simplesmente olhando o duende fugir, saltar para a cesta do balão e decolar rapidamente para o céu.

O balão estava alto demais, talvez, para a boa pontaria de João alcançá-lo, mas ainda assim valia a pena tentar. Ele disparou sua flecha com a pena de corvo na direção do balão. Era impossível dizer se havia acertado ou não, e ele assistiu o balão deslizar no céu, na direção do castelo. Em seguida, João foi até a carroça e acariciou afetuosamente o cavalo.

— Você me salvou, eu creio — disse ele, enquanto os cinco cisnes, seus bravos irmãos, voavam juntos, acima de sua cabeça, gritando, queixosos, para a escuridão.

Capítulo 32

Novamente na Direção do Castelo Sombrio Mais Tarde

As princesas logo estavam na estrada. Estimuladas pela repentina liberdade, corriam felizes. Um pouco depois, porém, cansadas de correr, reduziram para um ritmo de caminhada. Não fazia muito que estavam na estrada escura quando cruzaram com a estranha figura do espantalho andarilho movendo-se pesadamente na frente delas.

— Que coisa estranha — disse Cinderela.

— Horrível — comentou Bela Adormecida.

— Sinistra — acrescentou Branca de Neve.

— Mas talvez ele saiba o caminho para a mina de ouro — ponderou Zínia.

— Bem pensado — observou Rapunzel.

Elas rapidamente formaram um círculo ao redor da figura esquelética e cambaleante, que parou e tirou o chapéu para elas.

— Boa noite, senhoras — disse ele com o sorriso largo e mole de abóbora, as sementes gotejando de sua boca recortada.

— Fomos enviadas pelo rei para as minas de ouro — disse Rapunzel, a mão firme no cabo da espada. — Talvez o senhor pudesse nos dizer onde ficam.

O espantalho bateu continência ao ouvir a palavra "rei", e então virou a cabeça redonda, ergueu o outro braço de galho coberto pela manga esfarrapada e apontou a frágil mão enluvada na direção da planície.

— Para lá — disse ele, lançando mais sementes.

— Obrigada — respondeu Rapunzel, e todas se afastaram dele, virando-se na direção apontada. O espantalho, porém, avançou e segurou o braço de Cinderela.

— Solte-me — gritou ela.

Rapunzel sacou a espada e falou para a criatura feita de galhos e roupas largas:

— Por favor, solte a minha amiga — disse ela, baixinho.

Cinderela podia sentir os dedos-galhos dentro da luva apertando-lhe ainda mais o braço.

— Ai — gemeu ela.

— Vocês são as damas do rei — afirmou o espantalho, emotivo. — As damas do rei pertencem todas ao rei — acrescentou, cuspindo mais sementes nelas, sua mão ainda firme no braço de Cinderela.

— Travessura ou gostosura, Sr. Espantalho Cabeça-de-abóbora? — perguntou Rapunzel.

— Gostosura — respondeu o espantalho, esperançoso, com o sorriso recortado.

— Resposta errada — disse Rapunzel. — Receio que seja travessura. — E, com um golpe da espada cerimonial, ela separou a sorridente cabeça de abóbora dos galhos e farrapos do corpo do espantalho. A abóbora caiu no chão e ficou ali, aos seus pés, ainda sorrindo para elas.

— Pertencemos a nós mesmas, não ao seu rei.

O corpo do espantalho estremeceu um pouco ainda de pé e então desabou, formando uma pilha de trapos, galhos e varetas.

— Eca — disse a Bela Adormecida.

— Argh — concordou Zínia.

— Já foi tarde — afirmou Cinderela.

— Muito sinistro — observou Branca de Neve.

— O melhor destino para um espantalho — disse Joliz, chegando de repente com Tom nas costas.

— É você, Tom? — perguntou Cinderela. — Muito bem. Você obviamente encontrou seu amigo corvo, hein?

— Ah, sim — disse Tom. — Garotas, este é meu bom amigo e companheiro de aventuras, Joliz, o corvo.

— Bem-vindo, Joliz — disseram elas em coro.

— Por aqui — disse Rapunzel, guardando a espada na bainha. — Estamos indo resgatar seus irmãos, Tom.

As princesas, Joliz e Tom partiram na direção que o espantalho havia indicado.

Não haviam avançado muito na planície fria e desértica quando ouviram o estrépito de um par de rodas de carroça e os grasnados lastimosos de cisnes vindo na direção deles, abafados pela névoa. Era difícil distinguir qualquer coisa na escuridão e certamente não havia nenhum lugar para se esconderem. Rapunzel sacou a espada e as princesas posicionaram-se em fila no meio do caminho e esperaram o que quer que houvesse na carroça emergir da névoa.

João falava gentilmente com o cavalo, tranquilizando-o, enquanto esquadrinhava a planície escura à sua frente.

— Vamos, velhinho — disse ele —, logo vamos parar para descansar. — Ele se afeiçoara muito ao cavalo. O animal havia puxado a carroça sozinho e o seguido fielmente, por alguma razão, todo o caminho até as minas de ouro, e quase sem nenhum sinal de cansaço ou queixa. O cavalo de repente desacelerou o trote e parou por completo. Havia alguma coisa à frente deles na estrada.

— Eia — disse João, soltando as rédeas. Então deslizou o arco pelo ombro e desceu da carroça.

João deu uns passos adiante e gritou:

— Estou com você na mira. Não tem como escapar.

Uma voz feminina respondeu:

— Também temos você na mira, e somos cinco aqui, todas armadas.

— Mesmo? — disse João. — Bem, somos muitos também; estamos neste momento avançando em todas as frentes. — Ele se aproximou da voz e viu uma fileira de figuras espectrais armadas cruzando a estrada diante dele. Era tarde demais, já o tinham visto, e de repente ele sentiu-se novamente o João Pateta.

— João? — perguntou uma voz à sua frente.

— João Coração Leal? — perguntou outra.
— É ele — disse uma terceira.
— Ah, puxa! — exclamou uma quarta.
— Finalmente — disse uma quinta.

João foi tragado por todos os lados por um súbito dilúvio de abraços e beijos. Eram as noivas princesas, todas as cinco, e pareciam armadas e muito perigosas.

— Então vocês todas escaparam — disse ele. — E Tom e Joliz também. E aqui estão todos vocês. Agora sim estamos progredindo — acrescentou ele, com nervosismo.

As princesas se juntaram ao seu redor.

— Estávamos a caminho da mina de ouro dos gnomos para resgatar você e seus irmãos, João — disse Zínia.

Foi então que se ouviram mais grasnados lamentosos vindos do céu logo acima do grupo, e os cinco cisnes brancos pousaram graciosamente ali perto, abrindo as asas.

— Bem, quanto aos meus irmãos — disse João —, receio que vocês devam se preparar para um choque. Tenho péssimas notícias para lhes dar sobre eles.

Após a lacrimosa reunião, quando cada garota tentou identificar seu cisne em particular, e todos se abraçaram da melhor maneira possível, eles decidiram seguir juntos para o castelo. Os cinco cisnes voavam juntos pouco acima do grupo, brilhando brancos na escuridão, emitindo um ocasional grasnado para avisar a todos que ainda estavam ali. O cavalo mantinha seu trote regular, enquanto João o instigava em sua voz mais bondosa. Tom e o corvo voavam entre os cisnes acima da carroça. As princesas se revezavam, duas de cada vez, na carroça.

João seguia na direção da torre do castelo que assomava à frente, mas por dentro estava se sentindo um pouco tonto e confuso. Ele acabara de ser salvo de virar um cisne quando o cavalo da lenhadora distraíra o duende no momento exato. Quanto mais ele pensava naquele momento, mais deliberado lhe parecia. Era como se o cavalo quisesse salvar a ele especialmente.

O cavalo mantinha um olho na estrada, de vez em quando virando a cabeça estreita e olhando afetuosamente para João. Às vezes um dos cisnes descia do céu e pousava na carroça, grasnando ou lamentando baixinho para João ou uma das princesas. João falava com eles.

— Vamos encontrar uma forma de reverter o feitiço, não se preocupem. Estou aqui, assim como Tom e Joliz, e suas adoráveis noivas, olhem só para elas. Tudo vai ficar bem no fim. Ormestone será o único a ter um final infeliz, eu lhes prometo isso — disse João.

Eram palavras valentes, e João e o cavalo, todas as princesas, os cinco irmãos cisnes e Tom e seu amigo corvo só podiam torcer para que aquelas palavras valentes se tornassem de fato realidade.

Um pouquinho mais atrás na estrada, pouco depois da carroça, seguiam caminhando a zangada lenhadora e o marido. Eles haviam andado o dia todo sem parar na direção do Castelo Sombrio para denunciar os fugitivos e seus muitos crimes. O homem levava na mão uma cópia enrolada do cartaz do rei, disposto a mostrá-lo a quem quer que encontrassem. De vez em quando a lenhadora pensava no menino pequenino, que era a realização de seu desejo, e o quanto ele fora ingrato depois de ser salvo por eles.

Agora, no entanto, estava ficando escuro e o pobre casal supersticioso estava longe de casa. À medida que a luz diminuía, seus passos se tornavam mais lentos, e o mais leve farfalhar nos arbustos, ou o ruído de um galho se quebrando, deixava-os em pânico, e levava a lenhadora a levantar seu machado e pensar em lobos famintos. Então ouviu-se um estrondo de colisão ali perto, como se alguma coisa grande houvesse caído direto do céu e aterrissado entre as árvores e arbustos bem à sua frente. Seguiu-se uma sequência de ruídos indistintos tão perto deles que os dois pararam no meio da estrada. Havia alguma coisa nos arbustos diante deles, e parecia estar se aproximando. O que quer que fosse resmungava e grunhia maldições. O homenzinho agarrou-se à mulher... na verdade, escondeu-se atrás dela, que afinal era muito mais alta.

— Cuidado, querida, lembre-se de que estou aqui para protegê-la — disse ele, estendendo o cartaz enrolado de trás dela e agitando-o ameaçadoramente no ar.

— Como eu poderia esquecer? — replicou ela.

Ficaram juntos, esperando nas sombras, temendo avançar ou recuar, quando de repente um homenzinho irritado e desgrenhado saiu dos arbustos para a estrada. Ele parecia sem fôlego, e levava uma varinha na mão.

— Boa-noite — disse ele.

— Boa-noite — respondeu a lenhadora, levando o machado ao ombro e fazendo uma leve mesura. Ela pressentiu que ali estava alguém de aparência estranha, até mágica, algum tipo de duende, e que era melhor eles terem cuidado.

— Estou a caminho do Castelo Sombrio e acredito que esta seja a estrada certa — disse o homenzinho.

— Nós também estamos indo para lá — disse a lenhadora.

— É verdade — confirmou o marido —, estamos indo denunciar alguns fugitivos. Eles roubaram nossa melhor carroça e nosso pobre cavalo. Uma dupla de "realizadores de desejos", que está sendo procurada pelo rei, e pela qual ele até oferece uma recompensa.

— Era um jovem imbecil? — perguntou o duende, os olhos se estreitando.

— Exatamente — respondeu a lenhadora —, e, claro, aquele garotinho minúsculo que encontramos — acrescentou ela.

— Sim, o garotinho minúsculo — disse o duende — e aquele idiota. Quero que eles se deem muito mal. Ah, e por falar nisso, a essa altura eles já devem ter esgotado o seu triste cavalo. — E o duende fungou e franziu o nariz, como se sentisse repugnância diante daquele pensamento.

— Talvez o senhor queira juntar-se a nós na última parte de nossa caminhada até o castelo. Não deve estar longe agora, e poderíamos lhe fazer companhia, se quiser — disse o marido da lenhadora.

— Ah, sim, isso mesmo — anuiu a lenhadora.

— Você parece uma mulher forte — observou o duende.

— Ah, sim, sou mesmo — disse a lenhadora.

— Ela é muito forte e também muito trabalhadora, não é, minha querida? — acrescentou o marido.

— Sou sim, querido, obrigada.

— Neste caso — disse o duende —, eu me pergunto se você não me carregaria um pouco em suas costas amplas.

— Ah — disse a lenhadora, confusa —, bem, eu não sei...

— Estou tão cansado e esgotado, por cumprir todos os meus deveres para com nosso rei. Se me fizer esse favor, eu lhe concederei outro em troca. Tenho certos poderes... por exemplo, posso lhe conceder um desejo especial — disse o duende.

— Ora, ora — disse o marido da lenhadora —, a realização de desejos foi banida pelo nosso rei, que neste momento oferece exatamente isso, a realização de um desejo, como recompensa especial a quem encontrar esses fugitivos.

— O rei é um grande amigo meu — disse o duende, com uma expressão azeda na rosto. — Eu estava a seu serviço hoje. Na verdade, estava realizando desejos muito importantes do próprio rei.

A lenhadora olhou para o marido, e o marido deu de ombros.

— Típico — sussurrou ele —, ao rei é permitido qualquer número de desejos, e a nós não. — Ele balançou a cabeça.

— Sim, meu querido, é sempre assim. Mas esse generoso cavalheiro nos ofereceu um desejo como pagamento, e é melhor um pássaro na mão do que dois voando como possível recompensa. Quem pode dizer que vamos tornar a encontrar aqueles fugitivos? Creio que desta vez vamos fazer o certo. Basta de salsichas ou cavalos, se é que você me entende. Venha então, senhor. — A lenhadora se inclinou e apontou as costas fortes. O duende subiu na lenhadora e acomodou-se.

— Se encontrarmos os fugitivos, então vamos levá-los à justiça também, e vocês podem reclamar o desejo do rei, assim como o meu — disse o duende. E então os três partiram, apressados, estrada acima, na direção do Castelo Sombrio.

Capítulo 33

O Exército das Trevas
23 Horas

João ouviu alguma coisa atrás deles: um ritmo abafado e constante. Ele pôs-se a escutar e então fez o cavalo parar.

— Venha — chamou —, para os arbustos, todo mundo, e rápido.

Ele e as princesas ajudaram a puxar o cavalo e a carroça da estrada para a vegetação sombria e o emaranhado de arbustos e trepadeiras. Os irmãos cisnes e Tom e Joliz voavam silenciosamente acima deles em um círculo.

— Shh — disse João, levando o dedo robusto à boca. — Pelo barulho, são soldados se aproximando. — Seus olhos se arregalaram e ele se acocorou entre os galhos retorcidos e espinhentos. As princesas se enfileiraram atrás dele. João segurou com ternura a cabeça do cavalo de encontro ao seu peito.

— Se ficarmos bem quietinhos aqui e os deixarmos passar, vai dar tudo certo — sussurrou Tom para todos e então repetiu as palavras mais baixinho no ouvido do cavalo, que sacudiu a crina e manteve a cabeça bem perto de João.

O som dos tambores foi se tornando mais alto. João mantinha-se bem afastado da estrada, mas tinha uma boa visão através de um buraco na sebe. A primeira fileira de soldados apareceu. João observou-os passar, um exército de cavaleiros de casacos pretos. Um dos soldados voltou-se em seu cavalo, olhou na direção de João e uma luz vermelha pareceu perfurar a escuridão vinda dos olhos do soldado. O que João viu o fez estremecer. Ele tirou a cabeça do buraco nos arbustos. Era hora de sair dali, e para o mais longe possível.

— Princesas — sussurrou ele —, acho que devemos ir mais para o meio das árvores e encontrar algum abrigo seguro para nós. Eu lhes direi por quê em um momento.

Assim, João conduziu o cavalo e a carroça o mais silenciosamente que pôde, afastando-os do toque dos tambores e das botas de marcha através da vegetação rasteira até um pequeno e denso bosque. Após o que pareceu um longo tempo, eles chegaram a uma clareira com um lago redondo e escuro, e ali se detiveram. As formas pálidas dos cinco irmãos cisnes logo flutuavam na superfície escura. As princesas sentaram-se em alguns troncos à beira d'água perto de João. Joliz e Tom desceram e acomodaram-se ao lado deles também. João parecia chocado; estava tremendo.

— Temos de encontrar um lugar apropriado para nos esconder — afirmou João. — Preciso adverti-las, princesas, Tom, Joliz, velhos amigos, que o que acabei de ver fez meus cabelos ficarem de pé. Acabei de ver o Exército das

Trevas, e eles eram — ele fez uma pausa e olhou à sua volta e então sussurrou: — *esqueletos*, todos eles, até os cavalos.

— De fato, um exército terrível — disse Zínia.

— Esqueletos? — perguntou Tom.

— Esqueletos? — repetiram as outras princesas.

— Precisamos de um lugar seguro para nos esconder — repetiu João.

O cavalo deu um relincho baixo, preocupado.

Tom avançou pelo tronco e pediu a todos que o ouvissem.

— Não precisamos de um esconderijo — disse ele —, sabemos o que temos de fazer. Não podemos ficar parados e esperar pelo melhor. Devemos ir adiante agora e terminar o que começamos. Neste momento, estamos todos juntos, mas acho que somos muitos e teremos mais chance em grupos menores. Sugiro que Joliz e eu voemos para o Castelo Sombrio e que vocês todos sigam pelos campos e bosques, mantendo-se longe do exército. Vamos nos encontrar de alguma forma naquele lugar horrível. — Ele gesticulou com a espada na direção do Castelo Sombrio, e um pequeno clarão de prata correu pela lâmina.

— Muito bem, Tom — disse Joliz.

— Você tem razão, Tom — concordou João. — Devemos fazer isso à maneira dos Coração Leal, à maneira dos aventureiros. Vou levar a carroça e os cisnes comigo, como se fosse para o mercado, e as princesas seguirão pelos bosques.

— Um bom plano — afirmou Rapunzel, pondo-se de pé e erguendo sua espada, como Tom. Todas as princesas se levantaram então e ergueram suas armas. — Com o coração leal — cantaram elas, e os cisnes entoaram um coro de grasnados orgulhosos.

Tom e o corvo foram os primeiros a se aproximar do castelo que assomava no horizonte. Os altos pináculos desapareciam nas nuvens escuras e baixas que pareciam rodopiar ao redor do topo. Somente o corvo sabia, é claro, que a nuvem escura em movimento era feita de milhares de malignos corvos e morcegos sentinelas. Tom agarrava-se às penas do amigo, feliz de estar voando com ele novamente, ainda que tivesse estado tão perto de voltar a seu tamanho normal. Ele tinha certeza de que haveria outra chance.

Então, abaixo deles na estrada, Tom ouviu de súbito o som do exército marchando: o toque profundo e grave dos tambores. Tom olhou para baixo, através da névoa e da escuridão. Era difícil enxergá-los com clareza, mas parecia haver centenas deles, milhares até, cavalaria, carroças e infantaria. Havia algo de muito estranho neles também, uma espécie de brilho espectral; os rostos, daquela altura e distância, pareciam muito pálidos, quase brancos como giz.

— Você está vendo lá embaixo, Tom? — perguntou o corvo.

— Sim — disse Tom —, são eles. Parece que João estava certo.

— As forças das trevas — disse Joliz. — O exército invasor de Ormestone. Acho que devíamos descer para olhar mais de perto — disse o corvo, voltando as asas na direção do solo.

Eles mergulharam, o corvo batendo as asas o mais silenciosamente possível, quase não fazendo nenhum ruído ao descer em amplos círculos na direção da estrada. Quando estavam suficientemente perto para ver as tropas com clareza, Tom tapou a boca com a mão para evitar o grito. Os animais da cavalaria, os soldados em suas costas, a infantaria, com os tambores abafados, as linhas de corneteiros, eram todos de fato esqueletos. Um exército completo de ossos estendia-se ao longo da estrada na direção do castelo, e, para trás, até onde os olhos podiam alcançar.

Joliz voou em linha reta acima das caveiras por algum tempo. A certa altura, foram vistos por um corneteiro esqueleto. Ele olhou para cima no mesmo momento em que Tom olhava seu rosto branco, e Tom vislumbrou as cavidades oculares negras, e bem lá dentro um par de olhos vermelhos, brilhantes como tochas ou lanternas, olhando-o de volta. A boca da criatura se abriu e soltou uma espécie de grito seco, então a corneta reluzente foi levada até sua boca e a explosão estridente do alarme soou na escuridão.

— Hora de irmos, Joliz — disse Tom.

— Estou na sua frente nesse ponto, Tom — disse Joliz, batendo as asas rapidamente e virando-se verticalmente para o céu escuro. O toque da corneta soou atrás deles, repetidamente, como um alarme, o que, é claro, era exatamente o que era.

— Você os viu? — arquejou Tom, o coração batendo mais rápido. — Eles são tantos. São horríveis, horríveis.

— Que visão terrível, Tom — replicou Joliz. — E também não gosto dessa corneta, está avisando alguém ou alguma coisa.

O castelo parecia ainda maior agora, bloqueando o pouco de luz pálida e embaçada que havia. Era tão alto que Tom tinha de dobrar o pescoço para trás para olhar seu topo, mesmo estando no ar. A nuvem negra em movimento que pairava acima da torre parecia muito estranha agora que estavam mais perto. O toque da corneta lá embaixo parecia ter acionado alguma coisa. Parte da nuvem se destacou e parecia voar na direção deles. Era como se a nuvem estivesse se desemaranhando em uma espiral escura de formas negras, parecendo feitas de couro, batendo as asas...

...MORCEGOS.

Tom arquejou quando se deu conta do que estava ganhando velocidade e vindo na direção deles; não só uma corja de corvos, como também um exército completo de grandes morcegos, em pleno voo. Tom agarrou com força o pescoço de Joliz. Não havia necessidade de dizer nada: a nuvem imensa e maligna de asas, garras e bicos negros, todos misturados, voava diretamente para eles. Lá embaixo estava o exército de esqueletos, e agora acima vinha a grande nuvem de morcegos e corvos, e à frente elevava-se o Castelo Sombrio propriamente, o centro maligno da Terra das Histórias Sombrias. Eles não tinham escolha senão seguir para o castelo e encontrar alguma ilusão de abrigo e segurança.

E, como se por um sinal pré-combinado, a nuvem de aves e morcegos mergulhou em direção a eles em um só grupo, soltando guinchos agudos. Tom sacou a espada de aniversário da bainha, e agora havia ainda mais centelhas e faíscas de luz brilhante do que antes soltando-se da lâmina. Era como se algo tivesse despertado a lâmina da espada. Seria aquilo que a mãe queria lhe dizer sobre a espada? Logo ele foi arrancado de pensamentos como esse pelas forças sombrias, que gritavam, prestes a atacá-los. Ele agarrava-se com força a Joliz apertando os joelhos e segurava a espada com ambas as mãos.

A primeira onda de morcegos e corvos cercou-os repentinamente como um turbilhão, e Tom começou a desferir golpes com sua pequena espada. A arma fazia mais do que soltar faíscas. Ela cintilava como relâmpagos, grandes raios de luz branca erguendo-se da minúscula faixa de metal, abrindo grandes buracos nas nuvens de morcegos e corvos. A labareda crepitante abriu um caminho em meio às asas negras. Nuvens de fumaça, leves explosões, clarões, fragmentos e penas flutuavam no céu à medida que centenas de feitiços eram quebrados por toda a volta deles, e as escuras massas, grupos inteiros de morcegos e corvos, transformavam-se em duendes que despencavam, passando por eles e abrindo seus panos negros especiais, próprios para a queda, enquanto flutuavam na direção do exército lá embaixo. Tom e o corvo precipitaram-se através das massas de morcegos e aves até alcançarem os limites do Castelo Sombrio.

Tom embainhou a espada e mais uma vez se viram envoltos na escuridão. Joliz desceu e pousou no parapeito de uma janela alta na torre central. Tom estava tremendo.

— Pude sentir o poder em minha espada. Ela parecia viva em minha mão — disse ele. — Não entendo. A luz, as faíscas, olhe como ela atravessou tudo aquilo, e é tão pequena. — Tom acariciou o cabo da espada ao lado de seu corpo.

— Eu acho que entendo, Tom — disse Joliz, recuperando o fôlego. — Sei de coisas. Eu ouço coisas. Acho que era para você saber dessas coisas depois, mas do jeito que tudo está agora, pode não haver um depois, Tom.

— Não diga isso. Vamos encontrar uma saída, Joliz.

— Espero que você esteja certo, Tom, mas olhe para todas aquelas criaturas horríveis, aquele exército e este lugar terrível.

— Isso não é próprio de você, Joliz — disse Tom.

— Eu sei. Me desculpe, Tom, mas ver todo aquele exército de esqueletos vindos das trevas me abalou, me deixou preocupado, de verdade. Ouça, agora mesmo estou ouvindo seus tambores terríveis.

Lá vinha a distante e abafada batida, como trovões, aproximando-se do castelo. Tom podia ouvi-la acima do ruído das aves e dos morcegos guinchando, que ainda voavam em torno do torreão.

— Foi seu pai quem fez a espada, Tom — disse Joliz.
— Ele a forjou na Terra dos Mitos e das Lendas, usando um metal de duende especial. Acho que o feitiço sob o qual você se encontra foi aos poucos despertando o poder dela, mesmo com o tamanho reduzido.

Tom puxou a espada de sua bainha.

— Não, Tom — disse Joliz, mas seu aviso foi dado tarde demais. A espada imediatamente iluminou-se como uma brilhante lanterna.

As aves e morcegos que circulavam a torre desceram do céu com urgência na direção da luz brilhante. Tom largou a espada no parapeito e tudo voltou a ficar escuro, mas os morcegos logo estavam sobre eles, guinchando. Tom sentiu o vento frio de suas asas semelhantes ao couro, e impulsionou o corpo para trás na escuridão, mas perdeu o equilíbrio e caiu pela janela alta e estreita, mergulhando no interior do torreão.

Tom viu-se caindo através da escuridão dentro da torre. Ele havia deixado a espada no parapeito, e agora despencava pelo espaço escuro. Não tinha a menor ideia de onde estava caindo ou do que poderia encontrar, quando finalmente atingiu o chão.

Capítulo 34

Dentro do Castelo Sombrio Naquela Noite

Julius Ormestone, ex-criador de histórias, agora autointitulado rei da Terra das Histórias Sombrias, encontrava-se sentado em sua sala do trono cheia de teias de aranha. Já podia ouvir as batidas abafadas de tambores. Era o Exército das Trevas se aproximando. Um pouco antes ele havia sido incomodado pela chegada de um gnomo zangado. Um gnomo antes transformado em lobo guarda no velho palácio e que agora estava diante dele, ajoelhado nos degraus que levavam ao trono escuro.

— Você está dizendo que uma daquelas princesas enfiou a espada em você?

— Sim... *cof*... Mestre — disse o gnomo, partículas de pelo cinza saindo de sua boca toda vez que ele falava. — Ela pode ter atacado seu duende assistente também... *cof.*

— E quando a espada o tocou seu feitiço foi quebrado?

— Sim.

— Ora, ora, esta é a segunda vez que isso acontece. Interessante. Então meu pobre garoto Rumpelstiltskin pode já não existir. Bem, parece que o tolo perdeu todo e qualquer bom senso e se apaixonou. Mereceu o que teve, principalmente nas mãos delas. Deveria ter aprendido a cumprir apenas minhas ordens, e tudo teria ficado como deveria. Uma lição que todos vocês devem aprender. Muito bem, então, agora você é meu assistente especial. Fique por perto. Posso precisar de você. Venha, siga-me. O exército está se aproximando.

Capítulo 35

Um Estranho Encontro
O Castelo Sombrio

Joliz pegou a espadinha de Tom no bico e, forçado pela pressão do turbilhão de aves e morcegos voando à sua volta, deixou-se cair para trás através da janela. Ele logo recuperou o equilíbrio e voou para baixo no interior da torre, seguindo lentamente as curvas úmidas da grossa parede. Era ainda mais frio dentro do castelo do que do lado de fora, e ele esperava que Tom houvesse aterrissado em segurança em um dos degraus da escada retorcida, pois tratava-se de uma torre muito, muito alta e aquela era uma longa queda. Joliz desceu voando, procurando algum sinal dele.

Tom Coração Leal ficou caído de costas em um degrau na metade da torre. Ele havia despencado em queda livre, e apenas seu casaco enfunado havia aliviado a descida.

Agora estava deitado desajeitadamente na pedra escura e fria, então sentou-se e estremeceu. Ainda ouvia os gritos das aves e dos morcegos ecoando acima dele, e também pensou que havia captado o leve som de seu amigo Joliz, o corvo, chamando-o, mas de algum ponto mais abaixo, a uma grande distância na escuridão de breu. Não havia nada que pudesse fazer agora, a não ser descer com muito cuidado toda aquela escadaria.

Ele rolou para a frente, até a borda do degrau e, quando olhou lá embaixo, viu que a escada acompanhava a curva da parede. Os degraus serpenteavam abaixo dele em uma espiral vertiginosa, que descia e descia até onde podia ver. A certa altura, Tom pensou que ainda podia ouvir Joliz chamando-o, mas sua voz parecia mais vaga e distante agora, quase desaparecida no lúgubre silêncio abaixo.

Cada degrau tinha grande profundidade, especialmente para alguém do tamanho de um polegar. Tom precisava encontrar uma forma segura de descer os degraus, como se cada um fosse a face escarpada de um rochedo. Ele deslizou as pernas sobre a borda, agarrando-se com força ao degrau. Deixou os pés penderem no espaço e então procurou com a ponta da bota pontos de apoio como fendas ou defeitos na pedra. Aqueles degraus eram muito difíceis de avaliar. A queda lateral abrupta era profunda, e a torre parecia descer infinitamente. Os degraus estavam úmidos e escorregadios, e, enquanto ele descia cada degrau, sua mente estava cheia com o que Joliz acabara de lhe dizer. Sua preciosa espada de aniversário era mais preciosa do que ele havia imaginado. Achava que era uma espada bem-feita mas comum, até usá-la havia pouco e sentir a súbita onda de poder guiando suas mãos. Sua própria espada de aniversário, e forjada, como sabia agora, por seu pai; e não só isso, forjada na Terra dos Mitos e das Lendas. Talvez fosse isso que a mãe quisera lhe dizer na manhã do casamento. Agora, que a tinha perdido para sempre, sentia-se péssimo.

Tom continuou descendo até chegar a uma das muitas e estreitas pontes de sustentação que cruzavam a escada até os corredores do outro lado da torre. Ele resolveu explorar o corredor mais próximo. Destruiu uma grande teia de aranha que se estendia entre o canto do degrau e uma corrente de apoio de ferro oxidado. Quando Tom limpava os filamentos pegajosos e virava-se para entrar no corredor, alguma coisa desceu correndo pelo longo fio de teia, uma coisa inchada mas faminta, que esperava há muito tempo por algo fresco para comer.

O corredor levava à parte principal do castelo, e era iluminado por tochas onde crepitava uma chama azul e fria. Tom podia ver fileiras de portas à sua frente, de ambos os lados do corredor. Dois guardas duendes postavam-se ao lado de uma das portas. Tom atravessou a ponte com cuidado. Meio andou, meio disparou pelo corredor e observou os guardas que ladeavam a porta. Ambos estavam adormecidos, encostados na parede de cada lado. A porta era feita de madeira negra e havia uma caveira com ossos cruzados pintados nela, na estranha e fosforescente tinta branca que parecia estar por toda parte e em todas as coisas na Terra das Histórias Sombrias.

Abaixo do desenho via-se pintada uma única palavra, também em letras grandes, que brilhavam no escuro:

BIBLIOTECA

Tom pensou que provavelmente haveria livros sobre feitiços e antigos trabalhos de magia trancados naquele lugar. Se conseguisse encontrar o livro certo, então haveria uma boa chance de que pudesse reverter o feitiço lançado sobre ele. Valia a pena tentar. Por que outro motivo a sala estaria vigiada? Ele procurou uma forma de entrar. A coisa mais simples parecia ser silenciosamente rolar pelo espaço por baixo da porta, e foi o que ele fez, abrindo caminho em meio a pilhas de poeira e velhas teias de aranha.

Alguma coisa o seguiu, um ou dois segundos depois, alguma coisa gorda, pálida e redonda, alguma coisa que mal conseguiu espremer o corpo inchado pelo mesmo espaço.

Tom emergiu na biblioteca mal iluminada coberto de poeira e fios de teia de aranha. Ele tossiu e espirrou por algum tempo e depois limpou o máximo de poeira e filamentos de teia que pôde, e então olhou à sua volta. Todas as paredes estavam cobertas com prateleiras de livros, que se estendiam até onde podia ver, chegando ao teto abobadado. Havia uma grande mesa no centro da sala. Tom pôs-se a caminhar cautelosamente pelo piso. Então sentiu uma presença na sala. Era como se alguém houvesse se aproximado dele por trás muito, muito silenciosamente. Ele sentiu um formigamento no pescoço, e todos os pelos em sua nuca se eriçaram. O velho Cícero Brownfield teria dito que "alguém havia andado sobre o seu túmulo". Era como se estivesse sendo vigiado de perto por alguém ou alguma coisa às suas costas, oculto pelas densas sombras, e Tom ficou completamente imóvel. Não ousava olhar para trás, embora pensasse que aquilo era só sua imaginação.

Então ele ouviu um ruído áspero, produzido por algo afiado e pontiagudo. Alguma coisa, em algum ponto acima dele, estava se movimentando rapidamente sobre garras pontudas. Parecia mover-se sobre uma superfície seca e quebradiça. Ele ouviu um suspiro. Então havia alguém na sala, afinal. Tom pensou nos ratos da cozinha do palácio que haviam sido banidos para os quartos das princesas. Devia haver muito mais ratos em um castelo como aquele. Ele ouviu o ruído outra vez, e era definitivamente um suspiro humano de tédio.

— Ah, puxa vida — disse a voz.

E então soou um rangido, como se alguém se espreguiçasse em uma cadeira velha. De nada adiantaria Tom chamar essa pessoa; sua voz não chegaria até ela. De qualquer forma, provavelmente não haveria ninguém amigável naquele lugar. Ele avançou um pouquinho, e olhou além do limite do grosso e entalhado pé da mesa. E pôde ver um pé enorme em uma bota enorme e, ao lado dela, outra. Eram velhas botas de fivela e Tom pôde ver claramente que as fivelas de prata estavam sem brilho, e que quem quer que as estivesse calçando havia deixado que ficassem surradas e, literalmente, esburacadas.

Assim, pela aparência das coisas, era uma pessoa pobre, talvez um escriba humilde, pensou Tom, e caminhou lentamente até a perna da mesa. Estava procurando apoios para os pés em todos os volteios e entalhes na perna da mesa quando sentiu alguma coisa macia e leve tocar seu pescoço. Ergueu a mão para tocá-la e sentiu os fios pegajosos. Um pedaço de teia de aranha, talvez, que ele não conseguira tirar? Enquanto sua mão ainda estava ali, outro filamento pegajoso caiu em cima dele. Tom, na verdade, sentiu-o pousar em sua pele e virou-se.

E viu-se olhando para as mandíbulas em movimento, molhadas e viscosas, e os olhos escuros e ferozes de uma aranha pálida e gorda, que se avultava sobre ele. Tom ficou imobilizado de terror. Podia ouvir novamente o ruído áspero vindo de algum lugar acima dele sobre a mesa, mas agora a mesa estava fora de alcance. A aranha avançava. Tom via os finos pelos em suas pernas, que pareciam tantas... Ela se locomovia com movimentos rápidos e bruscos, movimentos de que Tom se lembrava muito bem do jardim de sua casa, de quando importunara aranhas, esticando ou rompendo suas teias com sua espada de brinquedo ou uma vareta, e as observara fugir em pânico.

As mandíbulas da aranha ainda estavam se movendo. Ela pareceu de repente espirrar alguma coisa ou cuspir nele, e uma grande gota de algo grudento caiu em suas pernas. Tom se afastou, tentou correr, mas a aranha era rápida e disparou atrás dele. Ele sentiu uma das pernas dela tocá-lo e soltou um grito de pavor. Foi então que se lembrou do que João dissera sobre a bolsa de veneno da aranha, e como a picada delas podia ser grave. Ele se perguntou o que aquele veneno faria com ele agora que era tão pequeno.

Tom tropeçou nos novos fios que pareciam cobri-lo rapidamente. Então rolou sobre si mesmo e viu os maxilares da aranha se movendo. As pernas dela estavam à sua volta. Ele estava aprisionado, imobilizado. Automaticamente levou a mão à espada, e lembrou-se de que a havia perdido. Não tinha armas com que se defender e percebeu que mal podia mover os braços. Os fios viscosos caíam tão rápido em torno dele que parecia que logo iriam tecer um casulo à sua volta. Tom não podia deixar que isso acontecesse. Tinha de agir, e rápido.

Ele conseguiu libertar ambos os braços e rolou vigorosamente de um lado para o outro, esticando os fios. Sentiu uma leve onda de poder no braço que segurara a espada e moveu-se muito rápido. Pôs-se de pé, ficando diretamente sob a barriga pálida da aranha, cujo corpo pendia sobre ele como uma grande sacola. Tom fechou os olhos e empurrou as pernas, libertando-se, e se virou no momento em que a aranha o atacava. Ele olhou dentro de seus olhos ferozes, e ela tornou a cuspir nele. Agora Tom percebeu que era capaz de se mover tão rápido que podia facilmente desviar-se da saliva viscosa que atravessava o ar em sua direção. Na verdade, ele a aparava com a mão e a jogava, inofensiva, de lado. Tom correu para a mesa, deixando um rastro de fragmentos de teia. A aranha disparou atrás dele.

Tom pulou para a perna da mesa. Agarrou-a e começou a escalar, usando os entalhes na madeira. A aranha faminta o seguiu. Tom descobriu que agora podia subir rapidamente, mais rápido do que jamais havia sido. Parecia ter um sexto sentido em relação a apoios para os pés e distâncias. Estava facilmente deixando a aranha para trás, e a aranha era rápida. Tom içou o corpo para o tampo da mesa e rapidamente avaliou o terreno à sua volta. Havia pilhas poeirentas de livros, algumas tigelas, um pilão, frascos bulbosos de vidro e retortas.

E havia um homem.

Um homem de óculos de aro dourado sentava-se à extremidade oposta da mesa em uma morna poça de luz lançada por uma única vela. Sua mão segurava uma pena no ar. Tom não tinha escolha, tinha de confiar em seus instintos e correr pelo tampo da mesa. A aranha estava em seus calcanhares, ainda cuspindo filamentos pegajosos de teia. Vários livros estavam abertos no meio de todo aquele equipamento. Livros de páginas negras e impressos naquela mesma tinta branca fosforescente. Tom saltou e correu sobre o mais próximo deles, caiu na canaleta formada pelo centro do livro e subiu correndo a colina da página oposta. Ele alcançou a borda superior do grosso livro e se voltou. A aranha avançava rapidamente atrás dele.

Tom saltou do livro, aterrissou desajeitadamente e mal conseguiu se levantar a tempo. A aranha estava quase alcançando-o outra vez, correndo velozmente com suas horríveis patas peludas. Ele não tinha escolha a não ser correr direto para o homem que escrevia com tanto cuidado na extremidade da mesa. Não lhe restava outro lugar para ir. Então correu o mais rápido que pôde, as pernas subindo e descendo como uma bomba, levantando a poeira caída dos livros ao passar. Tom certamente seria visto a qualquer momento pelo capanga de Ormestone, e estaria tudo acabado. Mas, pensou ele, seria melhor do que ser atacado por uma aranha gigante e preso em um casulo pegajoso e nojento.

Ele se virou para ver onde estava a aranha. Não havia dúvida de que ela logo o alcançaria. Tom não tinha outra saída senão correr direto para a página em que o escriba trabalhava. Ele parecia ter ficado mais lento nos últimos segundos, como se tivesse esgotado sua energia interior. Tinha chegado ao meio da página quando ouviu uma voz ribombante e amistosa.

— Ei, que confusão toda é essa? Minha nossa, agora eu enlouqueci de vez.

Tom percebeu uma sombra passando acima de sua cabeça. Então houve um enorme baque no papel em cima do qual ele estava. Foi como um tremor de terra, e tão forte que derrubou Tom, que caiu e ficou deitado de costas por um instante, os olhos fechados, temendo o pior. Então tornou a ouvir a voz.

— Agora sei que fiquei maluco — disse a voz. — Ah, puxa. Bem, tinha de acontecer, mais cedo ou mais tarde.

Tom sentou-se e olhou para trás, esperando ver as mandíbulas da aranha prontas para o golpe final. E de fato viu a aranha, mas ela estava andando em círculos, em cima de uma folha de papel preto, aprisionada sob uma taça de vinho emborcada. O papel e o vidro foram erguidos da mesa e Tom ouviu o rangido de uma janela sendo aberta. A voz então disse: "Lá vai você. Cuide-se", e o homem retornou para a mesa.

— Não se preocupe, pequena fantasia da minha imaginação — disse a voz para Tom —, ela não pode lhe fazer mal agora, e eu tampouco a machuquei. Deixei-a ir embora, não tema. Dei-lhe a liberdade. Queria poder fazer o mesmo por mim.

Tom se pôs de pé e gritou para o homem de rosto bondoso:

— Eu não sou uma fantasia da sua imaginação. Estou aqui de verdade.

— Verdade? — disse a voz. — Bem, isso só prova o quanto estou afundado na loucura. Pensei até ter ouvido o eco de sua vozinha sobrenatural. Tsc, tsc, que velho tolo sou eu. Parece que Ormestone finalmente conseguiu me vencer. Sinto-me como o pobre, velho e pomposo Humpty Dumpty, e infelizmente parece que ninguém jamais vai conseguir me consertar também.

— Você não está louco — disse Tom. — Estou aqui de verdade. Só estou sob um feitiço.

— É claro que está — disse a voz. — Não estamos todos? — E o escriba curvou a cabeça, aproximando-se de Tom, e o observou através das grandes lentes de seu óculos. — Bem, você certamente parece real — disse ele. — Impressionante os truques de que a mente é capaz depois de um tempo.

— Eu não sou um truque — insistiu Tom.

— E ainda responde — disse ele. — O que virá em seguida, eu me pergunto. Acho que preciso olhar você mais de perto. — Tirou os óculos, e Tom observou seus claros olhos azuis, tristes, mas amistosos. O homem remexeu um bolso, tirou um quadradinho de algodão e começou a polir as lentes dos óculos. Tom olhou o tecido e percebeu algo com um choque. Ficou paralisado. Sentiu o coração bater mais rápido, martelando em seu pequeno peito. Talvez aquele homem soubesse alguma coisa sobre seu pai. De que outra forma ele teria aquele pedacinho de algodão desbotado, se não o tivesse conseguido diretamente com ele?

Tom remexeu em sua trouxa e tirou o pedaço de tecido que havia apanhado no bolso do espantalho. Ele o estendeu como se fosse uma toalha de piquenique na folha de papel preto. Alisou-o de forma que a estampa de corações ficasse bem visível. O homem tornou a colocar os óculos e ficou olhando para Tom e para o tecido por um momento. Então cuidadosamente pôs seu próprio quadradinho de algodão ao lado do que Tom havia estendido. Era o mesmo tecido. Os dois quadradinhos de algodão dos Coração Leal lado a lado. Um parecia um pouco mais desbotado do que o outro, mas, sem a menor dúvida, haviam sido cortados do mesmo pedaço de tecido.

— Estou sonhando — disse o homem. — Me belisque, você encontrou um de meus retalhos.

— Você não está sonhando, de verdade — disse Tom, aproximando do rosto do homem. — Sabe, estou em uma missão para deter uma terrível invasão e resgatar meus irmãos mais velhos. Bem, isso é uma parte da missão, a outra é que também estou procurando o meu pai. Ele saiu de casa, em uma aventura, quando eu era apenas um bebê. Esse tecido é a estampa da família. Todas as famílias de aventureiros costumavam ter sua própria estampa, sabe, e nós somos a última delas, isto é, das famílias de aventureiros. O nome dele é João Coração Leal. Quem sabe você não o encontrou em suas andanças?

— Ah, sim — disse o homem, baixinho —, eu me lembro, sim, de tê-lo encontrado. Era um tipo muito corajoso, muito audaz também, e tão aventureiro! Ele não teria ficado feliz em se sentar em uma biblioteca abafada como esta para sempre, realizando experimentos alquímicos sobre a natureza do ouro de duende, enlouquecendo em silêncio, apodrecendo aos poucos, como algumas pessoas que conheço. Sabe, por um estranho momento, pensei que você fosse de verdade, e não apenas a concretização de um desejo estritamente proibido — disse ele, e então deixou escapar um suspiro muito triste.

— Eu sou de verdade, sou sim. Meu nome é Tom Coração Leal, da família de aventureiros Coração Leal. Por favor, me conte tudo que pode se lembrar sobre o homem que encontrou.

— Tom — sussurrou o homem. — Então você é o Tom, é? Um belo nome, Tom. Pequeno Tommy Polegar, Tonzinho, Tom, o filho do flautista, bebê Tom.

— Sim — disse Tom —, é isso mesmo. Como pode ver, estou sob o efeito de um feitiço que foi lançado por um duende chamado Rumpelstiltskin, que trabalha aqui, como você. Pensei que talvez conseguisse encontrar um antídoto de feitiço nesta biblioteca.

— Rumpelstiltskin fez isso com você? — perguntou o homem, baixinho.

— Sim. Lá na nossa Terra das Histórias, esse horrível Ormestone sequestrou meus irmãos mais velhos e suas noivas princesas, e isso no dia de seu grande casamento. Rumpelstiltskin me encolheu, e então Ormestone trouxe todos eles para cá em um zepelim, e eu os segui.

— Você os seguiu?

— Sim.

— Você é um sonho muito corajoso, então.

O homem estendeu o dedo na direção de Tom e o pousou na página de seu caderno.

— Me belisque — pediu ele. — De verdade, ande, não fique tímido, me belisque, me belisque o mais forte que puder.

— Sério?

— Sério.

Tom atravessou a folha do caderno até onde o indicador do homem repousava. Então avançou e segurou a parte macia, a polpa do dedo indicador, e a apertou o mais forte que pôde.

— Ai — gemeu o homem. Tom olhou para cima e o viu abrir os olhos e uma lágrima única e ampliada pela lente formando-se por trás dos óculos do homem.

— Desculpe — disse Tom —, não era minha intenção machucá-lo, mas você disso o mais forte que pudesse.

— Não é preciso se desculpar. É um prazer enfim conhecê-lo apropriadamente, jovem Tom — disse ele em uma voz muito baixa.

— É um prazer conhecê-lo também — disse Tom, alegre. — Então me conte: como você conheceu meu pai?

— Bem, na verdade, eu não o conheci — disse o homem. — Sabe, Tom, acho que eu *sou* o seu pai.

Capítulo 36

Vale o Peso em Ouro

Joliz chegou à base da torre. Empoleirou-se em uma saliência na parede e tentou orientar-se. Havia passado por várias pontes que levavam da torre ao imenso corpo do castelo. Não vira nenhum sinal de Tom, e tinha de presumir e esperar que o amigo houvesse pelo menos encontrado um caminho por um dos muitos corredores para se esconder.

Lá fora ele podia ouvir as batidas dos tambores e cornetas do Exército das Trevas, as hordas de esqueletos. Eles com certeza estavam agora diante do castelo. Joliz voou para uma saliência mais alta ali perto, acima da qual havia uma janela estreita, por onde espiou. Abaixo do rochedo de granito, nas terras escuras que circundavam o castelo, Joliz pôde ver um acampamento. Barracas e bivaques, bandeiras pretas esvoaçando e fogueiras estendiam-se pela planície até perder-se de vista. A neve caía. Era uma triste visão. Nuvens de corvos e morcegos voavam em torno das barracas.

Uma porta bateu com força em algum lugar logo abaixo de Joliz, e o próprio Ormestone surgiu, acompanhado pelo homem de rosto costurado e por um esqueleto alto de botas, casaco preto e capacete de ferro. Eles entraram rapidamente em uma câmara, Joliz deixou a espada de Tom na saliência e os seguiu. Chegou a uma porta alta com as palavras SALÃO DO FIM escritas em letras branco-esverdeadas tremidas.

Joliz pousou e aproximou-se da porta. Era muitíssimo alta e, na parte superior, terminava em um arco pontudo, exatamente como as janelas do velho palácio. A porta estava entreaberta e Joliz passou furtivamente pela abertura. A escuridão no salão era quase total. Um fogo azul e frio queimava na imensa lareira.

No centro da grande câmara vazia, havia uma enorme balança, e ao lado dela alguns duendes, e ao deles uma pilha de sacos que pareciam cheios de algum material pesado. Ouro, pensou Joliz. Ouro de duende, posso apostar. Ormestone sentou-se em seu trono perto da lareira e o esqueleto ficou de pé ao seu lado, o reflexo da luz azul do fogo bruxuleando em seu crânio. O homem de rosto costurado pegou um dos grandes sacos e levou até a balança. Joliz observou das sombras os sacos de ouro serem carregados um a um e colocados na balança para serem pesados. Os vários pesos eram anunciados e então anotados. Levou muito tempo para pesarem todos os sacos. Por fim, foi apresentado ao esqueleto o resultado total. Ele examinou as folhas de papel preto, correndo o dedo ossudo pelas colunas de números.

No fim, ele sacudiu o crânio.

— Não é suficiente. — Foi tudo o que disse em uma voz seca e destoante que parecia vir das profundezas da terra. — Não é suficiente. — E se pôs a marchar pelo salão, afastando-se de Ormestone, os olhos vermelhos cintilando.

— Espere — disse Ormestone —, posso acrescentar mais. Posso conseguir mais.

O esqueleto deteve-se.

— Combinamos uma quantidade — replicou ele. — Deveria haver exatamente essa quantidade, nem mais nem menos.

— Estamos tão perto. É tão pequena a diferença... é mínima. Não podemos prosseguir assim mesmo?

Sob as botas, o esqueleto deu meia-volta e aproximou-se de Ormestone. Estendeu uma das mãos esqueléticas e o agarrou pela gola do casaco.

— A quantia exata, exata — disse ele, fuzilando Ormestone com seus olhos vermelhos. — Assim o plano da história foi escrito, e acordado, e vamos viver a história como foi escrita, amanhã de manhã, sem falta.

O esqueleto saiu rapidamente do salão, passando pelo lugar onde Joliz se escondia. Ormestone seguiu o esqueleto, gritando:

— Amanhã, ah... Sim, a quantidade exata estará aqui amanhã.

Joliz ficou observando Ormestone sair pelo corredor escuro, o rosto resoluto como uma máscara. Ormestone levava a lista das quantidades de ouro na mão e seguiu direto pela espiral do corredor, ladeado por dois de seus lobos, até chegar à porta guardada por duendes. Joliz seguiu-o voando e escondeu-se um pouco mais alto na torre, de modo a ter uma visão da porta.

Tom ficou parado olhando para o rosto bondoso do homem. Suas feições eram fortes. Aquele homem poderia de fato ser o pai de qualquer um dos Joões. Ele usava o cabelo comprido, um pouco como o de um guerreiro *viking*. Suas mãos também pareciam fortes.

— Não compreendo, eu... — disse Tom, mas foi interrompido pela porta, que se abriu bruscamente. Ormestone, dois duendes exaustos e dois lobos irromperam na biblioteca.

Tom escondeu-se rapidamente sob a borda do livro. Ele mal conseguia manter-se imóvel, e o coração estava explodindo: e se aquele homem fosse mesmo seu pai?

— Bem — disse Ormestone —, sua utilidade está se aproximando do fim. Se você ainda não obteve resultados, então receio que este seja o seu fim e, naturalmente, de todos os seus.

— Vossa majestade — disse o homem erguendo os olhos e respirando fundo —, sinto que consegui um progresso real, mas até aqui não vi os resultados físicos de minha última tentativa, que deve terminar muito em breve. Não tenho nada sólido para lhe mostrar por enquanto, mas sinto que estava chegando bem perto.

— Entendo — disse Ormestone. — Mas esta é sua última chance, de verdade. Verificamos que ainda falta um pouco, uma pequena e insignificante quantidade. O que significa fundos insuficientes para meu Exército das Trevas. Até mesmo uma minúscula fração de ouro de duende seria suficiente. Vamos torcer para que tenha funcionado desta vez, pelo seu bem, ou serei obrigado a oferecer você e todo o resto dos seus como alimento para os meus lobos famintos. Como você sabe, esse é o tipo de final que me agrada. Certo, venha, vamos ver seus resultados neste momento. O general estará no portão ao amanhecer para pegar o seu ouro. — Os lobos deram um passo à frente, rosnando baixo.

— Deixe-me só terminar de escrever aqui este último cálculo, senhor, e então iremos juntos ao forno ver o que aconteceu desde a última vez em que estive lá — disse o homem. — Se houver algum resultado, seria um crime não ter feito um registro exato de como funcionou.

— Um minuto então, nada mais — disse Ormestone, impaciente. — Apresse-se e ande logo com isso.

O homem escreveu mais algumas palavras em sua folha de papel preto, secou com a areia de uma peneira e soprou o excesso. Então se levantou e enfiou-se em um casaco escuro, apanhou seu pedaço de tecido para os óculos entre os papéis diante dele, e deixou-se empurrar para fora da sala pelos dois lobos. Os duendes bateram a porta e Tom viu-se sozinho. Arrastou-se, saindo de sob o livro. Estava atônito e a cabeça girava. Não tinha certeza se encontrara ou não seu pai havia muito perdido. Estava em estado de choque.

Ele não tinha nenhuma lembrança de um rosto afetuoso em que se basear. Só havia o pequeno retrato do pai em sua armadura completa de aventureiro, pintado muito tempo atrás. Ele tentou pensar naquele retrato, tentou imaginá-lo e compará-lo ao homem que havia acabado de conhecer. Não conseguia ver nenhum dos dois com clareza em sua cabeça. Tudo agora estava vago e confuso.

Ele olhou para os pés. Estava em cima do pedaço de papel em que o homem havia feito sua última anotação. Tom começou a ler o que estava escrito, quase sem prestar atenção. Caminhou pelo papel, olhando todas as colunas, números e símbolos. A estranha linha de número se acabou e ele viu que no fim da última coluna havia um bilhete, e era um bilhete endereçado a ele.

E leu: *"Tom, siga-me. Estou sendo levado para o Edifício do Forno, que fica do lado de fora, atrás do castelo principal. Fique por perto, e tenha coragem, sempre com o coração leal, Papai."*

Tom sentou-se ao lado de seu próprio quadradinho de algodão dos Coração Leal, a cabeça ainda girando. Seu pai, o pai desaparecido. Seria ele mesmo ou aquele era algum truque horrível encenado por Ormestone?

Tom pôs-se de pé, apanhou o tecido dos Coração Leal e guardou-o de volta, com todo cuidado, em sua trouxa. Então desceu pela perna da mesa, atento a aranhas e qualquer fio perdido de teia. Passou rolando por baixo da porta e logo se viu outra vez no corredor. Seguiu de volta para a ponte e, no meio do caminho, ouviu o som de asas batendo. Ficou paralisado. Imaginou que um morcego ou um corvo sentinela do mal estivesse prestes a atacá-lo. A sombra de uma ave cruzou a estrutura de pedra da ponte. Tom olhou para cima e viu com alívio que era Joliz, o corvo. A ave pousou na ponte, e Tom pôde ver que a ave segurava sua espada com firmeza no bico. Joliz deixou a espada cair na pedra.

— Aí está você finalmente, Tom. Estava à sua procura.

O menino correu pela ponte e apanhou sua espada, que cintilou quando ele a guardou na bainha.

— Algo assombroso pode ter acabado de acontecer — disse Tom. — Não posso explicar agora, Joliz, mas devemos ir imediatamente para um prédio que fica atrás do castelo principal. — Ele subiu nas costas do corvo.

— Segure-se, então, Tom — disse Joliz.

Na metade da escadaria, quando desciam, Ormestone foi abordado por um corvo sentinela. O corvo estava pousado em um degrau debaixo de uma janela.

— Vossa majestade — disse ele.

— Sim, o que foi? Estou muito ocupado — disse Ormestone.

— Algo foi visto, senhor.

— Onde?

— Na floresta. As princesas foram vistas viajando juntas.

— É mesmo? — disse Ormestone. — Certo, vá com este gnomo, mostre-lhe onde, e ele cuidará delas de uma vez por todas. — Voltou-se para o gnomo: — Vá então, meu amigo, e faça o pior que puder — disse Ormestone, com uma risada.

Capítulo 37

EM ALGUM LUGAR NA FLORESTA MAIS TARDE

As princesas abraçaram sucessivamente cada um dos cisnes, envolvendo os longos pescoços brancos. Cada princesa abraçou cada cisne, para que tivessem certeza de ter abraçado seu amado pelo menos uma vez antes de partirem em sua perigosa missão.

Os cisnes emitiam pesarosos grasnados enquanto as garotas se reuniam, verificando suas espadas e peças de armadura. João mantinha-se ao lado do cavalo e da carroça, e o cavalo balançava a crina e a cauda com orgulho. As princesas deviam partir a pé pela floresta. João partiria com os cisnes na carroça, como se estivesse a caminho do mercado. Deveriam se encontrar o mais perto possível do castelo, levando em conta a presença do exército de esqueletos e sua posição.

Os cisnes fizeram um grande alarido quando as princesas se afastaram, uma após a outra, e desapareceram entre as árvores.

João tentou acalmar as aves, acariciando a cabeça de cada uma.

— Tornaremos a vê-las todas em breve, garotos — disse ele. — Vou cuidar de vocês agora, não se preocupem. Vamos para a carroça.

A lenhadora estava exausta de carregar o ingrato duende em suas costas, e o marido estava exausto de tentar acompanhar.

— Você não pode ir mais rápido? — perguntou o duende. — Preciso chegar ao castelo logo.

— Para ser sincera, vossa senhoria, não posso. Estou completamente esgotada com tudo isso.

— Bem, suponho que eu esteja um pouco mais descansado — disse o duende. — Ah, mas preciso encontrar minhas belezas, meus amores. — Ele prontamente saltou para o chão, e esticou os braços, espreguiçando-se.

A lenhadora recuperou o fôlego, e seu marido conseguiu alcançá-los.

— Descansando, querida? Com toda razão — disse ele.

— Não — disse o duende —, nós só não estamos indo rápido o bastante; preciso ir ter com o rei imediatamente. Bem, já que você é lenhadora, vá e escolha para mim uma boa e sólida vara de amêndoa, com cerca de um metro e meio, e alguns galhos de bétula, e seja rápida.

— Por que diabos você iria querer...?

— Não há tempo para perguntas tolas. Preciso de uma vassoura. Vá fazer isso agora e depressa, por favor.

— Muito bem, senhor.

A lenhadora pôs-se a trabalhar, resmungando entre dentes. Ela modelou habilmente uma vassoura de aparência passável com a vara, e então o marido foi obrigado a aparar os galhos de bétula até que estivessem uniformes.

— Pronto — disse a lenhadora.

— Vai servir — disse o duende friamente, passando uma perna sobre a vassoura. Então levantou o casaco, apontou a varinha para a vassoura e de súbito levantou voo, pairando à altura da cabeça de ambos.

— Obrigado por todos os seus esforços, mas agora creio que tenhamos de nos separar.

— Ora, ora — disse o marido da lenhadora. — Eu sabia. Você é uma espécie de duende do bosque.

O duende o interrompeu:

— Que observador — disse, friamente.

— E quanto à nossa recompensa, o nosso desejo? — gritou a lenhadora.

— Nunca confie em um duende na floresta — gritou o homenzinho de volta e partiu, subindo além das árvores.

— Lá se vai o nosso pássaro na mão — disse o marido da lenhadora, observando o duende voar acima das árvores escuras na direção do castelo.

— Não se preocupe com isso — sussurrou a lenhadora.
— Parece que nosso outro desejo ainda pode acontecer.
— E apontou para a clareira à frente, onde João Coração

Leal podia ser visto trotando em sua direção na carroça deles, puxado pelo cavalo deles. O marido enfiou a mão na bolsa e puxou a grande e velha pistola de duelar.

Tom e Joliz pousaram no telhado de uma edificação alta e de revestimento grosseiro, construída em um monte de pedra estreito e pontiagudo que se erguia do profundo abismo que circundava o castelo. A construção era unida à parte principal do castelo por uma ponte de aparência frágil. Havia uma chaminé alta jorrando fumaça escura, e via-se que o telhado pontudo estava quente, pois a neve derretia rapidamente em alguns trechos de telha. Tom olhou para o interior da construção por uma janela no telhado.

Lá dentro tudo era luz vermelha e calor. Tom podia ver criaturas e um imenso forno de metal que ocupava quase todo o espaço. Havia uma bancada de um lado do forno com frascos de vidro, uma balança, tigelas fundas de pedra, retortas e outros utensílios alquímicos espalhados por toda a superfície.

— É o homem da biblioteca — disse Tom. — Conversei com ele. Ele tem um pedaço de tecido dos Coração Leal e diz que é o meu pai.

— Seu pai — repetiu Joliz. — Você tem certeza?

— Não, não tenho certeza, mas sinto algo muito estranho por dentro.

Enquanto observavam, um duende despejou algo brilhante e derretido de um recipiente quente em uma tigela de pedra. Ormestone virou uma ampulheta e ficou observando e esperando enquanto a areia caía. Quando a tigela esfriou, Ormestone e o homem da biblioteca examinaram seu conteúdo. Ormestone sacudiu a cabeça. Então pegou a tigela e a atirou do outro lado da câmara, onde ela se espatifou contra a parede.

— Inútil — disse ele —, inútil. Me dê uma boa razão para não servir você a meus lobos neste minuto. Você teve meses desde que o negociei, tirando-o daquele lugar, e o que você me deu em troca? Nada. Você é menos do que inútil. Não só matou meu primeiro gigante, como seus filhos odiosos conspiraram para arruinar todos os meus primeiros planos de histórias. Isso não acontecerá novamente. Tomei medidas para me assegurar de que eles não vão mais me importunar. Repito: me dê uma boa razão por que você deveria ter permissão para continuar vivendo. Então?

O homem entrou em pânico.

— Acho que descobri o que deu errado, vossa majestade, depois de estudar minhas anotações. Só vou precisar de mais um tempinho. Me dê mais uma hora mais ou menos, e tenho certeza de que dessa vez vou ter sucesso.

— Você terá meia hora. Preciso de minha partícula, minha lasca de ouro de duende, meu peso final, e então tudo poderá começar adequadamente. Esta é a sua última chance de fazê-lo. Não haverá outra.

Ouviram-se batidas persistentes na porta. Ormestone a abriu e saiu para o terraço. Um duende lacaio estava na porta acompanhado por Rumpelstiltskin.

— Ora, ora, ora, o que nós temos aqui? — disse Ormestone, friamente.

— Seu humilde criado, senhor — respondeu Rumpelstiltskin, fazendo uma profunda mesura. — Fui até a mina de ouro, mestre, vossa alteza, e posso relatar que todo o ouro já foi recolhido.

— Disso eu já sei. Essa notícia é velha. O ouro foi entregue aqui, fundido, refinado, pesado, medido, o que importa?

— Enfileirei os irmãos Coração Leal diante da mina de ouro e cuidei deles para o senhor, definitivamente — prosseguiu ele. — Realizei a transformação. Cinco deles foram completamente transformados — disse ele. — O sexto, receio que tenha escapado por acaso.

— Transformados em quê? — perguntou Ormestone, impaciente.

— Em cisnes, vossa majestade. Foi um dos começos de história que encontramos, a dos seis irmãos cisnes. Pensei em usá-la como final.

Ormestone escancarou a boca de lábios finos e soltou uma horrível e sinistra gargalhada.

— Talvez você tenha acabado de se redimir, afinal. Tem uma coisa que você pode fazer por mim, pelos velhos tempos. Algeme e engaiole o tolo aí dentro para que ele não possa sair a menos que eu queira. Caso contrário, pode se considerar demitido e voltar para seu casebre na floresta. Talvez você goste de saber que mandei meu *novo* assistente para aquela mesma floresta lidar com aqueles princesas inconvenientes de uma vez por todas.

Um lampejo de raiva e agonia subitamente ardeu no que restava do coração do duendezinho. Ele agora teria a sua vingança.

Assim, foi até a sala do forno e ergueu os braços. Houve um clarão e uma grade surgiu: as grossas barras de ferro fixaram-se, retinindo, em seções em torno do homem da biblioteca. Elas circundaram a bancada e a entrada para o forno. Um lobo ficou de guarda do lado de fora da área cercada. Rumpelstiltskin deixou rapidamente a sala do forno e foi-se embora, seu trabalho finalmente acabado. Ele já não era o favorito de seu mestre. O mestre já não era um favorito seu. Ele dispôs-se a executar sua vingança, e partiu o mais rápido que pôde para a floresta.

Joliz, com Tom em suas costas, desceu silenciosamente da janela, passando entre as barras e entrando na câmara quente lá embaixo. Ele voejou sem fazer ruído e parou, pousando em cima da mesa, nas sombras entre as retortas e tigelas. Tom saltou e andou, sorrateiro, entre o misterioso equipamento. O homem da biblioteca estava ocupado com um pilão, adicionando coisas, esmagando e misturando. Estava tão concentrado no que fazia que mal parecia ter consciência da gaiola que se erguera ao seu redor. O lobo havia se acomodado com a cabeça sobre as patas, encostado na parte externa da grade, aquecendo-se no calor radiante do forno. Ele logo adormeceria.

— Você leu o meu bilhete, então? — disse o homem baixinho.

Tom saiu de trás de uma tigela de pedra.

— Como sabia que eu estava aqui? — perguntou.

— Vi você chegar voando em seu corvo.

— Sim, este é Joliz. Viemos para cá juntos.

— Olá — disse Joliz. — Tom, atenção. — E a ave gesticulou com o bico, indicando que deveriam ir para trás de uma das retortas.

— Não sei o que pensar, Tom. Parte de mim quer acreditar que ele está falando a verdade, no entanto...

— Eu sei — disse Tom —, sinto a mesma coisa.

— Continue falando com ele e talvez a verdade se revele de uma ou outra forma.

Tom voltou ao campo de visão do homem.

— Desculpe — disse.

— Não, Tom, você está certo em desconfiar de mim, mas tenho problemas urgentes aqui. Preciso fabricar uma pequena quantidade de ouro de duende ou terei um destino terrível, assim como seus irmãos, ao que aparece.

— Você pode fabricar ouro, então? — perguntou Tom.

— Não, na verdade, não. Eu disse a Ormestone que podia, e por causa disso ele me livrou de uma situação terrível. É uma longa história, para outro momento. Sabe, uma vez conheci alguns elfos que me que mostraram um certo tipo de ouro de duende vindo de uma montanha distante na Terra dos Mitos e das Lendas. Disseram que havia um modo de fabricar aquele ouro a partir de uma fórmula secreta. Deram-me um de seus botõezinhos de ouro. Eu o engastei em um alfinete e o deixei em casa. Provavelmente, a essa altura já se perdeu. Eu disse a Ormestone que conhecia o segredo deles, qualquer coisa para escapar do que iria provavelmente me acontecer.

Fui obrigado a estudar alquimia e venho tentando fazer a coisa funcionar para ele desde então.

De repente, Tom lembrou-se de algo. Tirou a trouxa do ombro e despejou o seu conteúdo sobre a mesa. Entre sucatas e farrapos, entre todos os pedaços de barbante, uma coisa minúscula cintilou com seu brilho dourado na luz quente da porta aberta do forno. Era o botãozinho que a mãe de Tom havia lhe dado para que ele levasse na viagem como lembrança de seu pai. Ele o ergueu.

— Eu trouxe isso comigo porque era uma coisa que mamãe disse que devia ter pertencido a meu pai, a... quero dizer... a você — disse Tom, espantado, erguendo os olhos para o rosto amistoso acima.

O homem pegou o alfinete com o botãozinho e o examinou de perto.

— Ora, é ele, Tom — disse. — Aquele mesmo, e é ouro de duende de ótima qualidade. Só preciso derretê-lo e remodelá-lo, e aquele demônio finalmente terá a sua prova, e talvez até mesmo a quantidade total de ouro de que precisa.

Ele então voltou a atenção totalmente para um cadinho e um par de pinças. Colocou o botão no forno e, cuidadosamente, despejou as gotas derretidas em um dos moldes de pedra. Esperaram juntos o metal esfriar enquanto o lobo dormia no chão.

— Como está a sua mãe, Tom? — sussurrou o homem.

— Ela está bem. Fica um pouco aborrecida com o barulho quando está todo mundo em casa, todos os Joões batendo os bastões nos degraus, sabe?, esse tipo de coisa. Ela estava ansiosa esperando os casamentos.

— Seus irmãos estavam todos bem então?

— Ah, sim, estavam muito bem. Cinco deles conheceram essas princesas, e iam se casar quando Ormestone apareceu de repente na cerimônia e trouxe todos para cá. E agora, bem, eles foram transformados em cisnes. Mas nós vamos fazer alguma coisa para resolver isso, não se preocupe.

— Tenho certeza que sim, Tom. Este é um lugar de prodígios, afinal. Faz muito tempo desde a última vez que o vi, Tom — afirmou ele. — E sabe de uma coisa engraçada? Você era maior no dia que saí de casa do que é agora.

— Eu sei — disse Tom. — Como eu disse, tenho de encontrar uma forma de restaurar o meu tamanho, de reverter este feitiço.

— Vai haver uma maneira de reverter todos esses prodígios, Tom, e tudo ficará bem — disse o homem, e sorriu.

— Você é mesmo o meu pai, não é? — perguntou Tom, de repente. — Não acreditei totalmente antes, mas é verdade, não é?

— Sim, é verdade, Tom. Eu sou mesmo.

— Papai — disse Tom, olhando para cima, maravilhado.

— Tom — disse o pai, sorrindo do alto para ele e assentindo. — Finalmente, meu garoto, eu...

A porta abriu-se bruscamente e Ormestone irrompeu na sala com três lobos. O lobo guarda esticou as pernas e balançou a cabeça. Tom escondeu-se atrás dos jarros, da balança e dos potes na bancada.

— Então? — disse Ormestone, ao abrir a gaiola de ferro.

— Acho que finalmente funcionou. Olhe. — E o homem estendeu, triunfante, a pequena fôrma com o ouro.

— Ora, ora, então funcionou. Puxa, que vantagem você finalmente veio a ser. Posso pagar ao Exército das Trevas, enfim. Posso invadir e destruir sua terra ridícula. Você tornou tudo possível com este minúsculo fragmento, rá-rá. — Ele pegou o ouro. — Venha, você irá testemunhar o meu triunfo.

Os lobos cutucaram o pai de Tom com o focinho, forçando-o a sair da gaiola e da sala do forno. Por fim, Tom saiu do esconderijo.

— Vamos, Joliz, temos de fazer alguma coisa para evitar tudo isso e resgatá-lo.

— De fato, temos — disse Joliz. — Mas o quê?

As princesas caminhavam com todo cuidado pela floresta escura em direção ao castelo. Quando finalmente emergiram da floresta na planície pontilhada aqui e ali por arbustos, viram barracas negras armadas em toda a sua extensão e fogueiras que ardiam. Elas mantiveram-se no limite das árvores e contornaram o acampamento. Um corvo passou voando por elas, retornou e começou a segui-las, voando baixo em meio às árvores. Zínia o avistou.

— Olhem, aquele não é Joliz, o corvo?

— Veja se ele fala conosco. O corvo de Tom podia falar — disse Rapunzel.

— Você fala? — perguntou Branca de Neve.

— Quem quer saber? — respondeu a ave.

— Nós.

— Nós quem?

— Nós — disse Branca de Neve, impaciente —, você sabe muito bem. Você partiu com Tom faz apenas uma hora mais ou menos. Eu sou Branca de Neve, sua ave tola, e esta é a Princesa Zínia. Esta é Cinderela, esta, a Bela Adormecida, e esta, Rapunzel. Estamos a caminho do Castelo Sombrio.

— Ah — disse a ave, com astúcia —, é isso mesmo, claro. Então me sigam.

Assim, as princesas seguiram a ave por caminhos secretos e escuros que as levaram além do acampamento do exército, aproximando-se do monte do sinistro castelo. Enquanto caminhavam, eram seguidas em segredo, um pouco atrás, por Rumpelstiltskin, que de vez em quando suspirava e murmurava entre dentes "Ah, minhas belezas" ou "Ah, tão lindas".

Capítulo 38

Perto do Castelo Sombrio
Logo Depois do Amanhecer

Cerca de uma hora antes, João seguia trotando com o afável cavalo e a carroça levando seus irmãos cisnes. Estava atento à floresta à sua volta, de olho no exército, mas até ali a estrada estava livre, e de vez em quando ele estalava a língua, produzindo um som tranquilizador para o cavalo, enquanto seguiam pela trilha.

Então, de repente, a lenhadora, com seu fiel machado apoiado no ombro, saiu do meio das árvores e se pôs no caminho, na frente de João, do cavalo e da carroça. O cavalo assustou-se, erguendo as patas dianteiras, e João foi derrubado. Os cisnes voaram, grasnando, mas rapidamente tornaram a se acomodar e começaram a gritar dentro da carroça. O marido da lenhadora postou-se ao lado de João.

— Eu o declaro preso pelo roubo de nosso cavalo e de nossa carroça — disse ele — e por vários outros crimes.

— Não seja tolo — disse João. — Eu lhe disse que logo, logo você teria o cavalo de volta. Só estou a caminho do mercado com estes cisnes.

— Pense bem — disse o homem, brandindo sua antiga e pesada pistola de duelo. Ele a apontou para João com a mão trêmula. — Ela está engatilhada e carregada, e não vou hesitar em usá-la. Há uma generosa recompensa para quem o entregar no castelo.

— Cuidado com isso aí — disse João. — Você pode acabar arrancando um olho. Eu sei tudo sobre o seu suposto rei. Ele não lhes dará nada. Suas promessas são tão falsas quanto ele — disse João, levantando-se e limpando o traseiro, sobre o qual caíra na trilha.

— Ele vai nos conceder um desejo, e isso é muito raro.

A lenhadora arrastou o cavalo relutante, puxando a carroça com os cisnes zangados atrás dela. O cavalo mantinha a cabeça baixa, resfolegava e sacudia a crina.

— Venha então, querido — disse a lenhadora —, não temos tempo a perder. Nossa maravilhosa recompensa nos aguarda, e parece que ainda temos o bônus de uma bela carga de cisnes para vender no mercado. — Os cisnes gritaram para ela quando a pequena procissão partiu, atravessando a floresta, na direção do castelo.

— Não vejo muitas dessas aves mal-humoradas aqui nesta região — disse o marido, olhando as cinco aves brancas na carroça. — Acho que devem ser algum tipo de presságio.

— Ah, são sim, um presságio — murmurou João, assentindo rapidamente para o cavalo, que havia voltado a cabeça para trás para olhá-lo enquanto os cisnes continuavam a gritar.

À margem de um campo apinhado de postes altos, rodas de carroças e esqueletos, o corvo que vinha conduzindo as princesas de repente subiu e desapareceu no ar, pousando em uma das rodas. Um gnomo cinzento de aspecto maligno saiu de trás de uma árvore e estalou os dedos com um sorriso no rosto. Um esqueleto instantaneamente surgiu ao seu lado, empunhando uma espada. Voltou-se para as princesas com os olhos vermelhos, soltou o que parecia ser um grito de guerra e, com isso, outros esqueletos armados logo vieram, um após o outro. Alguns desceram dos postes, tremulando, e caminharam na direção das princesas. O corvo, naturalmente, não era o corvo de Tom, afinal, mas um lacaio do medonho Ormestone e as tinha conduzido para aquela terrível armadilha. As princesas formaram um círculo compacto. Mais esqueletos de casacos negros saíram dos limites da floresta.

— Armas preparadas, garotas — disse Rapunzel.

— Vamos ao menos levar alguns deles conosco — disse Branca de Neve, agitando um machado.

— São apenas ossos velhos e pó de duende — acrescentou Bela Adormecida.

— Estamos fazendo isso pelos irmãos Coração Leal — anunciou a Princesa Zínia.

— E fazemos com o coração leal — disse Cinderela. — Estou acostumada a sujar as mãos. Vamos lá.

As princesas avançaram em grupo, as armas erguidas à sua frente. Rapunzel deixou sua posição, disparou na frente e despachou o primeiro esqueleto com um golpe rápido da espada do Mestre. A luz vermelha morreu nos olhos da criatura quando ela tombou no chão, os ossos amontoados em uma pilha. Branca de Neve recebeu o golpe de uma espada, que resvalou em sua armadura. Então virou-se e rapidamente decapitou um ou dois esqueletos mais próximos com um movimento amplo de sua espada. Rapunzel correu na direção de um grupo de esqueletos, empurrou-os com o escudo, mantendo-os firmes no chão, e despachou-os, um por um.

As princesas acharam relativamente fácil destruir os esqueletos. Eles pareciam ter pouca disposição para a luta, ou coragem, ou astúcia. Eram como fantoches que simplesmente desmontavam quando as cordas eram partidas. As princesas atravessaram o campo, voltando à proteção das árvores, lutando, desferindo golpes, aparando-os, investindo, em meio à confusão dos esqueletos armados. Crânios rolavam, ou voavam, espadas e escudos cintilavam à luz da manhã, e centenas de olhos vermelhos fixavam-se nelas. O gnomo, tendo visto que sua tarefa estava cumprida, correu de volta para o castelo, com um sorriso largo e maligno.

As princesas estavam certamente prestes a ser esmagadas pelos números absolutos dos esqueletos armados, quando as luzes nos olhos de todos os esqueletos de repente se apagaram na escuridão, e eles pararam de se mover por completo. Todos desabaram, como se sua energia tivesse se esgotado, paralisando-os. Um caiu aos pés de Rapunzel, que o chutou. Ele ficou caído imóvel no chão, sorrindo para ela.

— Que diabos...? — perguntou ela, e olhou ao redor os esqueletos que as cercavam. Estavam todos congelados na posição em que se encontravam. Alguns apoiavam-se em ângulos estranhos uns nos outros, outros ainda jaziam caídos no chão. Uma nuvem escura de corvos de repente baixou, sobrevoando-as. Um vento frio varreu o campo subitamente, junto com as sombras das aves sobre a grama pontilhada de arbustos.

— Extraordinário — disse Branca de Neve.

— O que aconteceu? — perguntou Cinderela.

— Eu não sei — disse Rapunzel —, mas acho que não devíamos ficar aqui para descobrir. Aquele corvo nos conduziu a uma armadilha, e haverá muito mais desses esqueletos logo, logo. Venham, é hora de irmos para o castelo.

Então se foram, deixando as pilhas de ossos onde estavam. Instantes depois, Rumpelstiltskin emergiu em silêncio das árvores atrás delas. Ele agora trazia na cabeça um troféu de guerra de folhas verdes e frescas. E murmurava para si mesmo enquanto abria caminho em meio aos esqueletos paralisados: "Ah, minhas adoráveis, minhas lindas princesas."

O duende se acomodou entre as pilhas de ossos no chão e disse:

— Ah, minhas bravas, bravas e lindas garotas. Eu as salvei.

Ele ficou muito tempo ali sentado, regozijando-se com sua vitória secreta. As princesas logo encontraram outro grupo de centenas de soldados esqueletos na estrada, e foram facilmente aprisionadas e levadas em fila na direção do castelo e de seu destino.

301

Capítulo 39

O Castelo Sombrio
de Manhã

O homem de rosto costurado se encontrava ao lado da grande balança que havia puxado e arrastado para o terraço na frente do Castelo Sombrio. O ouro de duende estava todo empilhado em um monte alto, o metal tinha uma cor tão quente que parecia quase vivo, até belo quando a primeira luz, ainda fria, bruxuleava sobre ele. Bandeiras negras tremulavam e estalavam no vento gelado. Soldados esqueletos enfileiravam-se na borda do monte acima do abismo profundo que cercava o castelo.

A ponte levadiça estava abaixada e uma aglomeração de camponeses a caminho do mercado, em suas roupas de cor pardacenta, haviam sido intimidados, engambelados, enfeitiçados e ameaçados a cruzar a ponte até o monte logo após o amanhecer. Tinham vindo testemunhar a grande cerimônia do ouro e ver o Exército das Trevas e o começo da expansão da nova era de finais infelizes para todos, por toda parte.

O grande dirigível negro do rei estava amarrado a um dos pináculos da torre alta do castelo, sua caveira com ossos cruzados olhando de cima o evento, enquanto a corja de corvos enxameava ao seu redor. Entre os camponeses que esperavam o início da cerimônia estavam a lenhadora e o marido, com João, o cavalo, a carroça e a carga de cisnes furiosos.

— É estranho ver aves brancas parecendo tão limpas neste lugar — disse um dos camponeses.

— Eles não são mais comumente vistos em histórias românticas de amor, príncipes e tal? — sussurrou outro.

— Talvez tenham se perdido, pobrezinhos — opinou um terceiro.

O homem do rosto costurado, com seus imensos braços cruzados na frente do peito, olhou do alto a multidão. Então o rufar dos tambores teve início. Toques regulares e abafados do bumbo seguidos pelas cornetas dos esqueletos tocaram uma fanfarra estridente. Ormestone saiu para o terraço alto, com o general esqueleto em trajes completos ao seu lado. Um grito de vivas desanimado elevou-se entre os camponeses. O homem do rosto costurado ergueu os braços, como se para dizer "mais alto" e a multidão enfastiada rugiu novamente sua aprovação, só que dessa vez com um pouco mais de entusiasmo forçado.

Oculto entre a multidão estava a figura sombria de Rumpelstiltskin. Ele ainda usava a coroa de folhas verdes e frescas na cabeça e segurava a varinha retorcida discretamente na mão.

Tom e o corvo voavam silenciosamente em círculos baixos em torno do monte do castelo. Tom agarrava-se a Joliz o mais agachado possível, em parte para evitar ser visto, em parte por causa do frio. Quanto mais se mantivesse entre as penas, mais aquecido ficava também. Quando Ormestone apareceu e a multidão deu vivas educadamente, Joliz planou mais baixo, com as asas abertas, e pousou não muito longe da carroça, de João e dos cisnes.

João acariciava o pescoço do cavalo de modo tranquilizador e afetuoso, espremido entre o marido rabugento e a lenhadora alta e mal-humorada, que tinha o machado sobre o ombro. Ele olhou à sua volta na multidão, mas ainda não havia nenhum sinal das princesas. Esperava que elas estivessem aguardando o momento certo.

Outra fanfarra soou e Ormestone avançou até a extremidade do terraço. Ele ergueu os braços e a multidão fez silêncio. Ormestone estava prestes a falar quando a corajosa e furiosa lenhadora gritou muito alto em meio à quietude:

— Olhe aqui, vossa majestade, nós o pegamos, aquele que o senhor estava procurando. Chegamos a ter ambos, mas um deles fugiu. Este aqui roubou nosso cavalo e nossa carroça, e estamos aqui para reclamar nossa recompensa, vossa majestade. — E empurrou João à frente.

Ormestone olhou a multidão e viu um estranho grupo: a levemente intimidadora figura de uma mulher alta com um machado, um dos irmãos Coração Leal, o caipira cujo lugar era em uma fazenda, e um homem menor atrás deles empunhando em uma das mãos uma grande e velha pistola de duelo, que parecia perigosa, e na outra, as rédeas de um cavalo desatrelado e de aspecto descontente. Bem, esse era exatamente o tipo de coisa que Ormestone queria ver e ouvir.

— Ora, ora — disse Ormestone, do modo mais benevolente que lhe era possível —, vejam isso. O que temos aqui? Adiantem-se, todos vocês. Não sejam tímidos. Agora fiquem aí e me digam os seus nomes.

— Eu sou a Sra. Lenhadora, senhor, e este é meu marido, o Sr. Lenhador.

— Sejam bem-vindos os dois. Vejo que vocês capturaram o notório realizador de desejos e suposto aventureiro, João Coração Leal?

— Sim, senhor — disse o velho. — Ele topou conosco por acaso na floresta quando estávamos a caminho daqui com outro desejo realizado para lhe entregar, um garotinho encantado muito pequenino.

— Esse sou eu — sussurrou Tom para Joliz.

— Ah, eu o conheço — disse Ormestone. — Vocês estavam muito certos em tentar entregá-los. Prossigam.

— Este roubou nosso fiel cavalo e nossa melhor carroça também.

O cavalo relinchou e sacudiu a crina. Os cisnes gritaram na carroça, e vários camponeses ali perto afastaram-se.

— Eles podem quebrar um braço com um golpe daquelas asas — disse um deles.

— Nós sempre quisemos um filho para nos ajudar em nosso trabalho na floresta, mas não fomos abençoados — contou a lenhadora. — Pensamos que talvez nos concedesse esse desejo vendo como encontramos e lhe trouxemos o seu fugitivo. — E ela fez uma mesura.

— Sabem — começou Ormestone —, estou mesmo disposto a fazer isso — e indicou a pilha de ouro reluzente. — Estou de muito bom humor e pode ser mesmo que eu lhes conceda um desejo através dos serviços de meu assistente, que deve estar em algum lugar por aqui.

— Ah, obrigada, vossa majestade — disse a lenhadora.

— Por favor, aguardem todos, pois mais tarde tenho uma surpresa a revelar. Primeiro, acho que é hora de prosseguir e pagar o Exército das Trevas por sua iminente invasão da Terra das Histórias.

O homem do rosto costurado ergueu os braços e a multidão obedientemente deu vivas outra vez.

João bufava ao lado do cavalo. Estava esperando a hora certa, aguardando o momento decisivo para agir. O duendezinho Rumpelstiltskin, misturado à multidão, também esperava seu momento especial. Estava claro que o novo assistente encontrava-se na expectativa de fazer alguma magia de duende para o seu mestre. Bem, Rumpelstiltskin não se deixava vencer facilmente e também tinha a sua magia para fazer.

De repente, houve uma agitação no meio da multidão. Soldados esqueletos avançavam empurrando algumas garotas, cinco ao todo, e atravessaram rapidamente a ponte levadiça.

— Ora essa — disse Ormestone —, olhem aqui, todos vocês. O exército de esqueletos encontrou minhas cinco supostas princesas daquele outro lugar. Aquela triste ilha distante daqui, onde os finais felizes são incentivados. Aqui vêm elas, a adorável Zínia, a deslumbrante Branca de Neve, a maravilhosa Bela Adormecida, a linda Cinderela e a temível Rapunzel; tão simpático da parte de vocês virem à minha cerimônia. Naturalmente, como fui bom o bastante para ir à de vocês, parece bem justo que vocês venham à minha. Tampouco vamos esquecer o quanto vocês são hábeis na arte de fiar.

O gnomo assistente apareceu e acompanhou as garotas pela ponte levadiça, e João sentiu o coração dar um pulo.

— Acorrente-as — ordenou Ormestone. O gnomo ergueu os braços cinza-esverdeados, apontou para as princesas e correntes subitamente as prenderam umas às outras.

— Temos de fazer alguma coisa agora — disse Tom.

— Espere, Tom — disse Joliz —, espere. Nossa hora vai chegar.

Em algum lugar no meio da multidão, uma voz disse bem baixinho:

— Ah, não, minhas adoradas, ah, minhas pobres queridas.

Os cinco cisnes brancos bateram as asas furiosamente e assobiaram, e então se aquietaram e ficaram assistindo, e aguardando.

Ormestone puxou uma espada de sob seu casaco negro.

— Esta espada é quase tão poderosa quanto a espada cerimonial da Agência de Histórias, muito semelhante a ela, e foi forjada e finalizada pela mesma mão magistral. Assim que tiver pago ao meu exército o que lhe devo, pensei em termos um final realmente infeliz, à moda antiga, uma decaptação pública, ou melhor, seis: um rapaz e cinco garotas. Não, esperem, melhor ainda: podemos ter sete degolas, um número apropriado a contos de fadas, sete e três, nunca dois e seis, não é?

Um grande viva subiu do exército de esqueletos, e um arquejo perplexo dos camponeses.

— Agora — prosseguiu Ormestone —, a importantíssima pesagem do ouro.

As pilhas de ouro haviam sido colocadas sobre a balança pelo homem de rosto costurado. O ponteiro da balança estava quase no meio. O general esqueleto deu um passo à frente e examinou a balança.

— Ainda falta — grunhiu ele, voltando os olhos vermelhos incandescentes para Ormestone.

Ormestone tirou de sob a túnica o pequenino botão que havia sido derretido e moldado na sala do forno. Em seguida, ele o adicionou à pilha de ouro e então a balança mostrou a leitura exata: era a quantidade de ouro precisa. O homem do rosto costurado ergueu os braços e os camponeses deram vivas novamente.

O general esqueleto assentiu, com um ar soturno e satisfeito.

O exército de esqueletos ergueu os braços, como se fossem um só corpo, e soltou mais um viva chocalhante. Fez-se um momento de silêncio em que Ormestone sorria, radiante com seu grande sucesso. Então uma voz desagradável quebrou o clima.

— Com licença. E quanto à nossa recompensa, vossa alteza? — perguntou, impaciente, a lenhadora.

— Ah, sim — disse Ormestone, o sorriso desaparecendo de seu rosto —, sua recompensa. A realização de um desejo, não é isso? Bem, me digam quantos desejos vocês tiveram no passado, se é que tiveram algum? E sejam sinceros.

— Dois, vossa majestade — disse o velho com a pistola —, se contar o garotinho que apareceu na nossa porta.

— Shh, seu velho tolo — disse a lenhadora.

— Não, ele está certo em ser honesto — afirmou Ormestone. — Então, resta-lhes apenas um desejo, e qual será ele? Vocês só têm de dizer ao meu amigo gnomo aqui e ele lhes será concedido.

— Bem, vossa majestade... — começou a lenhadora.

O marido a interrompeu:

— Senhor, vossa majestade, não posso mais guardar esse segredo. Receio que já tenhamos tido um desejo muito errado. Desejamos uma vez que a garota camponesa muito pobre e muito bonita que era nossa vizinha na floresta sombria fosse transformada em um cavalo...

Agora foi a vez de a mulher interrompê-lo:

— Não dê ouvidos a ele, vossa majestade. Uma vez encontramos na floresta um pequeno gnomo, exatamente como esse seu assistente, que nos concedeu o desejo de um cavalo muito útil, mas, sinceramente, eu teria preferido um filho para me ajudar.

— Então vocês estão me dizendo que desejaram que essa pobre garota, sua vizinha na floresta, fosse transformada em um cavalo prestativo para ajudá-los em seu trabalho? — perguntou Ormestone, erguendo os braços em um pedido de silêncio.

— Sim, vossa alteza — respondeu o marido da lenhadora.

Ormestone soltou sua gargalhada cruel.

— Bem — disse ele —, vocês certamente estão no lugar certo. Vocês dois são tão sombrios quanto se pode ser. Seu desejo será concedido, rá-rá.

O gnomo deu um passo à frente e fez uma pequena mesura.

A lenhadora arquejou.

— Mas, senhor, vossa majestade, era esse mesmo o gnomo.

— Então é justo que deva ser ele a aprimorar o feitiço e completar seu desejo por um filho — disse Ormestone, com uma risadinha.

O gnomo apontou para o cavalo.

Do meio da multidão, o duendezinho Rumpelstiltskin apontou sua varinha exatamente no mesmo momento. Houve um clarão ofuscante vindo do palco, o cavalo relinchou e uma nuvem de fumaça teatral púrpura encheu o terraço. Quando a fumaça se dissipou, onde o cavalo havia estado ao lado de João e do velho com a pistola, agora se via uma linda jovem camponesa, e onde o gnomo estivera agora se via um sólido e respeitável cavalo malhado de cinza. A multidão de camponeses aplaudiu, entusiasmada. Fora um truque brilhante.

— Que divertido — disse Ormestone, intrigado. — Bem, parece-me, madame, que este seja um final infeliz para vocês. Mais um cavalo, nada de filho e herdeiro, afinal. E este foi o seu terceiro e último desejo.

A lenhadora parecia chocada, assim como seu marido.
João olhou para a garota ao seu lado. Ele também estava chocado, mas também experimentava uma estranha sensação de reconhecimento. Havia algo de familiar naquela garota, embora ele nunca a tivesse visto antes.
A garota sorriu para ele.
— Olá, João. Eu sou Jill — disse ela, baixinho. — Até um momento atrás, eu era um cavalo infeliz e enfeitiçado. Aqueles dois me transformaram em cavalo para que eu trabalhasse para eles.

João sentia com se um raio tivesse atingido seu coração, que, de repente, estava cheio até a borda de amor por aquela garota. Jill ergueu o braço e deu um tapa com força no traseiro de João.
— Ai — exclamou João.
— Isso foi pelos tapas nos meus flancos quando eu era cavalo — disse ela, rindo jovialmente.
Dois guardas, sob ordens de Ormestone, aproximaram-se e levaram João para o centro do palco.
Ormestone estreitou os olhos. Alguma coisa muito estranha estava acontecendo.
— Tragam aquele outro Coração Leal depressa. Vamos reunir os sete.
O pai de Tom foi trazido do interior do castelo, e, no momento em que ele apareceu no terraço, João caiu de joelhos, em estado de choque, e todos os cisnes voaram e formaram um círculo no ar, gritando e grasnando.
Tom agarrou-se a Joliz com um pouco mais de força.
— Espere, Tom — disse Joliz —, vamos ter nossa oportunidade em breve, tenho certeza.

Ormestone ordenou que as princesas fossem levadas à frente também. Elas foram puxadas em uma comprida fila pelo terraço, todas de cabeça baixa. Ormestone caminhou diante delas com a espada na mão.

— Um belo grupo de lindas cabeças para levar de volta à Terra das Histórias. Elas irão enfeitar a mesa em meu primeiro banquete. Cinco cabeças de lindas princesas e, com elas, cinco deliciosos cisnes assados. Rá-rá, sim, eu sei tudo sobre vocês, cisnes.

Ele se aprumou em toda sua altura de espantalho e apontou a espada primeiro para Rapunzel. Houve um súbito lampejo no terraço atrás dele, um grande clarão e fulgor exatamente onde a pilha de ouro de duende se encontrava na balança. Quando o clarão se dissipou, em lugar do monte de ouro, agora se via uma grande pilha, semelhante a um monte de feno, de palha pardacenta.

Um vento frio soprou subitamente pelo terraço e começou a espalhar a palha pelo ar, por toda parte, dispersando-a no meio da multidão. Os camponeses tentavam agarrá-la.

— Olhem, é só palha — gritaram —, não é ouro nenhum.

Ormestone deixou cair a espada, perplexo. Ele correu para o minguante monte de palha e afundou os esqueléticos braços de espantalho entre os fragmentos que se espalhavam.

— Não — gritou ele —, meu ouro, meu adorado ouro, não, não, não. — Ele soluçava e gemia enquanto os camponeses gargalhavam.

As correntes das princesas se romperam com um estalo, e os cinco cisnes pousaram no terraço. Ao redor de todo o castelo, até onde se podia ver, a maior parte do exército de esqueletos de repente desabou no chão, assim como acontecera no campo, como um conjunto de marionetes depois de terem as cordas cortadas. Muitos deles despencaram no profundo e escuro abismo em torno do castelo.

Tom e o corvo levantaram voo e se dirigiram para o terraço. Assim que pousaram, os últimos esqueletos que restavam investiram contra as princesas, e teve início a batalha. Os camponeses, pressentindo o perigo real, entraram em pânico e a multidão fugiu, acotovelando-se, pela ponte levadiça.

Ormestone levantou-se de sua decrescente e imprestável pilha de palha, correu e pegou a espada, agitando-a em suas mãos ossudas. Tom e o corvo voaram, Tom sacou sua espada, que cintilou. O marido da lenhadora foi rapidamente nocauteado por João, que arrancou a pistola de duelo dele.

A lenhadora rapidamente montou no novo cavalo, antes gnomo, e cavalgou até o marido.

— Venha — disse ela —, rápido. Vamos evitar um prejuízo maior e voltar para a floresta. Esse tipo de coisa não é para a gente, marido. — Ela ajudou o marido a subir no cavalo, que protestou com um relincho zangado e uma sacudida da cabeça malhada, e eles então partiram para casa no lombo de seu novo e último desejo realizado.

— Você vai ter de construir uma boa e nova carroça depois. Não podemos andar assim, marido — disse a lenhadora.

— É claro, minha querida — replicou o marido, abaixando-se para esquivar-se do golpe de um esqueleto enraivecido.

Logo o terraço estava cheio de princesas e generais esqueletos se enfrentando, palha esvoaçando e cisnes furiosos assobiando e desferindo golpes de suas poderosas asas para todos os lados.

Ormestone, em um de seus violentos golpes de espada, atingiu um dos cisnes, e Joca despencou subitamente do ar. Ele se levantou e correu até o pai, que, embora preso por algemas, o abraçou. Então Joca lançou-se furiosamente na direção de Ormestone, que ergueu novamente a espada e o teria cortado ao meio se João não houvesse antes apanhado seu arco na carroça. Ele mirou uma flecha em Ormestone, atingindo-o no braço que segurava a espada, a qual tombou no chão.

Ormestone correu, furioso, para João Coração Leal Pai, soltou as algemas e então puxou um punhal afiado de sob o casaco. Joca, nesse meio tempo, caiu e pegou a espada no chão.

— Ande — disse Ormestone, empurrando João Coração Leal Pai até a alta torre central do Castelo Sombrio, para longe da luta.

Joca apanhou a espada e acertou os outros quatro irmãos cisnes, e assim que a lâmina os tocou, um por um, os irmãos Coração Leal despencaram no chão. Joãozinho, Juan, Juca e Jean viram-se imediatamente sem fôlego no chão, ainda vestidos com suas roupas de casamento esfarrapadas.

As princesas lutavam bravamente e despachavam os soldados esqueletos um após o outro. João liquidou os restantes com algumas flechas bem posicionadas. Logo o terraço estava vazio, exceto pelas noivas princesas, os irmãos Coração Leal, os esqueletos tombados e os redemoinhos da palha que antes fora ouro. Cada uma das princesas atirou-se nos braços de seu noivo Coração Leal.

Então João disse, tímido:

— Pessoal, quero que vocês conheçam a minha Jill.

Todos cumprimentaram Jill.

— Eu estava sob o feitiço daquele gnomo — explicou ela —, que cruelmente me transformou em cavalo, e agora fui transformada novamente em Jill.

João olhou à sua volta o cenário desolador que era o terraço do castelo.

— Então, onde estão Ormestone e o nosso pai? Aquele porco o levou para algum lugar, e também não há sinal de nosso Tom. — Eles ouviram um súbito grito vindo do alto da torre. — Então é lá que eles estão. Olhe, ele pretende escapar naquela coisa — gritou João, olhando para o alto da torre e a espiral de degraus que se erguia em meio às nuvens escuras com o dirigível balançando-se acima dela.

João começou a correr para a escada. Ele olhou novamente para o topo da torre imensa, parou e vasculhou sua bolsa de viagem. Tirou a estranha trouxa de tecido e tiras que o duende de preto havia usado para flutuar em segurança até o chão, e prendeu a coisa toda em seu corpo.

— Sei que está danificado, mas vale a pena tentar. Pode ser que ainda funcione, e é melhor prevenir do que remediar — disse ele, e então correu e começou a subir a longa escada.

No último minuto, Joca jogou para ele a espada cerimonial, e, quando João a pegou, Jill gritou:

— Tenha cuidado, meu João.

Joliz, o corvo, havia percebido o que Ormestone pretendia. Ele o viu arrastar João Coração Leal Pai de volta à torre do castelo.

— Vamos, Tom — disse, e disparou como uma flecha atrás de Ormestone.

— É claro, ele vai para o dirigível — disse Tom. — Siga para lá. — Eles subiram no ar, voando para a torre central, onde o grande zepelim negro pairava, pronto para partir. Tom e Joliz pousaram em um pináculo alto e esperaram.

De fato, Ormestone logo apareceu, sem fôlego, forçando o pai de Tom a subir a espiral externa de degraus de pedra.

— Pai — gritou Tom quando decolaram, voando em sua direção.

— Tom, meu filho — gritou o pai de volta.

Ormestone voltou-se em fúria, a faca ainda encostada no pescoço de João Pai.

— Ah, então é você, não é? — rosnou ele. Em seguida, largou o punhal e rapidamente empurrou o pai de Tom pela porta da cabine do dirigível, fechando-a bem. Joliz seguiu direto para ele, mas Ormestone livrou-se do corvo com golpes e socos, agitando furiosamente os braços. Assim que a ave se afastou, Ormestone abaixou-se e pegou o punhal, que deixara na escada.

A princípio, o corvo não percebeu o que Ormestone estava fazendo e mergulhou em um gracioso voo planado, com as asas abertas. Ormestone levantou-se repentinamente e atacou a ave com a lâmina prateada do punhal. O corvo sentiu uma dor lancinante, como se algo incandescente houvesse penetrado seu peito. Tom caiu das costas de Joliz no teto do torreão. Joliz tentou gritar alguma coisa para ele, mas só conseguia crocitar, como um corvo de verdade. Finalmente, após um imenso esforço, as palavras "Joliz ferido" saíram como um sussurro agudo. Ele podia sentir algo molhado escorrendo entre suas penas. Estava perdendo altura. Ormestone aprumou-se, rindo.

Tom se levantou e escondeu-se por um instante atrás de um pináculo. Viu Ormestone passar correndo. Olhou para cima e viu o corvo — o bom, bravo e velho Joliz, o corvo — vindo novamente ao seu encontro. Tom disparou atrás dele, saltando e esquivando-se dos detalhes do telhado do alto pináculo, com seus imensos e pontiagudos dedos de pedra. O corvo ainda voava, mas seu voo agora era desengonçado e parecia haver alguma coisa errada com ele. Então Tom percebeu que das penas de Joliz pingava um pouco de sangue na estrutura de pedra. Ormestone havia cortado a pobre ave com o punhal, que ele ainda agitava no ar. Para Tom, ficou claro que Ormestone iria matar o corvo.

— Aqui estou, jovem Coração Leal — gritou ele —, em carne e osso, e ainda mais feio. Venha me pegar se tiver coragem.

Ele deu um passo à frente, mais ameaçador agora, quando o pobre corvo finalmente deixou-se cair pesadamente na pedra, não muito longe de Tom, que saiu de trás do pináculo.

— Ah, aí está você! Um menino tão pequenininho agora. Vejo que veio salvar seu "bichinho de estimação". Esses corvos sujos são tão asquerosos, não é mesmo? Passam o tempo comendo pedacinhos de texugos e ratos mortos nas estradas e trilhas. Chamam isso de carniça, rá-rá. — Ele ergueu o braço em um movimento amplo e agitou os dedos violentamente. O pobre corvo agitou-se e tentou voar, mas logo tornou a cair sobre a pedra.

— Está vendo? — disse Ormestone. — Que bom espantalho eu daria. Acho que agora você compreende como é ser tão pequeno, patético e indefeso sob um feitiço.

— Eu não sou patético — replicou Tom, furioso e perturbado, à beira das lágrimas.

— Ah, mas eu acho que você é.

Ele aproximou-se de Tom, que ergueu sua espadinha na direção de Ormestone.

— E tampouco sou indefeso — disse ele.

— Cuidado, meu jovem aprendiz, essa arma pequenina pode ser perigosa.

Joliz, o corvo, bateu as asas e então as sossegou, gemendo um pouco.

— Estou aqui, Joliz — tranquilizou-o Tom.

— Olhe o seu pobre amigo. Logo, logo ele próprio não passará de carniça. Você deveria cuidar dele, pequenino Tom Coração Leal, ou eu deveria dizer Pequeno Polegar?, antes que seja tarde demais e eu sirva tanto ele quanto você a meus famintos corvos carniceiros.

Ormestone ergueu os braços esqueléticos, gritou alguma coisa e parte do teto do castelo se elevou como uma onda negra. A corja de corvos e mil morcegos negros ergueram-se no ar, como se fossem um só organismo, e rumaram em direção à torre.

Capítulo 40

A Meio Caminho do Alto da Escada

João subia pela escada de pedra que espiralava em torno da alta torre. Ainda lhe restava uma flecha na aljava, e ele levava a espada à frente do corpo para o caso de encontrar algum esqueleto descendo a escada, mas a maior parte deles parecia haver misteriosamente desabado e saído de combate no terraço. Era quase como se algum marionetista os houvesse detido de súbito em pleno movimento.

Acima de João, e subindo rápido os mesmos degraus em suas botas minúsculas, ia justamente esse marionetista, que não era nenhum outro senão o apaixonado duende Rumpelstiltskin. Seu coração estava tomado pela sede de vingança contra o mestre, Ormestone, que devia ter contado àquelas lindas princesas o seu nome, destruindo assim sua grande chance de felicidade eterna. Ele precisava chegar ao dirigível antes que fosse tarde demais. Subia ruidosamente os degraus o mais rápido que lhe era possível, a varinha retorcida em sua mão.

Em um instante ele se viu cercado por uma nuvem barulhenta de corvos e morcegos de asas de couro. Baixou a cabeça e prosseguiu, lutando contra eles, esquivando-se de garras e bicos. Era como uma tempestade de aves. Ormestone estava claramente desesperado. Levara João Coração Leal Pai com ele porque havia perdido todo aquele ouro de duende, e acreditava que João Pai havia finalmente solucionado o enigma da transformação de metal básico em ouro. Rumpelstiltskin, porém, sabia que não era assim.

Ele finalmente alcançara o pináculo da torre e lá estava Ormestone brandindo um punhal, os cabelos brancos esvoaçando no vento frio, com corvos e morcegos espiralando à sua volta. O duende espremeu-se contra a pedra escura da torre e ficou observando. O garotinho Coração Leal encontrava-se nas telhas inclinadas do pináculo debruçado sobre o corpo de um corvo.

— Joliz — chamava Tom —, Joliz. — Os olhos do corvo estavam fechados e sua respiração era rasa. Tom encostou o ouvido nas penas quentes do peito da ave. Podia sentir as batidas do coração do corvo. Ormestone pairava acima deles saboreando cada segundo da agonia de Tom.

— É uma experiência e tanto ver um sonho morrer, não é, Tom? Ver a coisa que você mais ama ser destruída. Agora você sabe como me senti vendo meu lindo ouro espalhar-se pelo ar como palha inútil. De alguma forma você foi o responsável por aquilo, e vai pagar. E pensar que você finalmente encontrou seu patético pai, e que agora ele está trancado em segurança lá em cima. Em instantes, ele e eu partiremos para sempre, para onde você não poderá nos seguir, especialmente sem um pássaro que possa levá-lo, hein?

Tom tentou ignorar a zombaria. Havia encontrado o corte perto da garganta de Joliz, na verdade, um rasgo, e havia pousado a cabeça perto do talho, pressionando-o com as mãos, entre as penas ensanguentadas.

— Está tudo bem, Joliz, você vai ficar bem. Eu estou aqui — sussurrava ele, repetidamente. — Não morra. — E as lágrimas brotavam de seus olhos.

— Ah, que meigo — disse Ormestone. — O menino, o menininho pequenino, ama seu corvo nojento. Pois muito bem, chegou a hora de livrá-lo de seu sofrimento, hora de ser misericordioso, como qualquer caçador seria com uma ave ferida, mesmo sendo uma praga como esta.

Ormestone deu um passo na direção de Tom e Joliz, ambos deitados no telhado do pináculo, e ergueu seu punhal, que cintilou na luz fria da manhã.

Capítulo 41

O Monte do Castelo Sombrio
9h17

Um súbito e estridente ruído veio lá do alto.
— Ah, não, olhem lá em cima — disse Rapunzel, e todos olharam para o alto ao mesmo tempo e viram a imensa nuvem de aves e morcegos se levantar do teto e descer aos milhares sobre a torre. Imediatamente os irmãos que ali estavam, suas noivas princesas e a Jill de João, todos se lançaram pela escada em espiral acima.

Eles não tinham ido longe quando parte da nuvem de aves e morcegos caiu sobre eles. Os morcegos se enganchavam nos cabelos de Rapunzel, os corvos bicavam os irmãos, as garotas golpeavam os animais alados com suas espadas e machados, penas negras pairavam como nuvens.

— Ele levou nosso pai lá para cima — gritou Juca.
— Venham, podemos atravessar isso. — Passo a passo, eles lutaram contra as aves e os morcegos. Quanto mais

subiam, mais perigosos e estreitos se tornavam os degraus, e maior era a possibilidade de queda. Os degraus eram frios e escorregadios, e cada irmão Coração Leal, com sua noiva princesa, agarrava-se um ao outro enquanto subiam.

Capítulo 42

Na Torre Sombria
Instantes Depois

Ormestone pairava acima de Tom e Joliz, que, pequenos e indefesos, permaneciam ali deitados, enroscados no telhado do pináculo mais alto. A ave parecia imóvel, provavelmente morta. Talvez não tivesse, afinal, de desperdiçar sua energia cortando-lhe a cabeça com seu punhal. A gôndola do zepelim balançava-se ali perto e no interior estava seu prêmio, o pai Coração Leal, que olhava, impotente, pela janela da gôndola. Bem, finalmente ele era capaz de transformar metal básico em ouro. Ormestone achava que podia facilmente guiar a nave sozinho.

— Espero que você esteja se deleitando com este seu final infeliz tanto quanto eu, jovem Tom Coração Leal! — disse, com um sorriso.

Tom ergueu o rosto coberto de lágrimas e olhou para a sombria figura de Ormestone.

— Acho que ele está morto, meu pobre e bom amigo Joliz. Não consigo mais ouvir o coração dele. Por favor, me ajude — pediu Tom.

— Não posso ouvi-lo muito bem, meu rapazinho — disse Ormestone. — Mas, se você quer minha opinião, acho que seria mais generoso me deixar acabar com seu amigo carniceiro agora. Minha lâmina é afiada, rá-rá. — Ormestone ajoelhou-se perto de Tom e Joliz, e sussurrou, cheio de ódio, para Tom: — Meu ouro foi transformado em palha, meus planos foram arruinados, você deve estar pensando. Mas tenho o seu pai, outrora orgulhoso, trancado em minha aeronave. Ele tem uma habilidade de que preciso. Ele pode transformar metal básico em ouro. Finalmente conseguiu me provar depois de muito tempo tentando. Foi a salvação dele. Meu duende, o patético Rumpelstiltskin, pode ter me decepcionado, mas seu pai não o fará.

Tom mal prestava atenção às palavras de Ormestone. Ele tateou à procura de sua espada sob o casaco. Ormestone já o havia subestimado antes. Ele se pôs de pé e sacou a espada da bainha. Sentiu a força em seu braço fluir da espada. Um estonteante clarão de luz disparou da ponta da espada, e Ormestone cobriu os olhos e deu um passo para trás. Rumpelstiltskin assistia a tudo, oculto nas sombras.

Tom segurou a espada com ambas as mãos. Podia sentir o poder percorrendo seus braços em ondas. A luz era como um farol, e corvos e morcegos mergulhavam e chegavam mais perto dela, e rodopiavam em torno e atrás de Ormestone como um manto protetor.

— Um truque impressionante, pequeno Tom — disse Ormestone, voltando-se para a porta da gôndola. — Sabe, às vezes a melhor arma é a cautela. — Ele saltou para o ponto mais alto do pináculo e soltou a corda de ancoragem. Os morcegos e corvos subiram com ele, protegendo-o, e então Ormestone desceu com um pulo, abriu a porta da gôndola e rapidamente entrou. O dirigível balançou-se no ar por um momento.

Tom embainhou a espada, ajoelhou-se ao lado de Joliz e encostou o ouvido no peito emplumado da ave.

— Ah, Joliz — disse ele.

— Está tudo bem, Tom — respondeu Joliz.

A ave esforçou-se para ficar de pé. Tom parecia chocado.

— Joliz — disse ele —, você está bem.

— Eu me sinto bem, Tom. Eu tinha uma provisão de musgo da floresta curativo guardado debaixo da asa. É um antigo remédio de duendes. Leva algum tempo para funcionar e me enfraqueceu um pouco, mas não por muito tempo.

O dirigível começou a se afastar da torre.

— Ele está fugindo — disse Tom. — Venha!

Os corvos e morcegos voavam em torno do zepelim como um cordão de isolamento.

Tom subiu nas costas de Joliz. Rumpelstiltskin saiu das sombras. Ele olhou para Tom, apontou sua varinha e houve um clarão de luz e faíscas.

João subiu aos tropeços os últimos degraus, espada na mão, e Rumpelstiltskin voltou-se para ele e tornou a apontar a varinha retorcida.

Joliz voou pelo ar e então seguiu-se mais um clarão de faíscas e mais outro. O corvo foi lançado para o alto e, em seguida, girou no ar. Teve de bater as asas com força para manter-se na posição horizontal. Olhou para o pináculo lá embaixo, a tempo de ver João ser atingido com um raio de centelhas. João também voou pelo ar, soltando a espada.

Tom foi lançado das costas de Joliz e de repente estava de volta ao seu tamanho natural, mal conseguindo pegar a espada com a mão livre. Mais um clarão e outro raio de faíscas atingiu João, que cambaleou na borda do telhado, e, quando instintivamente tentou segurar-se em alguma coisa, agarrou Tom, e ambos despencaram do pináculo elevado, envoltos nos braços um do outro.

O duendezinho também saltou para o ar e aterrissou firmemente na traseira da gôndola do dirigível. Ele subiu com dificuldade para a parte superior e desapareceu de vista sob a sombra do balão negro.

Joliz mergulhou na direção de Tom e João, que despencavam em queda livre no ar frio.

— Siga a máquina voadora — gritou Tom. — Acompanhe-a, meu velho amigo.

João puxou a corda em seu peito e o tecido preto subitamente se abriu, tremulando, se agitando e se enfunando acima deles. Embora algumas das cordas estivessem cortadas, o mecanismo amorteceu-lhes a queda o suficiente, e ambos foram lentamente levados pelo vento, passando pelas atônitas princesas e os outros irmãos Coração Leal até aterrissarem nos restos do ouro, a imensa pilha de palha espalhada pelo vento, e rolarem juntos, formando um amontoado de braços e pernas, espadas e tecido negro.

Joliz havia assistido ao pano se abrindo e, assim que se certificou de que Tom estava em segurança no chão, voltou em direção ao dirigível, seguindo-o.

Na cabine da gôndola, João Coração Leal Pai foi firmemente acorrentado a uma braçadeira, enquanto mais adiante, na parte da frente, o homem de rosto costurado ajustava os controles para um novo destino. Ormestone, de pé, olhava pela grande janela o céu que se mantinha escuro enquanto sua guarda de honra de morcegos e corvos voava ao seu redor. O grande zepelim negro virou para o sul, afastando-se dos pináculos do Castelo Sombrio. Um passageiro clandestino, o duendezinho Rumpelstiltskin, com sua coroa de folhas ainda na cabeça, mantinha-se abaixado, tremendo, no teto da gôndola, esperando seu momento.

Entre a guarda de honra, um corvo em particular voava muito perto das portinholas da gôndola. Ele voava rápido e sentia-se cheio de energia recém-adquirida e vigor renovado, e, virando a cabeça um pouquinho, podia manter um olho no pai de Tom. Ele não tinha a menor ideia de para onde esta nova história o estava levando, mas só podia torcer para que Tom fizesse parte dela, e logo.

Capítulo 43

A Manhã do Casamento
A Casa dos Coração Leal
6h17
Antes do Café da Manhã

Tom estava acordado desde as 6 horas. Sentia-se bem preparado. O temido terninho de veludo branco estava limpo e passado, e o aguardava como um presságio de desgraça em um cabide no armário. E, no que dizia respeito a Tom, era exatamente onde iria ficar. Ele abriu a janela. Era uma manhã de verão perfeita, magistral para o maior casamento do ano. Agora seriam seis noivas e seis noivos, pois João teria sua Jill, e nada daria errado.

Tom abriu a janela e subiu no peitoril. Então desceu pela calha, alegremente esgarçando seus calções, e saltou rápida e levemente para o jardim. Pegou seu cajado com a trouxa abarrotada de coisas úteis e sua espada de aniversário onde os havia escondido na noite anterior. A lâmina faiscou um pouco quando ele a colocou na bainha em seu cinto. Tom conferiu seus mapas da Agência e a carta secreta e confidencial que Cícero havia deixado para ele.

Sentia-se animado diante da ideia de rever seu velho amigo Joliz. Parou no meio do jardim e inspirou o ar saudável da manhã de verão na Terra das Histórias, talvez pela última vez por um longo tempo. Ele olhou para o cata-vento no telhado da casa. Um grande corvo negro e luzidio encontrava-se empoleirado ali, olhando para ele.

— É você mesmo, Joliz?

— Sim, Tom, sou eu mesmo, vim resgatá-lo do terno de pajem, como uma vez prometi.

A ave desceu voando e pousou no ombro de Tom.

— Certo — disse o menino. — Agora parece que está tudo certo outra vez: você no meu ombro e não eu no seu. Vamos embora, então, Joliz, antes que alguém nos veja. Tenho um pai para encontrar e resgatar. — Tom e o corvo partiram sob a forte luz do sol em direção à encruzilhada.

A mãe de Tom rapidamente ajeitou a cortina da cozinha de volta no lugar depois de Tom e Joliz terem desaparecido do seu campo de visão.

— Esse é o meu bom menino — disse ela. Em seguida, abriu a porta e chamou ao pé da escada: — Vamos, garotos, venham tomar o café da manhã. Hoje é outra vez o dia dos seus casamentos, caso não saibam. Acordem.

Este livro foi composto na tipologia Sabon LT
Std Roman, em corpo 11/16, e impresso em
papel off-white 80g/m² no Sistema Cameron da
Divisão Gráfica da Distribuidora Record.